Christine Arnothy est l'un des écrivains français les plus traduits ; elle est aussi journaliste et critique littéraire au *Parisien-Aujourd'hui*. Ses livres sont lus dans le monde entier, notamment *J'ai quinze ans et je ne veux pas mourir*. Elle figure sans discontinuer dans le peloton de tête des auteurs publiés en Livre de Poche avec seize titres continuellement réédités, dont *J'ai quinze ans...* (Grand Prix Vérité du *Parisien* en 1954), *Le Cardinal prisonnier* (1962), *Le Jardin noir* (Prix des Quatre Jurys, 1966), *Chiche !* (1970), *Un type merveilleux* (1972), *J'aime la vie* (1976), *Le Cavalier mongol* (Grand Prix de la Nouvelle de l'Académie française, 1976), *Toutes les chances plus une* (Prix interallié, 1980), *Le Bonheur d'une manière ou d'une autre* (1978), *Les Trouble-fête* (1986), *Vent africain* (Prix des maisons de la Presse, 1989), *Une affaire d'héritage* (1991), *Désert brûlant* (1992), *Voyage de noces* (1994), *Une question de chance* (1995), *Complot de femmes* (2000).

Embrasser la vie, paru en 2001, constitue la suite de *J'ai quinze ans et je ne veux pas mourir* et d'*Il n'est pas si facile de vivre*. Pour plus d'informations concernant les œuvres de Christine Arnothy (titres, résumés, années, éditions étrangères, etc.) consulter son site : www.arnothy.ch.

CHRISTINE ARNOTHY

On ne fait jamais vraiment ce que l'on veut

ROMAN

FAYARD

À Claude Bellanger et à François Bellanger

CHAPITRE 1

Elle courait dans le noir, fuyait d'une pièce à l'autre. Elle poussait des portes, se cognait à des poignées et à des murs. L'homme qui s'était introduit du côté de la terrasse la suivait pas à pas. Elle dut arriver au salon et, se heurtant à un accoudoir de fauteuil, perdit l'équilibre, bascula et resta accroupie sur le sol, près de la table basse. Dans un rayon de lumière opaque, infiltré de l'extérieur, elle put apercevoir la silhouette de celui qui la traquait. L'agresseur portait un masque et, à cet instant précis, tourna la tête vers l'endroit où Clara se cachait. La jeune femme transpirait. L'odeur de la peur mélangée à celle de la sueur allait la trahir. Elle serra les paupières, une haleine chaude et fétide l'effleura. Lorsque des mains gantées de cuir épais frôlèrent son cou, comme un ressort elle se redressa. Sa brusque volte-face surprit l'individu et permit à Clara d'apercevoir ses yeux. Elle reconnut le regard de Thierry. Elle s'entendit hurler : « Dehors ! »

Sa propre voix lui rendit conscience. Hagarde, elle constata qu'elle était seule et reconnut les lieux. Sa chambre à coucher était parfaitement en ordre. Elle s'assit dans son lit et chercha l'origine de l'odeur perçue pendant cette poursuite qui lui avait semblé si cruellement réelle. Ce n'étaient pas des fleurs. Elle avait jeté la veille quelques branches d'orchidées aux pétales mourants, cadeau d'une de ses clientes. Était-ce son parfum dont elle avait renversé le flacon sur la moquette ? À côté du lit, sur une pile de livres, était posée la pendule miniature. « Ce sera parfait pour le voyage, madame », lui avait dit un jour un vendeur. Il était à peine 7 heures du matin. Elle saisit la bouteille d'eau minérale qu'elle gardait à portée de main et but au goulot. L'eau coula sur son menton et sa poitrine. Elle hocha la tête. Son subconscient qui avait animé son sommeil avait donc prêté une telle force à Thierry ? Lui, un agresseur ? À la lumière du jour, l'hypothèse semblait ridicule. Il n'était ni diabolique ni vicieusement intelligent. Il n'était qu'un jeune homme très beau. Nu ou en smoking, son corps était parfait. Mannequin chez un couturier italien, il présentait aussi bien des vêtements du soir que des slips de bain. Comédien débutant aussi – débutant depuis six ans –, il était parti la veille pour un casting à Montpellier. C'est ce qu'il avait dit... C'était peut-être même vrai.

Clara quitta son lit, enfila un survêtement blanc et se dirigea vers la cuisine. La machine à expressos était branchée jour et nuit. Elle fit couler un café bien fort, le savoura par petites gorgées, puis, impatiente, posa la tasse et répéta : « Je le fous dehors. » Il fallait agir à l'instant, retrouver le numéro de téléphone du serrurier, rendre les clefs de Thierry inutilisables. En passant, elle aperçut dans l'évier une soucoupe. Un mégot écrasé y trempait dans une eau brunâtre. Elle la rinça d'un geste rageur.

Comment avait-elle pu commettre la bêtise d'installer chez elle ce type séduisant mais paresseux et velléitaire ? Sa nonchalance et son désordre l'avaient agacée dès leur première semaine de vie commune. Il fallait non seulement l'entretenir, mais aussi le réconforter après chaque échec professionnel. De plus, il était trop curieux, toujours à l'affût de renseignements : « Selon les potins qui courent, tu serais l'avocate d'un tel ou d'un tel ? On dit que tu gagnes un fric fou... »

Elle le rabrouait sèchement. Lorsqu'elle l'avait surpris quelques jours plus tôt près de son bureau, elle avait sursauté : il feuilletait le carnet d'adresses de Clara. C'était d'ailleurs plus qu'un carnet : un ancien agenda épais comme un livre, plein de numéros inscrits dans tous les sens, de petites étiquettes collées, de photos glissées entre deux pages grises d'usure. Une grosse masse utilitaire contenant tous les éléments de sa vie quotidienne. Par ailleurs, elle transportait dans son sac à main un agenda électronique codé. « Je t'ai interdit de toucher à quoi que ce soit sur ma table de travail ! – Ne me traite pas comme si j'étais un gosse, avait-il répondu. – Tu n'es qu'un adolescent attardé ! » Si Thierry avait eu ne fût-ce qu'une ombre d'amour-propre, il l'aurait quittée sur-le-champ. Mais il avait esquivé la colère de Clara. « Ne t'emballe pas, pas la peine de faire une crise pour ça. Je me fiche de tes clients pourris d'argent. Au fait, c'est vrai que le type qui t'a virée en Argentine avait deux Ferrari ? Une jaune pour les jours de pluie et une rouge pour la nuit ? – Qui t'a raconté ce ramassis de bêtises ? – J'ai mes sources, avait-il jeté avec impertinence. Le monde est petit et certaines publications sont bien renseignées. »

Elle aurait dû le virer de l'appartement instantanément. Elle ne l'avait pas fait. L'allusion à l'Argentin l'avait surprise. La gorge serrée, dissimulant sa panique, elle s'était obligée à répondre, impassible : « Ce que tu dis est faux. N'essaie jamais d'établir une relation entre ce que je suis vraiment et ce que tu peux lire. » Il aurait aimé répliquer, juste pour son plaisir personnel, qu'elle était sans doute célèbre, mais seule aussi. Il savait qu'elle n'aimait pas trouver, lorsqu'elle rentrait, l'appartement vide. Il avait gardé le silence, se promettant de surveiller son vocabulaire. L'élégante avocate détestait les grossièretés. Elle lui avait dit un jour : « Si tu crois parler jeune, tu te trompes, tu parles caniveau. » Il prenait des précautions.

Elle termina son café, posa la tasse sur la table de la cuisine et répéta encore une fois : « Ce mec, c'est fini. » Elle avait cherché auprès de lui le plaisir qu'elle n'avait pas connu à vingt ans. Entendre, en arrivant sur le palier, la musique qui répandait des décibels dignes d'une boîte de nuit, l'emplissait d'une étonnante tendresse pour Thierry. Elle aimait le trouver là. Il l'accueillait, joyeux : « Maître, tu vas avoir une de ces salades ! » Puis il la serrait contre lui, tandis qu'elle avait encore à la main son lourd attaché-case qui lui cassait le bras. Elle aimait cet accueil, même factice. Je suis bien avec ce type en trompe-l'œil, s'avouait-elle. Jusqu'à ce matin. Car ce matin, c'en était fini avec ce remake d'un film sentimental, genre comédie américaine : un bon gars, dans une belle cuisine, qui savait piocher dans la collection des « classiques » de Clara et la recevoir avec un tonitruant « YMCA », des Village People.

Première étape : changer la serrure. « Il n'entrera plus ici », se promit Clara. Elle fit un rapide calcul : la nouvelle serrure – le prix de son indépendance regagnée – était de 3 800 francs – 579,31 euros, selon la conversion opérée sur sa calculette. Peu importait la somme, elle devait se protéger. N'avait-elle pas surpris Thierry à la porte de la pièce étroite, contiguë à son bureau, où elle gardait ses archives personnelles ? « Plus tu verrouilles les pièces, plus je suis curieux », lui avait dit le jeune homme d'un ton léger, en s'empressant d'ajouter : « Je plaisante. »

« Quelle bêtise ! s'exclama Clara tout haut. Quelle bêtise ! » Après avoir obtenu quelques retentissants succès dans des affaires de divorce, elle en était devenue la spécialiste. Que de couples riches réclamaient ses services ! Que de femmes espéraient qu'elle saurait les comprendre mieux, étant elle-même une femme ! Que d'hommes la souhaitaient comme alliée, elle si efficace pour obtenir la garde des enfants !

Ce matin-là, tout en s'injuriant, elle se dirigea vers le dressing-room, ramassa quelques vêtements de Thierry jetés en vrac sur le sol, prit l'une de ses valises, la plus vieille, et commença à y entasser pêle-mêle les affaires du jeune homme : il y avait des caleçons fleuris, des chaussettes dépareillées, des chemises de soie ras du cou. Intérieurement, elle tenta de se justifier. Il avait une belle gueule, Thierry, une masse de cheveux châtains faite pour que les femmes y égarent leurs mains ; il avait de belles dents, Thierry, des lèvres sensuelles, gonflées sans silicone, et un regard qui semblait intelligent. Lorsqu'ils arrivaient ensemble à une réception, les invités les examinaient avec une certaine jalousie. L'avocate célèbre de trente-cinq ans avait une liaison avec un play-boy qui en avait neuf de moins et qui était « économiquement faible »...

Clara glissa une paire de chaussures dans un sac en plastique ; elle réfléchit. Est-ce que son cauchemar avait été déclenché par la scène de la veille ? Thierry lui avait montré un brouillon de texte : « Tu crois que c'est bien rédigé ? Je veux quitter ma chambre sans avoir besoin de chercher un locataire pour me remplacer, ni payer de dédit. Qu'est-ce que je peux raconter ? Une mère malade ? Un long déplacement à l'étranger ? Qu'en penses-tu ? » Clara avait répondu que les agences immobilières se moquaient des causes de départs impromptus. Thierry serait obligé de trouver un successeur ou de payer son dû selon les termes du bail.

« Payer avec quoi ? Je leur dois déjà deux mois. – Il était entendu que tu gardais ta location. Ne compte pas sur moi pour t'assurer un toit. Quant à moi, je ne suis même pas sûre de rester dans cet appartement. » Il avait fait une petite grimace pour l'attendrir. « Tu es dure avec moi. Je croyais que tu m'aimais. – Toi et moi, ce n'est qu'un épisode, un essai. » Elle espérait un signe de révolte. Hélas, il n'avait aucune fierté. Elle avait ajouté : « Si tu as un rôle dans la saga provinciale, tu seras obligé de te rendre sur place et d'y rester pendant le tournage. En tout cas, garde ton studio. »

Clara trouvait des affaires de Thierry dans tous les coins. Elle avait ramassé encore une paire de baskets et un caleçon décoré de têtes de tigre. Tout s'entassait dans la valise, y compris la brosse à dents et une pâte dentifrice au goût ignoble qu'elle avait voulu jeter dès le premier jour, mais Thierry y tenait : « Ça assure une haleine parfaite. »

Elle referma la valise, la traîna dans l'entrée. Elle était lâche, sans doute, mais elle préférait éviter la scène de rupture. De retour à son bureau, elle chercha le numéro de Caron, le serrurier, et lui laissa un message sur le répondeur : « Je vous appelle pour le changement de ma serrure de sécurité. Urgent. Confirmez-moi votre passage, si possible avant 9 heures. Merci. Clara Martin. » Elle ajouta : « Je compte sur vous. »

Ce même serrurier lui avait proposé, lors de son aménagement, de blinder la porte d'entrée. « On verra, avait-elle répondu. Personne ne me remboursera les frais et, ici, il n'y a pas grand-chose à voler. Je n'ai jamais d'argent en espèces et je ne possède que quelques bijoux, la plupart à peu près sans valeur. – Et les vandales ? avait répondu le serrurier Caron. Vous ne pensez pas aux vandales ? » Elle avait haussé les épaules.

Elle appela, dès 8 h 30, le service de réservation d'un hôtel de luxe à Vienne. Le numéro de sa carte de crédit enregistré, une chambre lui fut réservée. Depuis quelques semaines déjà, elle se promettait de retourner dans sa ville natale. Une rupture lui était nécessaire avant d'annoncer à ses collaborateurs qu'elle comptait changer de secteur. Elle ne voulait plus accepter d'affaires de divorce. Elle ne supportait plus la confrontation avec des couples s'accusant de tous les maux. Ce qu'elle haïssait avant tout, c'était l'affrontement pour la garde de l'enfant ou des enfants.

« Je veux voir des écrans, des codes, des bilans. Devenir avocate d'affaires pour des sociétés. Je ne veux plus essuyer des larmes de crocodile. »

Pour son cabinet, ce changement apparaîtrait comme une source d'argent supplémentaire. Il ne fallait pas affoler son « bras droit », Henri, un allié sûr. Il hériterait, lui, des couples qui s'entre-déchiraient. Il était célibataire et, vraisemblablement, à la suite de ses expériences au cabinet, il le resterait.

CHAPITRE 2

Elle entra dans la cabine de douche, séparée de la salle de bains, et laissa longuement couler l'eau sur ses cheveux. Elle les sécha ensuite devant le miroir, tout en évitant de se regarder. Était-elle encore séduisante ? Le surmenage permanent ne l'avait-il pas transformée en bête de somme ? Ses succès, à en juger par l'argent gagné, étaient grisants. Mais parfois, sans prévenir, l'homme ou la femme qui luttait pour la garde des enfants les lui présentait. Ces regards d'enfants ! Graves, parfois butés, parfois vides d'expression, ils l'écorchaient. Elle apparaissait comme une sorte de divinité capable de les « obtenir », d'en assurer la possession. Cet objet, cet enfant, qui serait leur nouveau « propriétaire » ? papa ou maman ?

Au fond d'elle-même demeuraient les traces d'une blessure ancienne jamais guérie. À l'époque, une affaire l'avait obligée à se rendre en Amérique du Sud. Pour tout le monde, elle avait gagné le procès et son client vantait les talents de cette « femme exceptionnelle ». Mais pour elle-même, le résultat avait été catastrophique. « Plus jamais d'implication personnelle, s'était-elle juré, plus jamais. »

Ses cheveux secs, elle se jeta un coup d'œil dans le miroir. Elle pouvait encore rattraper sa vie. Il fallait juste s'aérer, s'apaiser. D'abord Vienne et ensuite, au retour, la reconversion.

Elle s'habilla. Elle avait choisi un tailleur couture en tissu de jean léger, noir. Dans son sac à main mis en ordre, elle vérifia qu'elle avait des euros en petites coupures, une liasse de travellers chèques et ses cartes de crédit. Elle glissa à côté de son passeport et du billet d'avion une pochette qui contenait un poudrier, un rouge à lèvres et un petit flacon de parfum.

Le téléphone sonna : le serrurier s'annonçait. « J'ai gardé votre fiche, dit-il. Voulez-vous la même serrure de sécurité ? – Oui. – Vous connaissez le prix ? – Bien sûr. – J'arrive », déclara-t-il.

En l'attendant, elle fit le tour de l'appartement, un cinq-pièces haut de plafond. Une sixième pièce, tapissée de placards, était le « cagibi » de Clara. Le jour où Thierry avait failli y entrer, elle avait vite refermé la porte et enlevé la clef. « Quand je m'absente, avait-elle dit pour le décourager, je mets cette pièce sous alarme. »

Au salon, un grand cahier relié traînait par terre. Un script. Deux jours plutôt, Thierry, avachi dans un fauteuil, les jambes sur la table basse, le feuilletait en bâillant. « J'en suis à la page vingt-sept et mon personnage n'a jusqu'ici que quatre phrases à dire. – Un jour, tu auras, toi, les vingt-sept pages et quelqu'un d'autre les quatre lignes. » Elle s'efforçait encore d'encourager ce jeune homme qu'elle avait connu lors d'une soirée où il n'y avait que des types au-dessus de quarante ans, le corps plutôt épais, la plupart déjà chauves. Thierry avait une allure de sportif et un sourire lumineux. Il avait senti l'intérêt à son égard de cette jolie femme aux yeux clairs et au visage ovale encadré de cheveux noirs. Elle était fine, élancée, et semblait s'ennuyer. « Qui c'est ? » avait demandé Thierry à l'ami qui l'avait introduit à cette réception. « Une avocate célèbre ! Inutile de t'exciter. Elle ne côtoie que des hommes de prestige et des intellos. » Thierry avait serré les mâchoires. Il faisait confiance à son pouvoir de séduction et avait un atout maître : il inspirait confiance.

Clara revoyait la scène. Il s'était dirigé vers elle.

« Permettez-moi de me présenter. Je m'appelle Thierry. Vous êtes fascinante, c'est ce qui me donne le courage de vous aborder. Vous m'intimidez ! – Il n'y a pas de quoi être intimidé », répondit-elle. Elle portait un tailleur en cuir noir. Un clip sur le revers gauche éclairait sa veste. Thierry se tut, désorienté. Clara décida de l'aider. « Vous faites quoi dans la vie ? – Acteur. » Soudain volubile, jouant le jeune homme mondain, il débita son monologue. « Chaque réception est pour moi comme un casting. J'espère attirer l'attention d'un metteur en scène qui se trouverait là, parmi tous ces gens connus. » Leurs reflets dans le grand miroir de la pièce lui parurent plaisants. Elle se montra aimable. « Venez prendre un verre. » Il la suivit, ébloui par son rapide succès. Il apprécia les qualités de l'appartement. Mobilier moderne et cher, beaux rideaux, beaucoup de livres. Du fric. Elle lui offrit un verre de whisky et lui demanda de prendre une douche pour se débarrasser de l'odeur pénétrante d'une célèbre eau de toilette pour hommes. « "Désert brûlant", dit-il. – Tu es très à la mode, répondit Clara. Mais rends-le moins brûlant ! » Elle le reçut dans son lit comme un rendez-vous d'affaires. Très soucieuse de la qualité de ses préservatifs, elle refusa les initiatives de Thierry, qui avait eu l'impression de subir une première sélection. Au cours des nuits passées dans le large lit où il réussit quand même quelques exploits, elle ne chercha même pas à mimer le plaisir. Lui sentait que cette liaison n'avait pas d'avenir. Il fallait gagner du temps. En attendant d'être renvoyé, il préparait le café du matin et l'apportait au lit.

Dès l'emménagement de Thierry, apparurent les problèmes d'argent. « Je laisse une cagnotte dans une enveloppe à la cuisine, avait-elle dit pour ne pas le gêner. Si tu as le temps d'acheter des légumes, ça me ferait plaisir. » Parfois, en rentrant, elle entendait Thierry déclamer des textes. Il lavait les salades en récitant « Être ou ne pas être ». L'enveloppe se vidait très vite.

Ce matin-là, le cauchemar de Clara en avait décidé : Thierry allait perdre sa place.

« Qu'est-ce que j'ai fait au bon Dieu pour tout réussir et tout rater à la fois ? se demanda-t-elle. Sans lui, je serai toute seule. Tant pis ! Conclusion : ne plus jamais m'attacher à un individu beau et médiocre. »

En attendant le serrurier, elle prit un autre café. À Vienne, elle rendrait visite à l'oncle Simon, professeur de philosophie à la retraite, confiné dans son univers de livres. Quand la mère de Clara avait quitté Paris avec sa fille, l'oncle les avait accueillies.

Vienne était la ville natale de la mère de Clara. Le père de l'avocate, un magistrat français de province, s'était séparé de sa femme et de sa fille après quelques années de mariage. Le magistrat avait le ton cassant, sûr de sa vertu de citoyen modèle, de sa prestance et de son arbre généalogique. Il était distingué et manquait de tendresse. « Je continuerai à vous aimer, si vous tenez à cette manifestation verbale, mais de loin. » Vera avait été en quelque sorte « renvoyée » à Vienne alors que Clara avait quatre ans.

La petite fille y avait vécu une partie de son enfance, hébergée chez l'oncle Simon. Sa mère faisait le ménage et la cuisine de leur bienfaiteur. À l'époque, Simon enseignait. Lorsqu'il rentrait du collège, il s'enfermait dans son bureau et n'en sortait que pour se nourrir. Les repas se déroulaient dans un relatif silence. Clara n'avait pas le droit de toucher aux livres, mais bénéficiait du privilège d'avoir sa propre chambre. Sa mère lui parlait en français pour sauvegarder cette langue tandis qu'à l'école, elle apprenait l'allemand. À force de vivre dans un milieu érudit où chaque phrase prononcée par l'oncle semblait issue des Tables de la Loi ou des manuscrits de la mer Morte, à force de vivre dans une discipline vouée à la culture, Clara avait acquis la pratique de plusieurs langues et le respect du travail.

L'oncle Simon écrivait des essais sur un judaïsme laïque. Il se disait hors de la religion, mais ne manquait pas le rituel du vendredi soir, allumant lui-même les bougies du shabbat. Sa sœur Vera ne se prêtait pas à cette manifestation religieuse.

En rangeant son bureau, Clara réfléchit : « Il y a des gens qui courent après les propriétés de leurs ancêtres, ceux qui cherchent à explorer les taches encore blanches sur la carte du globe ou ceux qui veulent récupérer un objet de valeur appartenant au passé ; moi, je rêve d'un voyage pas trop décevant à Vienne. » En complétant sa trousse de toilette, elle calcula mentalement de quelle somme elle disposerait si elle décidait d'acheter un coin secret là-bas, un jour – si quelque chose était à vendre dans l'immeuble de la Kleeblattgasse, où sa mère et elle avaient été hébergées par l'oncle, en pleine ville – une maison aux murs épais, aux fenêtres étroites. Elle n'y retournerait peut-être même plus après avoir signé l'acte. Ce serait juste une revanche. À chaque palier, une seule porte. Clara, enfant, avait souvent entendu monter et descendre les bruyants enfants de l'appartement du dessus. Un jour, il y avait eu une fête. Peut-être un anniversaire. Une flopée de gosses avait débarqué avec des paquets cadeaux. En les observant par la porte légèrement entrouverte, elle avait aperçu un clown dans la cage d'escalier. « Il y a un clown là-haut, maman. – Les personnes riches engagent parfois des comédiens pour amuser les enfants », avait répondu sa mère. Prise d'un élan, d'un désir de participer, attirée par le chahut des enfants, elle était montée, avait sonné. Une petite fille avait ouvert. Elle l'avait regardée et dit : « Tu es la fille de l'étage en dessous ? – Je peux venir jouer ? – Tu n'es pas invitée et tu n'as pas de jolie robe. »

Entendue à sept ans, cette phrase avait marqué Clara pour toute sa vie. En descendant chez son oncle, elle s'était enfermée dans le cabinet de toilette dont elle avait martelé le carrelage de ses poings. « Plus jamais ! Plus jamais être renvoyée ! »

L'oncle simulait souvent une attitude distraite pour s'isoler du monde – pourtant, au dîner, il avait dit : « On t'a renvoyée de chez les voisins du dessus... Pour eux, nous sommes des marginaux. Le mezouzah sur la porte, ça les rend méfiants. – C'est quoi ? avait demandé Clara. – L'objet accroché à la porte, avait dit sa mère. – Pour ta mère, c'est un "objet". Pour moi, une manifestation. – De quoi ? – De foi. – Mais tu n'es pas croyant ! s'était exclamée Vera. En tout cas, il ne faut pas empoisonner la vie de cette enfant avec ces croyances ! » Elle s'était tournée vers sa fille. « Ne l'écoute pas ! Reste en dehors de tout cela. – Tout cela ? C'est "tout cela" qui les empêche de m'inviter ? – Quel gâchis », avait murmuré la mère, puis – ce qui n'était pas courant –, dans une langue inconnue, elle avait rabroué son frère.

Ces souvenirs firent monter en Clara une puissante vague d'amertume. La honte ressentie à l'époque restait vive. L'enfant rejetée était devenue une adulte rancunière. La vision de son élégant appartement parisien la rassura et, quand la sonnette retentit, elle ouvrit, souriante, au serrurier qu'elle remercia d'être venu si rapidement.

— J'ai égaré le deuxième trousseau, mon nom y était inscrit sur une étiquette. Ces clefs étaient destinées à la concierge. Je ne sais pas ce que j'en ai fait.

— On ne met jamais un nom sur des clefs, dit M. Caron. Jamais.

— Je connais le principe. Mais tout le monde peut faire une bêtise. Changez-moi tout ça, merci d'avance.

L'homme examina la serrure, procéda rapidement au changement, puis sortit de sa poche une machine à calculer et tapota sur les touches.

— 4 000 francs, soit 609,80 euros, la TVA en plus.

— Parfait, dit-elle.

— Vous avez des espèces ?

— Chèque ou carte de crédit.

— Pas d'espèces ? C'est embêtant ! Avant l'euro, il y avait tellement d'espèces qu'on croulait sous les billets ; maintenant ce sont les chèques, les cartes... Avec quoi voulez-vous que je débite une carte de crédit ? Vous me donnez un chèque ou je reviens pour les espèces.

— Je pars en voyage, dit Clara.

— Ça peut attendre, fit-il. D'ailleurs, vous devriez faire blinder votre porte.

— Je ne suis pas sûre de rester longtemps ici.

— Vous pourriez compter ces frais dans la reprise. Par les temps qui courent, tout le monde cherche la sécurité. Je vous proposerai un devis.

— On verra, dit Clara.

Caron désigna une fine languette de bois qui encadrait la partie haute de l'embrasure de la porte.

— Il y a un fil là-dessous, ajouté à l'installation électrique d'origine ; vous alimentez quoi avec ça ?

Elle répondit :

— J'ai une alarme isolée, pour une pièce à côté de mon bureau, c'est tout.

— Vous permettez ? dit l'homme qui se mit à examiner la trajectoire de la languette de bois.

Sa curiosité énervait Clara.

— Il vous intéresse tant, ce fil ? Pas ce matin, s'il vous plaît.

— Si j'étais à votre place, vous qui êtes une avocate célèbre...

— N'exagérons pas, dit-elle sèchement.

— Il vaut mieux s'assurer qu'on ne vous surveille pas.

— Me surveiller ? Vous plaisantez ?

Caron se moucha puis, attentivement, se mit à suivre la trajectoire du fil caché sous la baguette.

— Je connais mon installation, dit Clara.

— Tout est possible de nos jours, insista le serrurier. Chez une cliente, j'ai découvert quatre caméras miniatures. Deux dans sa chambre à coucher parmi les moulures en stuc des plafonds, pleines de coins et de recoins, et deux dans sa salle de bains.

Il suivait le fil tout en parlant.

— Grâce à moi, elle a découvert qu'elle était branchée sur un site Internet. Un neveu, passionné par ce genre de technique, l'avait prise en grippe et s'était vengé : il l'avait livrée aux voyeurs.

— On raconte n'importe quoi..., dit Clara, agacée que le serrurier la crût si imprudente. Je sais quand même ce qu'on installe chez moi.

— Ma femme lit dans les journaux tous les potins sur les personnes connues, expliqua-t-il. Ce n'est pas vous qui avez gagné le procès de divorce de l'Argentin dont la femme a perdu la garde de l'enfant ? Le roi du nickel ou du fer...

Clara fut piquée au vif :

— En effet, j'ai gagné l'affaire pour le père. Mais c'est fini, pas la peine d'en parler.

— Vous permettez ? Il passa devant elle. Ma femme a vu une photo de vous et du Sud-Américain.

— Ça m'étonnerait... Où l'a-t-elle vue, cette photo ? Elle a dû me confondre avec quelqu'un d'autre.

— Non. Je vous assure, non. La revue s'appelle *L'Amour toujours*. Elle l'a feuilletée dans la salle d'attente d'un kinésithérapeute. Il paraît que ça s'est mal terminé pour la mère.

Avant que Clara ait pu l'en empêcher, Caron s'enga-

24

gea dans le couloir où donnait la porte de la chambre. Clara le pria de revenir sur ses pas.

— Laissez, s'il vous plaît. Je prends soin moi-même de ma sécurité.

— Vous ne voulez pas que je vérifie s'il y a des caméras ?

— Non, dit-elle. Je connais l'origine de ce branchement.

— Comme vous voulez !

De retour dans l'entrée, le serrurier essaya les clefs à tour de rôle dans la nouvelle serrure, puis lui tendit le trousseau.

— Voici les trois clefs et la petite carte. Vous pouvez commander une quatrième clef. Vous serez enregistrée sous un code qu'on vous renverra.

— D'accord, dit-elle, d'accord. Je connais le système. Je vous offre un café, monsieur Caron ? J'en prends un aussi, ce sera le troisième de la matinée.

Elle invita le serrurier à la cuisine et lui prépara un expresso.

— Prenez place.

Caron tourna plusieurs fois la cuillère dans sa tasse et complimenta Clara pour la qualité de son café.

— Qu'est-ce qui est arrivé à la femme espionnée ? À votre cliente ? demanda Clara.

Le serrurier nota avec satisfaction qu'elle n'avait pas négligé ses paroles.

— Elle a déposé plainte et réclamé des dommages et intérêts. Elle voulait faire condamner le neveu qui l'avait piégée.

— Elle a réussi ?

— Elle ne m'a rien dit. Même pas merci. Elle a vendu son appartement et pris un autre serrurier.

Clara lui montra la porte de la chambre de service qui communiquait jadis avec la cuisine. Elle était littéralement intégrée dans le mur laqué de blanc.

— Regardez, puisque vous êtes là : vous croyez que cette porte est sûre ?

— Quelqu'un habite dans cette chambre ?

— Personne.

— Alors vous n'avez rien à craindre. Mais, avec un contact « alarme » placé sur cette porte, vous seriez mieux protégée.

Il examina la poignée.

— Elle ne vaut rien, votre serrure. Si vous la remplacez, il faudra évidemment refaire la peinture du battant.

— De l'autre côté, une paroi coulissante masque l'accès par ici. On ne peut pas deviner que, derrière la paroi, il y a une porte donnant dans ma cuisine.

— C'est du bricolage. Quand on veut entrer quelque part, on entre. Sauf si une alarme alerte la société de surveillance, mais le temps qu'ils arrivent... Surtout par l'escalier de service sans ascenseur.

— Vous avez raison, dit Clara, ennuyée. Merci. Ce sera votre prochain travail.

— Ce n'est pas un serrurier qu'il vous faut, expliqua Caron, mais un maçon. Il faut condamner la communication en remplaçant la porte par un vrai mur.

Elle acquiesça, puis raccompagna l'homme dans l'entrée. Avant de sortir, il lui fit signe :

— Venez, regardez.

Il glissa sa main sur l'angle de la porte, entre les gonds.

— Il y a des traces.

— Quelles traces ?

— Des éraflures. Quelqu'un a voulu forcer votre porte.

— Mais non, ces traces existaient déjà quand j'ai loué l'appartement.

L'homme fit une moue.

— Vous en êtes certaine ?

— Je crois.

Elle se trouvait enfin seule, avec trois clefs neuves. Elle composa le numéro du téléphone portable de Thierry et dicta un message à la boîte vocale : « Thierry, entre nous c'est fini. Retourne habiter dans ta chambre. J'ai fait changer la serrure de crainte que tu perdes mes clefs. Tes affaires sont dans une valise chez la concierge. À l'intérieur, dans une enveloppe, il y a un peu d'argent. Je te souhaite enfin la chance que tu mérites. Au revoir. »

Voilà, pensa-t-elle, une affaire réglée. Elle jugea sa manière de rompre peu élégante, mais efficace.

CHAPITRE 3

Clara enclencha le répondeur, puis quitta l'appartement. Elle donna deux tours avec sa nouvelle clef, prit la lourde valise et entra dans l'ascenseur. Bien que claustrophobe – faiblesse qu'elle cachait –, elle n'aurait pu descendre la valise à pied. En sortant de la cage d'acier, inondée de sueur en quelques secondes, elle dut traîner le bagage, le brusquer sur les quelques marches qui menaient à l'entrée, une ancienne porte cochère. Les horaires de la concierge étaient affichés sur le mur près de la loge. Clara sonna. La gardienne la fit attendre un peu, puis tira le léger rideau qui voilait la vitre. Elle aperçut Clara, sourit et ouvrit. Clara la salua et lui donna dans une enveloppe quatre billets de cinq euros, qui correspondaient à un montant qu'elle estimait à cent trente-deux francs d'il y a quelque temps.

— Madame Alvarez, comment allez-vous aujourd'hui ? Bien ? Et vos enfants ? Tenez, juste une petite attention pour vous. Un remerciement d'avance.

— Tout le monde va bien, dit la femme en glissant l'enveloppe dans sa poche.

Portugaise, divorcée, elle subvenait seule aux besoins de ses deux enfants. Les pourboires étaient bienvenus. Elle n'avait pas à se plaindre ; cette locataire, l'avocate, était une femme généreuse. Pourtant, elle avait ses défauts, mais qui est parfait ? Depuis

29

quelques mois, elle vivait avec un jeune homme très « m'as-tu vu ». « Quelle bêtise, pensait la concierge. Elle se laisse mener par le bout du nez... » Clara continua :

— Je voudrais vous demander un service.

La Portugaise l'interrompit :

— Voulez-vous que je garde la valise ?

— Oui, pour...

— Votre Thierry vous quitte ? interrompit Mme Alvarez.

Elle était contente d'avoir tout deviné dès le premier coup d'œil.

— Me quitter ? Non. J'ai pris la décision, moi, de me séparer de lui.

Elle tenta à la fois de garder un minimum de dignité et d'établir une complicité avec la Portugaise.

— Pour rester amis, il vaut mieux ne pas vivre ensemble.

Malgré l'argent offert, la Portugaise n'avait pas envie, ce matin-là, d'être compréhensive. Son mari avait trois mois de retard dans le paiement de la pension alimentaire. Elle était agacée. Maître Martin la prenait-elle pour une idiote ? Elle prétend que ce n'est pas lui qui a pris la décision de rompre, mais elle ? Gonflée !

— Il n'était pas pour vous, lança-t-elle. Jeune et sans travail, à traîner chez vous...

Clara tenta de sourire :

— La vie d'un jeune acteur n'est pas facile. Il a des engagements de temps en temps. Un jour il réussira. Il est à Montpellier en ce moment. Je suis appelée d'urgence pour une affaire à l'étranger, je préfère cette solution. Je viens de faire changer la serrure.

— Changer la serrure ? Il pouvait me laisser les clefs...

— Il pouvait aussi les perdre. J'ai préféré m'assurer d'une certaine sécurité... Il est si désordre.

Assez d'explications.

— Maintenant, il va dormir où, Thierry ?

— Il a un studio.

Clara commençait à trouver insupportable d'expliquer sa vie, à 9 heures du matin, sous une porte cochère mal éclairée.

— Et mes clefs ? demanda Mme Alvarez. Celles qui restent chez moi ?

— À mon retour, vous aurez les doubles.

— Et s'il y a un problème ? Inondation, feu, cambriolage...

— Les pompiers ! Appelez les pompiers ! Je ne peux rien faire de plus actuellement. Les catastrophes ne sont pas forcément obligatoires...

Clara dut soulever seule la valise et la poser dans l'entrée de la loge. La concierge ne fit aucun geste pour l'aider.

Elle prit congé de Mme Alvarez qui referma sa porte d'un geste sec, en lâchant difficilement un vague : « au revoir ». Clara, une fois dans la rue, réfléchit : allait-elle prendre sa voiture au parking proche où elle louait une place pour un prix exorbitant ? Pour y accéder, il fallait emprunter, derrière une station-service, un petit ascenseur aux parois couvertes de graffitis. L'escalier était en travaux. Malgré plusieurs réclamations, la société gérante ne s'en souciait guère. Clara craignait de rester bloquée entre deux niveaux et éprouva un vertige fugitif à l'idée même d'être enfermée. L'ascenseur de l'immeuble qu'elle venait de quitter lui avait suffi pour la journée.

Elle partit à la recherche d'un taxi. Penser que la valise de Thierry était chez la concierge la réconfortait. Elle avait osé agir, refusé de se sentir culpabilisée. Ce que Thierry ferait sans elle ? Ce qu'il faisait avant elle et... basta ! Elle n'avait aucune raison de prendre un adulte de vingt-six ans à sa charge. Elle héla une voiture qui passait, y prit place et annonça l'adresse. Le chauffeur, un Asiatique crispé, ne broncha pas.

— Vous m'avez entendue ?

Il restait muet. Elle répéta le nom de la rue et ajouta : « Près de la Madeleine. » Le conducteur sourit et prononça : « Oui, oui. » Cette fois-ci, il avait compris. L'intérieur du taxi était propre. Clara se sentait presque bien.

Elle dut orienter le chauffeur pratiquement d'un bout à l'autre. Enfin, le véhicule stoppa devant l'immeuble où elle avait son bureau. Elle paya et monta les étages à pied. Au troisième, il y avait deux portes. Sur l'une, s'inscrivait son nom : *Clara Martin, avocat*. Elle entra. La secrétaire, Mme Torrent, qui assurait aussi l'accueil, la salua et fit un geste pour souligner la masse des affaires en attente.

— Bonjour, Lucie, fit Clara. Je dois bouleverser l'agenda des rendez-vous.

La femme aux cheveux gris prit une attitude résignée.

— On fera avec... Vous me direz qui décommander.

— Tout le monde. Je dois quitter Paris et ne reviendrai qu'à la fin de ce long week-end. Je vais prévenir Henri et son stagiaire.

Elle traversa la pièce où ils étaient installés. À peine son sac déposé, elle parcourut la liste des appels et demanda à son collaborateur de la rejoindre. Elle devait rester prudente avec Henri, dévoué mais d'une extrême susceptibilité.

— Asseyez-vous, lui dit-elle. J'ai besoin de votre aide. Un événement d'ordre familial m'oblige à quitter Paris. Je vais essayer de liquider les affaires les plus pressantes. Vous prendrez les urgences.

L'homme la regardait, admiratif. Clara était pour lui une sorte de fantasme – la femme inaccessible – et ce fantasme lui demandait son aide sur le ton qu'aurait pris une amie, pas comme une patronne.

— Vous serez partie combien de temps ?

— Quelques jours.

Henri avait une petite quarantaine d'années. Il était ambitieux, mais sa sérénité naturelle l'empêchait d'être jaloux, et surtout pas d'elle.

— Vous aurez quelques problèmes, dit-elle, mais, heureusement, il y a ce long week-end.

À la réception, la secrétaire réfléchissait. À certains indices, elle devinait où l'avocate se rendait. Elle avait demandé les horaires des vols Paris-Vienne, réclamé la veille le numéro de téléphone de l'hôtel Sacher. La secrétaire lui avait glissé une fiche portant des indications précises.

Clara continuait d'expliquer à Henri ce qu'il devait dire aux clients décommandés. Puis, pour rester crédible vis-à-vis de son assistant, elle mélangea quelques vérités aux mensonges.

— À vrai dire, il s'agit d'un problème d'ordre familial. À l'occasion, sur place, je prendrai sans doute une affaire que j'ai refusée il y a quelques semaines. Le hasard veut que...

Henri acquiesça. Il savait peu de chose sur sa patronne, en dehors des rumeurs sur une prétendue liaison qu'elle aurait eue avec un riche étranger – mais ce n'étaient que des rumeurs. Même s'il y avait eu effectivement une « affaire » entre elle et ce client, c'était fini et oublié. Actuellement, elle avait dans sa vie un mannequin qui se disait comédien. Henri le détestait, le méprisait. Il souffrait de penser que cette femme exceptionnelle entretenait une liaison si banale, si peu digne d'elle. « L'homme qu'il lui faudrait, c'est moi, pensait-il souvent. Nous pourrions partager les affaires et les loisirs. Mais c'est toujours comme ça, dans la vie : on ne se rend pas compte que celui qu'on cherche est si près ! » Henri se sentait en réserve de secours et d'amour.

Clara expédia les affaires les plus urgentes, dégagea

quatre ou cinq jours de liberté. Le malaise qui allait provoquer des changements considérables dans son existence s'était aggravé au cours de cet étrange mois de mai, la chaleur puissante et inattendue l'avait épuisée. Il fallait fuir ce joli mois, avec ses muguets hypocrites. « Tiens, pensa-t-elle, Thierry n'a même pas pensé à ça, même pas à deux brins de muguet... » Qu'importe, l'affaire était réglée. Du moins le croyait-elle, car elle avait un trait de caractère regrettable : une tendance à sous-estimer ceux qu'elle côtoyait.

CHAPITRE 4

Dans le studio, qu'un gros rideau de coton fleuri isolait de la lumière extérieure, deux corps nus se confondaient sur le lit qui occupait la moitié de la pièce.

— Ton téléphone ringard et sa musique de merde... tu ne l'entends pas ? demanda Fanny. Ou tu ne veux pas l'entendre ? Tu m'énerves... Et si c'était une proposition de travail ?

— Travail ? dit Thierry sans bouger. Travail ? Personne ne m'offre du travail ! Quant à l'avocate, elle croit que je suis à Montpellier pour un casting ! Je suis mieux dans tes bras.

— Il faut quand même répondre à ce téléphone, dit Fanny. Ça peut être important.

— Le plus important, c'est de le débrancher, fit Thierry. Pourquoi tu te tracasses ? Tout cela ne te regarde pas. Je suis sur une grosse affaire, il ne faut pas m'énerver. Je dois réfléchir.

Elle se leva, circula nue dans la semi-obscurité. Le bruit de la rue leur parvenait par bribes. Une voiture de police passa. Le son de la sirène ricocha jusqu'à eux.

— Où est ton blouson ? Où est ce téléphone ?

Thierry bâilla.

— Dans une poche. Mais qu'est-ce que ça peut te

faire ? La boîte vocale fonctionne. Je n'écoute d'ailleurs pas les messages.

— Je n'ai pas fait assez d'études, expliqua Fanny, pour savoir si dans ce qu'on appelle la... je crois, mythologie... n'est-ce pas ? Ça s'appelle la mythologie ? Est-ce qu'il y avait un dieu de la paresse ?

— Je n'en sais rien. Reviens ! Il y a quelqu'un qui t'attend ici, dit Thierry en montrant dans la pénombre son sexe raidi.

— Bien sûr, dit Fanny. Bien sûr. Tu es toujours prêt, mais pas pour tout.

Le téléphone se tut. Thierry jubila.

— Tu vois ! C'est fini.

Fanny cherchait toujours l'objet.

— Il n'est pas dans la poche de ton blouson.

— Peut-être qu'il est tombé. Viens donc ! Tu abuses du côté fragile de l'homme.

— J'en ai marre, des hommes, dit Fanny.

Nue, à quatre pattes, elle tâtonnait pour trouver le téléphone. Thierry, accoudé sur son lit, la contempla.

— Ce n'est pas mal, comme image ! Ça donne des idées !

Elle se retourna, furieuse.

— Ne me regarde pas comme si j'étais une bête. Au fond, je n'aime pas tout cela. Toi et moi, ça ne mène à rien. Toujours le cul... J'ai d'autres ambitions.

— Tu n'es qu'une petite bourgeoise... Je veux dire, dans ta tête. Il y a quelque part papa et maman, toujours là pour te filer du fric.

— C'est faux. Je travaille le soir, je tiens un vestiaire, tu le sais bien.

— Ah, l'exploit ! s'exclama Thierry en jouant avec son sexe.

— Bien sûr, c'est un exploit ! s'exclama Fanny. Je ne me trompe jamais dans les numéros des vêtements.

Thierry s'étira.

— J'en ai marre de tes qualités. Bref, je me lève.

Mais si tu m'apportais un café et si tu me le demandais gentiment... je te raconterais certains petits détails qui pourraient t'amuser, sur les gens célèbres qui se bousculent sans doute aussi dans ta fameuse boîte. Contre le café, tu auras droit à quelques potins.

Elle enfila un slip et un soutien-gorge.

Thierry s'impatienta.

— Le café, le café, réclama-t-il.

Elle disparut, puis revint quelques minutes plus tard.

— Ce n'est que de la poudre et de l'eau chaude.

— Dès que j'ai une masse de fric, je t'offre une machine expresso, promit Thierry.

Fanny s'assit sur le lit, les jambes croisées, tenant entre ses mains le bol de café. La pièce sentait le renfermé, et une vague odeur de sueur et de sperme.

— Qu'est-ce qu'on a pu faire comme saletés sur ce lit ! dit Fanny. Je vais changer les draps avant que la copine revienne. Mais la blanchisserie à côté est très chère et tu n'as même pas une bagnole pour m'amener à la laverie !

— Ça va venir, dit Thierry, ça va venir. Ton café est dégueulasse, d'ailleurs ! Absolument dégueulasse ! Je te raconte quand même.

— Je t'écoute, dit Fanny.

— Clara a eu, d'après les ragots, une liaison avec un de ses clients. Et ce n'est pas très recommandé ! Une avocate qui couche avec un client doit se montrer discrète.

— Mais qu'est-ce que ça peut te faire ? demanda Fanny. Elle a exercé son métier d'avocat, le lit est en plus.

Thierry haussa les épaules.

— Métier d'avocat ? Comme elle le pratique, c'est plutôt un métier de pute. Elle n'a tenu aucun compte de la souffrance d'une autre femme. Elle a obtenu pour l'Argentin la garde de l'enfant avec droit de visite restreint pour la mère. Une seule rencontre par an et le voyage à sa charge. Ceux qui connaissaient l'affaire savaient que l'Argentin allait cacher le gosse dans un ranch, et bye-bye maman ! Elle a présenté des photos pour montrer la vie exceptionnelle qu'il aurait là-bas, avec des instituteurs privés... y compris un professeur de français.

— Oui, d'accord ! dit Fanny. C'est moche. On l'a payée pour ça. Certainement très cher, pour enlever un enfant à sa mère ! Tu sais ce que c'est, une mère ? C'est un ventre et un cœur soudés ensemble. Je déteste ta bonne femme, si elle a fait ça !

— Bon, approuva Thierry. Tu ne la défends plus, alors ? Tu vois qu'elle a des failles, et je vais en profiter. Quand j'aurai quelques preuves indiscutables de cette aventure déshonorante pour elle, je les lui revendrai pour beaucoup d'argent. Légalement, elle n'est pas dans son tort, mais moralement elle ne sera plus rien.

Le téléphone se remit à sonner.

— Je l'ai retrouvé, dit Fanny qui tendit l'appareil à Thierry. Il y a un message, tu devrais l'écouter !

— Bah ! fit Thierry. Si c'est Clara, ce qu'elle peut raconter n'a aucun intérêt. Elle est forte en affaires, mais c'est aussi une grande sentimentale. Elle a un côté « bobonne ».

— Pourquoi tu dis ça ? demanda Fanny.

— Parce qu'elle est bobonne.

Il écouta le message et bondit.

— Ah non ! s'écria-t-il, en fermant l'appareil. Tu sais quoi ? Tu sais ce qu'elle a fait, cette salope ?

Fanny secoua la tête.

— Il y a un drame ?

— Elle m'a viré, dit Thierry, elle m'a viré ! Ma valise est chez la concierge !

— Elle n'est pas si bête que ça, remarqua Fanny. Et tu ne peux pas rester ici cette nuit. La fille avec qui je partage le studio rentre aujourd'hui. Je dois ouvrir les fenêtres, changer les draps.

— Mais je vais dormir où ? demanda Thierry.

— Ça, dit Fanny, je n'en ai aucune idée. En tout cas, pas ici !

CHAPITRE 5

Clara entra dans la carlingue de l'Airbus. Elle avait enregistré une valise de taille moyenne, et son sac était posé à ses pieds. Ayant réfléchi quelques secondes, elle l'ouvrit et déconnecta son téléphone portable.

Elle jeta un coup d'œil à son voisin de siège, un homme à l'aspect sévère, et déploya l'un des journaux achetés avant son embarquement. Le steward présentait un plateau portant des verres remplis de différentes boissons.

— Champagne ? Jus de fruit ?

— Un verre d'eau, s'il vous plaît. Quand vous aurez le temps de revenir.

— Gazeuse ou non gazeuse ?

— Gazeuse.

On lui apporta le verre. Elle but lentement le liquide : elle se sentait lâche et coupable d'avoir mis Thierry à la porte aussi brusquement.

— Encore un peu d'eau, madame ? demanda le steward.

— Non. Merci.

Elle rendit son verre vide.

— On décolle quand ?

— L'espace aérien est encombré. Le commandant va annoncer le départ dans quelques minutes.

— Je peux encore téléphoner ?

— Si vous n'en avez pas pour longtemps.

Elle trouva son appareil dans son sac et appela Thierry dont le numéro était encore sur répondeur. « Deuxième message. Dès que je serai de retour à Paris, je te ferai signe. Si jamais tu as besoin d'aide. À bientôt ! » Elle coupa la communication et déconnecta le téléphone.

Le commandant annonça le décollage dans trois minutes. Clara, les yeux fermés, pensait à ses jeunes années : hésitant entre des études de droit et de psychiatrie, elle avait commencé une analyse. La première séance l'avait amusée, elle s'était découverte habile, elle pouvait distraire, agacer ou énerver « son » psychanalyste. Face à lui, elle tâtait le terrain, jusqu'où elle pouvait aller dans ses fabulations tout en restant crédible et sans se trahir. Elle avait délimité les frontières à ne pas franchir et, après les premiers essais, considérait le psychothérapeute comme un partenaire d'escrime.

Prise par le jeu intellectuel, dès la première séance elle avait évoqué une enfance de délices. Elle aimait son père et sa mère – un couple harmonieux. Suivit une deuxième version : le père était imprévisible et la mère malmenée par le mari et le destin. Quelques séances plus tard, elle entraînait le psychothérapeute dans le récit des cauchemars qu'elle faisait entre treize et seize ans. Elle avait déclaré qu'elle se sentait parfois l'énergie d'une locomotive traversant un tunnel.

Puis elle avait mis fin aux rendez-vous. Elle n'avait jamais parlé à quiconque de ses frayeurs nocturnes qu'elle croyait dominer. Passer une nuit à la lisière de la conscience et du sommeil, quitter l'horreur projetée dans son cerveau comme sur commande, c'était son secret. Du moins le croyait-elle. Elle hocha la tête. Le cauchemar où figurait Thierry l'avait un peu humiliée. Prêter un tel pouvoir à ce garçon inoffensif, paresseux, mais si beau – un accompagnateur en trompe-l'œil ! Elle faillit éprouver un semblant de regret.

En se penchant légèrement en avant, elle regarda au travers du hublot : le paysage apparaissait de biais, l'horizon basculait. Lorsque l'avion atteignit son altitude de croisière, elle s'apaisa. Son sac était entrouvert. Elle le ramassa et ajusta la fermeture métallique. « C'est pour la vie, madame, avait dit la vendeuse. Garanti à vie, ce sac. » Elle avait failli le laisser sur le comptoir. Un sac pour la vie ? Une montre pour la vie ? Quelle est la durée de vie que prévoit un fabricant ?

Le vol entre Paris et Vienne durait deux heures. Une hôtesse arrêta son chariot près d'elle et demanda :

— Vous prenez quelque chose ?

— Volontiers.

Ça l'occuperait, ce repas symbole, ces amuse-gueules, même ordinaires. Son voisin demanda du champagne.

— Quelle boisson, madame ? s'enquit l'hôtesse.

Clara se voyait avec les yeux de la jeune femme qui servait. À ses pieds, son sac de prestige, un bracelet fin et coûteux au poignet droit. Pas d'alliance. Une bague à l'auriculaire de la main gauche et, du même côté, une montre de prix. Rien autour du cou. Une simplicité provocante.

— Un verre d'eau, s'il vous plaît.

Dans l'avion, le temps devenait un espace irréel. Clara se laissa absorber par les événements du passé. Ainsi surgissaient dans sa mémoire, pêle-mêle, des images-flashes. Le regard d'un enfant chez elle dans son bureau : « Je veux rester avec maman. » Plus jamais ça.

Elle eut l'impression que l'avion était à peine parti de Paris quand le commandant annonça la descente vers Vienne. Bientôt, la mélodie du *Beau Danube bleu* se répandit dans la cabine. Une deuxième hôtesse distribua des bonbons. Clara en prit un et le glissa dans sa poche. « Voilà, dit-elle, un truc d'enfant. »

— Vous pouvez en prendre d'autres, madame, dit l'hôtesse. Nous avons aussi des chocolats, si vous préférez.

L'hôtesse lui tendit une corbeille pleine de sucettes en chocolat, emballées dans du papier argenté.

— Comme il n'y a pas d'enfants sur ce vol, je les propose aux adultes. Pour le plaisir. Vous pourrez les offrir en arrivant.

Clara en prit deux, tout en pensant : « Je n'ai pas ce genre de problème. Personne ne me dira jamais, à aucune de mes arrivées : "Tu m'as apporté quoi, maman ?" Je n'ai pas d'enfant. Je n'en aurai jamais. »

CHAPITRE 6

Thierry avait déjà frappé plusieurs fois à la loge de la concierge. Dans une pièce contiguë au petit bureau d'accueil, le bruit agressif de la télévision couvrait les cris et le chahut des enfants qui jouaient encore. À 21 heures, Mme Alvarez n'avait plus l'obligation de répondre aux visiteurs, mais, de nature serviable et surtout curieuse, elle écarta légèrement son rideau de porte. Lorsqu'elle aperçut Thierry, elle tourna la clef, ouvrit le battant.

— Vous venez pour la valise ?

Thierry prit l'air d'un adolescent qui rentre tard et craint une réprimande.

— Bonsoir. Pardon de vous déranger. Oui, je viens pour la valise. Si vous permettez, j'ai quelques mots à vous dire.

L'intérêt de Mme Alvarez s'éveilla aussitôt : qu'avait-il à raconter ? Le film à la télé était ennuyeux.

— Entrez donc.

Thierry connaissait l'effet qu'il provoquait lorsqu'il prenait une attitude de victime.

— Madame Alvarez, dit-il, mon amie, Clara...

La concierge l'interrompit :

— ... vous a mis à la porte.

Selon les heures de la journée, elle prenait en grippe l'un ou l'autre des occupants de l'immeuble. Ce soir-là, elle éprouvait une sorte de compassion pour Thierry.

— ... Vous n'aviez pas prévu ça ?

— Non. Je ne comprends pas très bien.

Elle le fit asseoir. D'une photo encadrée, accrochée au mur, un couple les regardait.

— Elle est belle, cette dame, dit Thierry.

Il espérait que le compliment servirait sa cause.

— Une photo de mariage, commenta la concierge. La dame, c'est moi...

Elle posa sur la table, d'un geste sec, une bouteille de porto.

— Vous en prenez ? Un petit verre... Vous avez une chambre quelque part ?

— Non, dit Thierry. Franchement non. Et mon amie...

— Ne répétez pas tout le temps « mon amie », corrigea Mme Alvarez, énervée. Elle n'est pas votre amie. La preuve : elle ne veut plus de vous.

— C'est vrai, répondit Thierry. Je ne sais pas pourquoi.

— Elle ne vous a donné aucune explication ?

— Non.

Il répéta qu'il n'avait aucun endroit où passer la nuit. La concierge lui dit d'ouvrir l'enveloppe qui contenait des euros pour une valeur d'environ cinq mille francs. Elle constata que cette somme constituait un joli cadeau et déclara qu'elle n'avait elle-même plus la clef de l'« appart », comme elle disait pour faire moderne. Thierry avança prudemment une demande :

— Je pourrais passer encore la nuit ici, je sais comment. Ça dépend de vous. Je préférerais vous donner de l'argent. À vous, plutôt qu'à un hôtel.

Il détacha un billet de cent euros de sa petite liasse.

— Je vous donne ça, six cent cinquante francs, et vous me passez la clef de la chambre de bonne qu'elle n'utilise jamais.

— En effet, dit Mme Alvarez en regardant le billet posé sur la table à côté du petit verre. Elle n'a pas voulu la louer. Pourtant, ce ne sont pas les demandes qui manquaient. Elle aurait dû vous installer dans cette chambre, contre un petit loyer. Ç'aurait été plus convenable pour vous que de vivre à ses crochets.

— Je ne vivais pas à ses crochets. Nous étions amis.

— Bref, dit Mme Alvarez, vous voulez quoi, au juste ?

Thierry poussa vers elle le billet de cent euros.

— La clef de la chambre de bonne. Pour deux nuits.

La concierge hésita. Connaissait-il la date du retour de l'avocate ? Thierry mentit : « Pas avant cinq ou six jours, m'a-t-elle dit dans son message. » Et il assura la concierge qu'il partirait sans doute dès le lendemain. De violents cris d'enfant retentirent.

— Attendez une seconde.

Elle alla vers la porte qui séparait le bureau de la loge de l'appartement privé.

— Ne vous battez pas. J'arrive.

Elle referma et se tourna vers Thierry :

— Je suis pressée.

Elle réfléchit rapidement :

— Je sais qu'il y a dans cette pièce un lit pliant et des couvertures. Le propriétaire qui loue à Mme Martin y a fait installer un w-c chimique près du lavabo.

Elle prit le billet et le glissa dans sa poche.

— Si vous me promettez que vous partez au plus tard après-demain, je vous donne la clef. Évidemment, vous monterez par l'escalier de service. Surtout, n'attirez pas l'attention sur vous. Si jamais maître Martin apprenait ce que je fais, elle serait furieuse. C'est une femme importante. Elle pourrait se plaindre à la gérance, et moi, je risque ma place.

Elle entrouvrit la porte d'un placard mural et y trouva une clef qu'elle donna à Thierry.

— C'est quel numéro ? demanda-t-il.

— Le 26. La porte est juste à côté de celle de la cuisine. S'il y a l'ombre d'un problème, j'appelle la police et je dis que vous m'avez volé la clef. Je tiens à ma place. J'ai deux enfants à élever moi...

— Merci, merci, dit Thierry, ne vous énervez pas. Merci.

Il prit la clef, souleva la valise, quitta Mme Alvarez. Sur le seuil, il se retourna :

— N'ayez pas de remords, ni peur de moi. J'ai un rôle important en vue. Je vous donnerai de l'argent supplémentaire. Je suis d'une nature reconnaissante.

C'était une précaution pour préparer le terrain, car il savait déjà qu'il devrait prolonger au moins d'un jour son « squat ».

Valise en main, il longea le grand hall haussmannien, passa la deuxième porte cochère pour atteindre, de l'autre côté d'une cour intérieure, l'escalier de service. Là, il n'y avait pas d'ascenseur. Sa haine grandissait d'un palier à l'autre. Peu de gens utilisaient ce passage ; même les livreurs montaient par l'ascenseur du bâtiment principal. Mais eux, ils avaient le droit de sonner à la porte d'entrée des appartements.

Au troisième étage, il posa la valise pour souffler. Il n'avait plus aucune habitude des efforts physiques. Il reprit sa pénible ascension. Un jour, il aurait beaucoup d'argent, pensa-t-il. On reconnaîtrait son talent à l'occasion d'un casting où il ferait sensation. Il en était persuadé. Sinon, servi par la chance, il décrocherait le gros lot. Il rêvait de chantage, de prendre le pouvoir sur Clara qui lui avait dit un jour : « Tu as un fond de paresse qui t'empêche d'avancer. » Oui, elle lui avait dit ça ! Elle le regretterait.

Au tréfonds de son être, seul dans cette cage d'escalier de service, il se permit le luxe, sur le palier du cinquième étage, d'un instant de franchise avec lui-même. Et si l'argent ne s'obtenait que par chantage ? Les histoires des grandes escroqueries l'excitaient. Il rêvait d'argent facile. Mais là, dans cet escalier étroit, son fantasme de fric semblait à des années-lumière.

Il atteignit enfin le palier du sixième. L'humiliation qu'il ressentait était plus lourde que la valise, qu'il déposa à l'entrée du couloir desservant l'étage.

Il trouva la porte du numéro 26, fit fonctionner la clef dans la serrure ancienne. Il retourna chercher la valise, entra dans la chambre dont il referma la porte derrière lui, tourna le commutateur, nota l'ampoule nue au milieu du plafond et le lavabo. Il y avait en effet un w-c dans un coin. « Une cellule de prison, se dit-il. Ça ira pour quelques nuits. Mais cette garce me le payera cher. »

Il fit un tour de reconnaissance, s'approcha de la porte qui donnait, de l'autre côté, dans la cuisine de Clara. Un jour, en prenant le petit déjeuner, elle lui avait parlé de cette chambre, dont l'accès était condamné. « Je ne ferme même pas à clef de ce côté, dit-elle, il n'y a aucun danger, je ne laisserai jamais personne s'y installer. »

Ce soir-là, Thierry mangea, assis sur le bord du lit de camp qu'il venait d'ouvrir, un sandwich tout sec emballé sous cellophane. Il s'essuya la bouche du dos de la main et s'approcha de la paroi censée camoufler le passage vers la cuisine. L'obstacle n'était qu'une planche de contreplaqué laquée en blanc. Il la déplaça et libéra ainsi, en passant par la cuisine, l'accès à l'appartement. En proie à une jubilation extrême, il se glissa dans le couloir qui desservait les pièces principales. C'était grisant, cette intrusion. Passer d'un endroit à l'autre en toute liberté. Allumer et éteindre des lumières, juste pour le plaisir. Arriver dans la chambre à coucher et la salle de bains de Clara. Ouvrir, renifler et refermer les flacons. Avec un rouge à lèvres, il dessina un sexe en érection sur sa joue droite et se poudra le nez avec une houppette à l'ancienne, puis il s'allongea sur le lit et posa avec satisfaction ses baskets sales sur le couvre-lit en satin rose. Les rideaux étaient roses aussi. « L'avocate a les goûts d'une pute de luxe, pensa-t-il. Si je réussis, elle n'aura plus qu'à draper tout en noir. » Il s'obligea à quitter la pièce et continua son expédition. Pour la première fois seul dans cet appartement luxueux, sobre, dont les armoires murales étaient fermées à clef, où même les soubassements des bibliothèques portaient une serrure de sécurité, il avait l'impression de se tenir à l'intérieur d'un coffre-fort. Qu'allait-il trouver là ? Des dossiers « personnels » ? « Tu vas voir, maître, ce qui t'attend, pensa-t-il. Il me faut juste un peu de chance. »

CHAPITRE 7

À la sortie de l'aéroport, sa valise rangée dans le coffre d'un taxi, Clara hésita. Dans les moments où elle avait besoin d'aide, ne fût-ce qu'en théorie, elle se rendait compte à quel point sa nature lui faisait tort : dès qu'elle n'en avait plus besoin, elle oubliait ceux qu'elle avait utilisés. Ç'aurait été si facile d'appeler l'oncle de temps en temps, de lui demander comment il allait, de parler d'elle, d'évoquer l'époque où elle et sa mère vivaient chez lui. Pourquoi d'ailleurs éprouvait-elle – au tournant de sa vie – le besoin de demander l'avis de Simon ? Sans doute parce qu'il avait longtemps remplacé un père comme on l'imagine dans les livres d'école. Il lui inculquait ses devoirs vis-à-vis des proches, il évoquait des responsabilités, dont d'ailleurs elle ne voulait pas, surtout quand il lui disait qu'aimer une mère est une obligation morale. Il avait réussi à réveiller en elle, à la moindre occasion lorsqu'elle était impliquée dans une situation délicate, un sentiment de culpabilité. Elle allait chercher auprès de lui de belles phrases réconfortantes, dans le style : « Tu étais la plus intelligente de ta classe. Tu savais rebondir devant un obstacle. Alors, vas-y, n'hésite pas, change ton existence. » Fallait-il lui avouer la plaie inguérissable qu'elle cachait en elle ? N'ayant aucune autre connaissance de la confession qu'un vieux film en noir et blanc où Montgomery Clift jouait un prêtre, elle ne faisait que deviner le sens du mot « absolution ». Pourtant, elle le savait maintenant, c'était pour cela qu'elle venait. Elle interpella le chauffeur.

— Je change d'itinéraire. Allons d'abord à l'hôtel Sacher.

— Vous n'avez pas dit Kleeblattgasse ?

— Si, mais d'abord on va à l'hôtel déposer ma valise. Je dois rester quelques minutes dans la Kleeblattgasse, et il est interdit d'y stationner.

Le taxi roulait lentement, parfois coincé dans des embouteillages. Un conducteur dont on avait heurté la Volkswagen bondit de son siège et, en hurlant, se mit à taper sur le capot du véhicule qui avait éraflé le sien : « Tous les mêmes, pensa Clara, partout. » Ils arrivèrent devant l'hôtel. Déjà le portier avait ouvert le coffre et confiait la valise de Clara à un bagagiste qui portait un uniforme à la veste mal boutonnée. Il faisait chaud, la foule déferlait de tous les côtés. L'Opéra était bâché. Pour regarder ce bâtiment fameux, déguisé aujourd'hui en vieux spectre, Clara s'attarda quelques secondes sur le trottoir et pensa à sa mère qui avait voulu travailler dans cet hôtel comme gouvernante d'étage. Mais, à l'époque, l'établissement n'engageait que des gens diplômés des écoles hôtelières. Tout paraissait plus petit qu'autrefois. Même la rue semblait avoir été compressée.

Une terrasse close prolongeait comme une vitrine la salle à manger, où plusieurs couples prenaient le café. Plus loin, un car de touristes vide, mal garé, profitait du désordre créé autour de l'Opéra. Une odeur de gazole et de poussière traînait dans l'air.

« Qu'est-ce que je fais ici ? » se demanda Clara. Pressée par le regard du portier, elle franchit le seuil de l'hôtel. Le bureau de réception, étroit, gênait presque le passage. Un groupe de Japonais attendait devant le comptoir que l'un des employés leur attribue le numéro de leurs chambres et les clefs. Un jeune homme, dont le short laissait voir les genoux saillants et les jambes poilues, traînant ses baskets, heurta légèrement avec son sac à dos ceux qu'il voulait dépasser. Peut-être un jeune Américain qui souhaitait oublier la guerre invisible et faire quand même son tour d'Europe.

Sur un mur elle aperçut une affichette marquée d'une flèche et des lettres : w-c. Dans un couloir à gauche de la réception circulaient des serveuses vêtues dans le plus pur style d'un Sacher d'autrefois. En blouses noires et petits tabliers blancs, elles portaient des assiettes chargées de gâteaux. Clara se trouva enfin face à une jolie fille. Sur son badge, un prénom : Mélanie. Le chef de la réception, harassé mais patient, expliquait à un technicien les différences phases d'une importante panne d'ordinateur qui les paralysait.

Clara s'exprima en allemand.

— J'ai retenu une chambre au nom de Clara Martin. Une chambre de luxe, ajouta-t-elle, comme si elle voulait souligner une fois de plus sa revanche sur le passé.

Mais quelle revanche ? Où était le luxe ?

Mélanie esquissa un sourire. Elle alla chercher dans une pièce contiguë une série de fiches remplies à la main et déclara :

— Au moment où vous avez appelé, madame Martin, nous n'avions plus que des chambres standard, single ou doubles. Sinon, les junior suites.

— Vous me proposez quoi ?

Elle consulta ses notes.

— Une chambre au deuxième étage, avec vue sur l'Opéra.

Elle ajouta :

— Il est actuellement en travaux, mais, de chez vous, vous n'entendrez que le bruit de la rue.

— D'accord, fit Clara, d'accord. Voulez-vous une carte de crédit ?

Elle ouvrit son sac.

— Non, dit la réceptionniste, non, pas dans notre hôtel. Juste votre date de naissance, ici.

« Pourquoi réclame-t-on la date de naissance ? » pensa Clara qui ajouta, légèrement agressive :

— Vous ne demandez pas la date de mes vaccinations, aussi ?

L'employée ne réagit pas à la plaisanterie. Elle pointa sur la feuille un ongle en forme de coquille ovale.

— Date et signature.

— Vous avez de jolies mains, dit Clara. Et des ongles superbes.

Cette remarque était destinée à racheter sa réflexion précédente, mais la jeune femme, surprise par le compliment aussi inattendu qu'inutile, répondit platement :

— Ils sont naturels, mes ongles.

Elle tendit une clef à l'un des jeunes employés de la réception qui attendaient à quelques pas d'elle.

— Prenez la valise et conduisez madame à sa chambre.

Clara monta dans l'ascenseur au milieu de Japonais au visage inexpressif et au regard vide. Le jeune employé balançait la clef attachée à une plaque en bois, ronde et rouge. Le numéro de la chambre y était inscrit en lettres dorées.

Deuxième étage. Clara sortit de l'ascenseur dans un décor bordeaux. De chaque côté du palier, s'élevaient des marches soulignées de vieux cuivre astiqué, qui ouvraient l'accès à d'autres niveaux.

— À droite, indiqua le jeune homme, tandis que les Japonais attendus par un employé partaient du côté gauche.

Clara monta les marches. Elle suivit l'employé engagé dans un autre passage qui aboutissait à son tour sur un autre espace carré.

— Un vrai labyrinthe, cet hôtel, dit Clara à l'employé qui, lui-même, cherchait la chambre.

L'hôtel était en fait une sorte de puzzle dont les pièces étaient reliées par des marches.

Elle remarqua, accroché au mur, le portrait d'une comtesse ou d'une princesse de la cour des Habsbourg. Son visage diaphane se détachait du fond presque noir de la toile patinée par le temps.

Un autre tournant, une autre porte étroite. Le jeune homme l'ouvrit et dit enfin :

— Votre chambre, madame.

La pièce sentait la poussière. Ce n'était donc que ça, l'intérieur rêvé ? Le jeune homme déposa la valise devant un grand placard dont les portes étaient celles d'une armoire ancienne. La pièce s'étendait en longueur, et la tête de lit appuyée contre la fenêtre à doubles vantaux se dressait comme une barricade entre hier et aujourd'hui. Les rideaux, tombés de trois mètres de haut, étaient retenus de chaque côté par des embrasses dorées. Il fallait grimper sur le lit pour apercevoir, en face, l'Opéra recouvert d'échafaudages. À droite, au-dessus d'un minibar, une petite armoire cachait la télévision.

Une femme de chambre fit irruption, marmonna quelques mots en allemand, déploya l'escabeau qu'elle portait et y monta. Vêtue d'une blouse gris pâle et d'un tablier blanc, elle se mit à nettoyer les cristaux d'un petit lustre. Clara protesta mollement :

— Je n'ai pas besoin de ce nettoyage maintenant. Ça m'est égal, vos cristaux.

Le jeune homme s'adressa en allemand à la femme de chambre qui, se tenant péniblement en équilibre, ne voulait pas interrompre son travail. Clara insista :

— *Bitte schön, lassen Sie mich allein.* Puis elle reprit en français : Je ne supporte pas ce remue-ménage. Pas maintenant.

Le jeune homme se chargea de l'escabeau et, suivi

de la femme de chambre, s'éclipsa. Clara réfléchit. Fallait-il quitter ces lieux si décevants et s'installer dans un hôtel moderne ? Japonais, Américains, cubes en béton, qu'importe, mais pas l'haleine confinée de ceux qui vous ont précédé dans la chambre. « Du calme, se dit-elle. Ne t'emballe pas. » Elle avait jeté Thierry hors de sa vie, elle avait décidé de ne plus jamais plaider un divorce, qu'est-ce qu'elle pouvait supprimer encore ? Elle-même ? Elle s'imposa un temps de réflexion. Si elle se montrait aussi impatiente dès le début de ses « petites vacances », que serait-ce ensuite ? Invivable. Elle décida de sortir. Dehors, c'était la vie. La foule, les touristes luisants de sueur. Il y avait des enfants partout, et de loin lui parvenait le bruit des sabots des chevaux viennois qui tiraient, désabusés, des calèches multicolores.

« La plus belle ville du monde, constata Clara. La plus belle ville du monde vous est indifférente si ce n'est pas un lieu où l'on vous a aimé un jour. » Sur le mur trônait le portrait d'un officier au visage sévère, les tempes soulignées de rouflaquettes. Placé où il était, il ne pouvait contempler que la porte, le lit était hors de son champ de vision.

Clara se sentit prise par l'une de ses angoisses, dont elle connaissait les origines. Il fallait agir, se reprendre en main et dominer les heures à passer ici. Le fait qu'elle avait débranché son téléphone portable et qu'elle ne risquait plus d'être, comme elle disait, « poursuivie » par son bureau lui donna l'impression peu agréable d'être seule au monde.

Elle ouvrit le minibar, prit une petite bouteille d'eau dont elle vida le contenu dans un verre. Elle n'avait pas envie d'ouvrir sa valise. Elle allait descendre au restaurant, choisir une salade et participer – pour quelques heures – à cette existence que sa mère avait imaginée fameuse, interdite aux économiquement faibles. Tout cela ne justifiait pas ce brusque départ de Paris.

Ce n'est pas à Vienne que je vais me détendre, pensa-t-elle. Seule l'idée d'être libérée de Thierry la soulageait. Elle avait eu le courage de rompre. Elle avait retrouvé son indépendance, vis-à-vis d'elle-même aussi.

Après une courte hésitation, elle ouvrit sa valise et y prit une pochette garnie à l'avance d'objets de toilette, puis elle vérifia la présence dans son sac à main de son passeport, des billets en euros, de ses cartes de crédit qui la sécurisaient, de lunettes de soleil plus foncées que celles qu'elle portait habituellement. Elle irait à la Kleeblattgasse à pied, elle en aurait pour un quart d'heure de marche. Quand, quelques semaines plus tôt, elle avait annoncé par téléphone à l'oncle Simon sa probable visite, il l'avait rassurée : « Tu arrives quand tu veux. Si je ne suis pas à la maison, tu attends. Je ne m'absente que pour les courses, et je ne vais jamais très loin. D'ailleurs, si tu viens, c'est que je compte dans ta vie. À propos, tu n'as pas appelé depuis plus de huit mois. »

Elle se rendrait chez Simon en se promenant. Enfant, elle circulait souvent dans le centre-ville, car sa mère l'emmenait de la Kleeblattgasse à une garderie. Dans les ruelles bordées d'anciennes maisons étroites, habitaient des gens qui n'avaient que peu d'argent. Un jour, elle avait dit à sa mère en montrant l'hôtel Sacher : « Qu'est-ce qu'il y a là-dedans ? – Des gens riches, avait-elle répondu. Nous, abandonnées par ton père, nous ne pourrions pas passer une nuit ici. – Papa ne nous aime pas ? – Si, mais de loin. Plus on est loin, plus il est content. » Clara ne savait pas, à l'époque, si elle adorait ou détestait ce père. Encore aujourd'hui, à trente-cinq ans, elle restait dans l'incertitude – d'où peut-être son propre comportement avec les hommes.

« Il est temps d'effacer l'ardoise du passé, pensa-t-elle. Un tour au Prater, un coup d'œil sur la Grande Roue, dîner avec l'oncle et retour à Paris. »

Elle quitta la chambre, la porte se referma derrière elle. Le numéro inscrit sur l'acajou était fort discret. Au bout du couloir, dans l'espace carré un peu mieux éclairé, elle aperçut une silhouette d'enfant. À cette distance, il était impossible de savoir si c'était une fille ou un garçon. L'enfant semblait chercher, mais sans agitation. Pour l'instant, il contemplait un portrait sur l'un des murs sombres.

Clara supposa que quelqu'un allait sortir d'une chambre pour rejoindre l'enfant, puis, oubliant sa salade, elle se dirigea vers la frêle silhouette : c'était un petit garçon.

— Bonjour, prononça-t-elle en français. Tu es perdu ?

— Je ne trouve pas la porte de la chambre, dit-il.

— Tu es français ?

— Je ne sais pas.

Il était sûrement français, puisqu'il comprenait et parlait la langue.

— Tu es à cet étage ?

— Sais pas. Papa dort. Je suis sorti.

— Comment tu t'appelles ?

— Daniel.

— Daniel comment ?

— Daniel Robin.

Clara le regarda avec attention. Un petit garçon pas très à la mode. Rien d'un costaud. Des yeux clairs, la peau fine sur des tempes transparentes.

— Quel âge as-tu ?

— Cinq ans. Demain.

— Pourquoi tu es sorti ?

— Je voulais un Coca. Le minibar est fermé.

— Il ne t'a pas dit le numéro de ta chambre, ton papa ?

— Non.

Pour un enfant, ces couloirs qui se croisaient dans les tournants et ces marches qui reliaient les différents niveaux devaient être mystérieux et compliqués.

— Viens, dit Clara en lui donnant la main.

— Où on va ?

— Je t'amène à la réception. On va te conduire chez ton papa.

Elle devina l'emplacement de l'ascenseur dont les portes étaient discrètement dissimulées dans la tapisserie. Elle ressentit sa méfiance habituelle, la peur de rester coincée entre deux étages.

— On va à pied, déclara-t-elle. Tu me suis ?

L'enfant se précipita vers l'escalier principal, qu'il commença à descendre en sautillant d'une marche à l'autre.

— Non, dit Clara. Tu vas tomber.

L'enfant, plutôt discipliné, obéit. Elle regarda la petite tête, les cheveux courts légèrement bouclés sur la nuque. Du premier palier, on percevait la rumeur des conversations au bureau de la réception. Elle s'arrêta :

— Tu es arrivé quand ?

— On a dormi ici.

— Combien de fois ?

— Je ne sais pas.

— Pourquoi tu réponds chaque fois « Je ne sais pas » ?

— Parce que.

Il prit un air buté.

— Et ta maman est où ?

— À la maison, à Paris.

L'escalier aboutissait devant le comptoir de la réception. Clara interpella en allemand la jeune femme qui l'avait accueillie à l'arrivée.

— Je l'ai trouvé à mon étage, cet enfant. Il cherche son père.

La femme sourit.

— Ce monsieur est arrivé de France hier. M. Robin

est au premier étage, 146. Nous allons ramener le petit garçon. Êtes-vous contente de votre chambre, madame ?

— Pour le temps que je reste, dit Clara, qu'importe...

— Je veux un Coca, dit Daniel.

— Tu vas avoir un Coca, dit la jeune femme.

— Vous parlez français ! remarqua Clara.

L'employée répondit :

— « Je veux un Coca », ce n'est pas difficile.

Clara se tourna vers l'enfant.

— Cette dame te ramène chez ton papa. Au revoir.

Elle le laissa devant le comptoir dont il n'atteignait pas le bord. Elle refusait l'attendrissement. Les enfants appartenaient à un monde qu'elle préférait éviter. Avant de ressortir de l'hôtel, saisie par un détestable sentiment de culpabilité, elle faillit revenir sur ses pas et déclarer : « Je vais t'offrir ton Coca, moi. » Elle incrimina le père : « Encore un de ces types sans doute divorcés, incapables de s'occuper d'un enfant. »

Sur le seuil, le portier la salua. Elle répondit machinalement, puis, dans le soleil tiède de la douce journée, s'engagea dans la direction de Kleeblattgasse.

CHAPITRE 8

On liquide parfois le passé en jetant des objets, en détruisant des photos, en déchirant des lettres ou des documents. On peut rayer une rue de sa mémoire, mais pas d'un centre-ville. En suivant la Kärntnerstrasse jalonnée de magasins élégants, de boutiques chics, Clara arriva à un carrefour, Tuchlauben. Et, enfin, Kleeblattgasse ! La rue avait deux entrées étroites reliées par une partie en longueur ; l'ensemble formait un fer à cheval à angles droits.

Elle longea le trottoir pour entrer à l'intérieur de cette voie originale où s'alignaient des bâtiments robustes et d'allure spartiate, portant gravée sur leurs façades l'année de leur construction, de 1550 à 1620. Elle se trouvait maintenant devant la maison qui avait abrité ses tristesses d'enfant, et ressentait le malaise que suscite la rencontre avec quelqu'un après une longue absence. Que dire ? Rien ? Ou tout ? L'immeuble moyenâgeux n'avait subi qu'un seul changement : il y avait un interphone, une liste de noms correspondant chacun à une touche. Une seule vignette, en plastique, portait l'inscription : *Anonyme*. Sans doute une trouvaille de l'oncle. Elle ne s'était pas trompée. Elle sonna, attendit, puis la voix résonna :

— Qui est là ?

— C'est moi, Clara.

— Clara ? Déjà arrivée ?

— Je suis là, Simon.

L'oncle déclencha l'ouverture de la porte cochère. Clara entra et referma le battant derrière elle. Elle s'arrêta dans l'entrée profonde, haute de plafond, de forme presque ovale. Elle reconnut l'odeur – un mélange de moisissure et d'oignons grillés. Elle trouva la cage d'escalier, gravit les marches plusieurs fois centenaires, aux bords glissants d'usure. L'appartement était au premier étage. « Il aurait pu ouvrir, pensa-t-elle. Me faciliter le premier contact. » Elle sonna, l'oncle apparut. Il devait l'attendre derrière le battant.

— Bonjour, Simon.

Il ouvrit les bras et la serra contre lui.

— Tu ne m'appelles plus « oncle » ?

— Parfois, je t'appelle Simon, dit-elle après l'accolade.

Elle débita très vite quelques banalités :

— Je voulais t'écrire, je n'ai pas eu le temps. Je t'ai appelé, mais ça sonnait souvent occupé.

— Ne te fatigue pas ! fit l'oncle. Tu es là, c'est tout. Quand tu parles, je crois entendre ta mère. Tu as la même voix, avec des intonations différentes. Elle avait toujours un ton un peu peiné ; toi, tu es plus directe.

L'évocation de sa mère provoqua le retour instantané de la morte. Son fantôme passa dans le couloir tapissé de livres.

— Viens, dit Simon. Je te fais un thé ? un café ? J'ai acheté une nouvelle bouilloire électrique. Rapide.

— Un café plutôt, dit-elle.

Elle ressentit un vif soulagement : Simon ne compliquait pas les retrouvailles. Aucun regard inquisiteur : sa nièce avait-elle un visage plus marqué que la fois précédente ? Était-elle encore jolie ? Fatiguée, pas fatiguée ? Vêtu d'une chemise à carreaux et d'un pantalon serré à la ceinture, mince, il affichait ses soixante-dix-sept ans avec coquetterie.

— Le café, tu le veux vrai ou faux ?

— Vrai, dit-elle.

— Assieds-toi.

Ils étaient dans la grande salle à manger, organisée en pièce à vivre. D'un côté, la télévision, de l'autre, une installation stéréo collée près d'un vilain buffet Henri II, d'où l'oncle venait de sortir des tasses.

— Ce n'est plus une vraie cuisine comme à l'époque où nous étions tous les trois, prononça Clara. Tu as tout agrandi.

Ils échangeaient les mots avec précaution, ils s'épargnaient. Ils savaient par expérience qu'il vaut mieux éviter les émotions qui usent.

Le café n'était pas bon, mais elle mit un sucre et but la moitié de la tasse. Simon s'accouda sur la table. L'homme était d'une propreté méticuleuse. Son visage, pareil à un profil gravé sur un médaillon, était barré par des lunettes à l'élégante monture dorée.

— Tu as minci, dit-elle prudemment.

— Pas de cancer pour le moment. Que Dieu en soit remercié ! Mes repas sont frugaux. À mon âge, chaque année est un cadeau. Tu admires mes lunettes, hein ? C'est un modèle pour adolescent ou chef de bureau. Tu veux des gâteaux secs ?

— Non merci, oncle ! dit-elle. D'habitude, quand j'arrive, je t'envahis avec mes histoires. Tu vois, cette fois j'ai pris mon temps... Dis, as-tu la patience de m'écouter ?

— Bien sûr. Quel compliment, d'ailleurs, et quelle perte de temps ! Tu m'as souvent écouté sans jamais suivre mes conseils. Tu fais semblant, c'est déjà ça... Par les temps qui courent, il faut se contenter de peu.

Sous la discrétion du propos, il exprimait un vague reproche.

— Tu as raison, dit-elle. Je connais mes défauts. Tu es ma seule famille, c'est pourquoi je suis là.

— Au moins, c'est net et franc. Tu souffres ? Pourquoi ?

Elle se redressa et s'appuya contre le dossier de la chaise.

— Tu es mal assise ? dit l'oncle. Navré, mais je n'ai que ça... Tu es arrivée à quelle heure ?

— Il y a peu de temps, et je me suis installée à l'hôtel.

— Quel hôtel ?

— Le Sacher.

— Hors de prix, non ? Tu as encore ta chambre ici.

Aurait-elle pu dire qu'elle avait besoin de confort, une belle salle de bains, le service, l'idée de pouvoir vivre comme elle vivait ?

— Je n'aurais pas osé m'installer chez toi...

— Bien sûr, dit l'oncle. Les matelas sont les mêmes qu'il y a vingt-cinq ans. Bonne qualité, mais peut-être un peu rugueux. Et, si tu n'es pas venue seule, ce serait sans doute compliqué, ici...

— Je suis seule, Simon.

— Tu vois ton père ?

— Une fois par an. Il m'a prêté de l'argent pour acheter le bail de mon cabinet. Je le rembourse. Il m'a rassurée. S'il ne se remarie pas, selon la loi je suis sa seule héritière. C'est tout. Pour lui, je ne représente aucun autre intérêt.

— C'est triste, dit Simon.

Clara expliqua d'un ton neutre :

— Il m'a aussi donné quatre cents francs de contribution pour le bouquet envoyé sur la tombe de maman.

— Il aurait pu ne rien donner du tout, remarqua Simon. Tu iras au cimetière ?

— Non. Tout passe – je veux dire les fleurs –, par abonnement. Pour moi, maman n'est pas sous cette dalle de marbre, mais ailleurs.

Il l'observait. Elle était belle, sa nièce, ses vêtements étaient à la mode, sa voix limpide et son allemand parfait. Pourtant, une douleur l'habitait.

— J'espère que tu n'es pas malade, dit-il, soucieux.

Tu sembles porter tout le poids du monde. Depuis que tu es entrée ici, tu n'as pas souri une seule fois.

Gênée, elle esquissa un sourire maladroit.

— Les divorces, même à l'amiable, c'est moche. Les gens ne devraient pas s'unir ni fabriquer des enfants.

— Si on t'écoutait, ce serait la fin de l'humanité.

— Et alors ? dit-elle. Quel soulagement aussi bien pour la terre que pour les animaux. La terre sans hommes ! Quel rêve !

— Continue, dit l'oncle. Tu es malade de mots.

— Je ne supporte plus ma clientèle. Les couples qui s'entre-déchirent, leurs victimes : les enfants. On les balance d'un côté et de l'autre, selon l'emploi du temps de chacun. Confort d'abord, haine en prime.

— Tu exagères. Tu fais là une monstrueuse caricature des gens. S'ils ne veulent plus rester ensemble, quelle est la solution ? Devraient-ils être les otages des enfants ? J'ai lu quelque part qu'un couple sur deux divorce. Le monde actuel, c'est ça...

— Je sais qu'il n'y a pas de solution, sauf si tu as une idée de génie, Simon.

— Un nouveau déluge qui noierait tout le monde ? Non, tu fais fausse route, Clara.

Il se leva pour prendre une boîte métallique contenant des gâteaux secs. Il lui en offrit.

— Si ton père ne vous avait pas flanquées à la porte, si tu avais été élevée dans une famille chaleureuse, tu aurais une vision différente.

— Sans doute, dit-elle, mais ce n'est pas le cas.

L'oncle se fit très doux.

— Je crois que je vais te renvoyer dans ton hôtel chic. Il vaut mieux que tu t'en ailles, sinon je risque de devenir désagréable. Je ne peux pas t'offrir une humanité de rechange, ni de solutions à tes problèmes métaphysiques pour rayons de supermarché. Tu veux un verre d'eau ? demanda-t-il en allant se servir. Ça te fera du bien. Au lieu de sourire à la vie, tu la boudes. Tu provoques le destin.

— Je suis seulement désorientée, prononça-t-elle. Je suis un ancien enfant déboussolé. Si je n'ai plus confiance en moi par rapport aux hommes, c'est que mon père n'a voulu ni de ma mère ni de moi. C'est tout. Ça suffit pour faire de vous un handicapé sentimental.

L'oncle fit une grimace.

— Mais qui t'empêche d'être au moins un peu heureuse ?

— Le manque de confiance en moi, répéta-t-elle. Dans mon métier, je tiens le coup, je remporte des victoires. Mais ma vie privée est nulle !

L'oncle aborda avec prudence une question délicate :

— Si tu es tellement fâchée contre ton père, pourquoi tu n'as pas repris le nom de jeune fille de ta mère ? La nouvelle loi française le permet, paraît-il.

— Ah non ! Surtout pas ! Je m'appelle Martin. Ça passe très bien. J'ai un pedigree qui convient à mon métier.

— Née à Vienne. Ce n'est ni une honte ni un secret. Il n'y a pas une ville plus belle dans les environs, ajouta-t-il malicieusement.

Elle fit semblant d'apprécier la plaisanterie.

L'oncle sentait que cette visite tournait à l'échec. Si Clara partait maintenant, elle ne reviendrait plus.

— Tu restes combien de temps ?

— Le week-end, peut-être un ou deux jours de plus.

— J'ai souvent pensé, reprit l'oncle, au nom de jeune fille de ta mère... Même sur sa tombe, tu as fait graver *Martin*. Au moins tu aurais dû ajouter : *Lévy*.

— Sans doute, dit-elle. Peut-être que j'aurais dû...

Simon se leva et commença à ranger les tasses, aidé de Clara. L'atmosphère sembla s'alléger. Laissant couler l'eau très chaude sur la petite vaisselle, il annonça :

— J'ai commencé à écrire un livre. Un livre de philosophie, de pensées, un résumé de notre époque. Un condensé.

— Depuis que je te connais, tu écris.

— Je sais, dit-il. Pourquoi crois-tu que je vis seul ? N'importe qui dépérirait à côté de moi.

— Tu pourrais avoir un animal.

— Je me suffis en tant qu'animal.

— Un chien, oncle. Il faut le faire sortir, ce qui interrompt la phrase qu'on écrit. C'est sain, un chien. Tu as suffisamment de place ici.

Elle se leva et s'engagea dans l'appartement. Il y avait, au bout d'un couloir, deux chambres à coucher : celle de l'oncle et l'ancienne chambre de Clara et de sa mère à l'époque où Simon les avait accueillies.

— Oncle, s'exclama-t-elle. C'est vrai, tu as tout gardé comme c'était !

Simon la rejoignit, heureux de sa réaction.

— Tout, dit-il, même ton lit d'enfant ! Il pourra te servir un jour. À propos, juste pour l'information : je t'ai légué cet appartement. Il vaut soudain un tas d'argent. Immeuble déclaré monument historique, en plein centre, partiellement rénové...

Elle l'écoutait à peine, absorbée par l'examen de la chambre.

— Tu as tout conservé, répéta-t-elle, émue. Tu as conservé ça ! Mais alors, Simon...

Il la prit dans ses bras.

— Tu veux pleurer ?

— Oui.

— Pleure.

— Alors, tu nous as vraiment aimées ?

— Bien sûr ! affirma-t-il. Bien sûr. Mais je ne suis pas démonstratif. Si on vous croit indifférent, on n'essaie pas de vous blesser. Viens, on va sortir et oublier tout cela. Si je meurs, réclame cet appartement. Il y a ma photo sur la commode. Il faut que j'en trouve une où je suis mieux.

Peut-être sous le poids de l'émotion accumulée, Clara eut un malaise. Prise d'un soudain vertige, elle se courba avec un petit gémissement. L'oncle pâlit, voulut la prendre dans ses bras. Mais elle fit signe que ça allait passer.

— Qu'est-ce que tu as ? Des coliques néphrétiques ?

Elle fit non de la tête. Simon l'aida à s'allonger sur le lit où couchait sa mère, des décennies plus tôt.

— J'appelle un médecin ?

Clara s'efforça de respirer calmement.

— Psychosomatique, dit-elle à voix basse.

— C'est quoi, cette bêtise ? Une douleur pareille ?

Elle voulut se moucher, tâta ses poches, rien.

— Où est mon sac ?

— Dans la salle à manger, j'ai quelque part une boîte de mouchoirs en papier, j'arrive.

Elle ne bougea pas. Elle restait au bord de la nausée, les joues mouillées de larmes. Sa veste noire avec ses surpiqûres rouges était soudain chiffonnée, pleine de taches de larmes sur les revers. Elle l'enleva et tira sur elle la couverture légère. Simon reparut avec un verre d'eau et tendit la main. Sur sa paume, il y avait une pilule blanche.

— C'est quoi ? dit-elle.

— De l'aspirine. C'est bon pour tout.

— Non, fit-elle. Non, merci.

— Quelle est l'origine de cette crise, Clara ? La vérité. Pas de bobards psycho-machins !

Elle reprit son souffle.

— La vérité ? Tu vas me détester. Tu vas me renvoyer chez moi.

— Tu es devenue complètement folle, Clara. C'est presque injurieux, ce que tu dis. Je t'écoute.

— Je me suis fait avorter il y a cinq ans, avoua-t-elle. Je me suis fait arracher un enfant du ventre. Cet enfant me fait mal, cet enfant, que je n'ai pas vu grandir, est là. Quand je suis trop fatiguée, trop sensible, son souvenir me coupe littéralement en deux.

Simon s'assit au bord du lit et regarda cette fille qu'il avait connue petite, et qui tremblait d'une émotion profonde.

— Tu devais avoir des raisons. Tu n'étais pas mariée ? Je l'aurais quand même su... Alors ?

— J'avais dans ma vie un homme séduisant, très séduisant. Je n'aurais jamais dû avoir une liaison avec lui !

— Pourquoi ?

— Parce que... Parce que j'étais... Il était...

— Mais dis-le, ne crains aucun jugement. Je t'écoute !

— J'étais l'avocate d'un homme aussi puissant que séduisant, qui voulait divorcer de sa femme, une Française. J'étais devenue une chose. Sa chose juridique. Sous influence. J'étais persuadée que je n'aimerais jamais personne autant que je l'aimais. Il réclamait la garde de son enfant qu'il voulait emmener en Argentine. J'ai déployé toutes mes connaissances professionnelles, j'ai utilisé tous mes instincts de femme à la recherche des points faibles chez l'autre femme. Mon comportement, légalement admissible, était abominable sur le plan humain. Hypnotisée, paralysée, je luttais pour la mauvaise cause de mon client qui me serrait dans ses bras, qui me traitait en reine dans son ranch d'Argentine. Une reine de cinq semaines ! Je voulais lui plaire, je voulais l'impressionner. Je déployais des astuces détestables. Quand il me disait : « Tu as du génie », je le croyais, je perdais toute notion du raisonnable. Par négligence ou par erreur de calcul, je me suis retrouvée enceinte. Dans son affaire, j'ai obtenu pour lui tous les droits. J'avais présenté la mère comme psychiquement déséquilibrée, trop faible pour prendre à sa charge le destin de son propre enfant. Il y a eu un dénouement tragique.

— Lequel ?

— Non, je ne peux pas. Pas aujourd'hui.

Clara gisait sur le lit, mains plaquées sur son ventre.

— Quand je me suis trouvée enceinte, je le lui ai dit. Il m'a répondu, voulant sans doute plaisanter : « J'ai demandé la garde d'un enfant, pas de deux. Tu as improvisé, ma chère juriste, une histoire très romantique – en prime –, mais ça ne marche pas ! Lutter, baiser, payer, vaincre, ça oui. Mais pas un enfant de toi... Je te paierai en plus de tes honoraires le plus chic des avortements que tu puisses t'offrir. Mais si tu veux garder cet enfant, c'est ton problème. Ça ne sera qu'un petit Martin de plus ! »

L'oncle s'assit au bord du lit et posa la main sur l'épaule de Clara.

— Pourquoi a-t-il dit « de toi » ?

— Je l'ai su plus tard.

— Quelle a été la raison de ta décision ?

— La honte. Ce Sud-Américain m'a rejetée de la même manière que mon père, qui ne voulait pas de sa fille. Je n'allais pas recommencer la lutte qu'avait menée ma mère. Elle passait son temps à expliquer qu'il y avait un papa quelque part, mais qu'il n'avait pas le temps, ce papa, pas de temps pour nous.

L'oncle hocha la tête.

— Tu ne m'as pas tout dit, Clara. Il y a une lacune. Tu te joues à toi-même une sorte de psychodrame, tu n'es pas franche.

L'oncle alla chercher un deuxième verre d'eau.

— Bois, et dis-moi la vraie raison.

— Ma situation professionnelle serait devenue difficile... Plaider avec un gros ventre la garde des enfants d'un couple qui se sépare ? Courir après des nurses qui n'existent plus ? Devenir responsable d'un être sans défense, comme l'était ma mère de moi ? Elle n'avait pas de vie, maman, elle se consacrait à moi. Et je ne l'ai pas assez aimée. Si elle n'avait pas été polonaise et juive, nous aurions eu une belle place dans une belle société.

— Ne mélange pas les problèmes religieux et ethniques. Exprime l'élément déterminant, même si ça t'écorche la bouche.

— Déterminant pour l'Argentin, oui. Il ne voulait pas un enfant d'une mère juive.

— La persécution prénatale, c'est à la mode depuis Hérode. Ce n'est pas la vraie raison.

Alors elle prononça d'une voix assez dure :

— Le confort. La crainte pour ma vie professionnelle, ma carrière.

Elle insista, comme pour se faire mal :

— Je ne voulais pas m'affubler d'un gosse pour la vie.

— À la bonne heure ! dit l'oncle. C'est enfin sorti. Rien n'est pourtant plus banal que cet aveu. Tu n'es ni la première femme ni la dernière qui pense ainsi ! Que tu en souffres ensuite, ce n'était sans doute pas prévu.

— Qu'est-ce que je dois faire, oncle ?

— D'abord, le plus important, c'est d'éviter les calmants, les psychiatres, les soi-disant meilleures amies et les voyantes. Ton avenir dépend de toi ! De toi seule ! Maintenant, avant d'aller dîner ou grignoter quelque chose, je vais te montrer comment on peut liquider le passé. Viens.

Elle quitta le lit pour suivre Simon qui entra dans la chambre d'à côté. Il désigna d'un geste un vieux coffre-fort.

— Je l'ai acheté juste avant qu'il ne soit jeté dans une décharge publique. Il a un seul avantage : c'est que la serrure marche avec un code. Je ferme le coffre et m'interdis d'épiloguer sur le passé. Terminé, fini !

— Comment, oncle ?

— J'ai utilisé comme code de serrure ces chiffres

– il montra son bras gauche où apparaissaient les chiffres de la déportation, tatoués sur sa peau. Compose-les.

— Non, je ne joue pas à ça.

— Ce n'est pas un jeu. Fais-le.

Elle obéit. La porte bringuebalante du vieux coffre s'ouvrit.

— Regarde ce qu'il y a à l'intérieur.

Il y avait une paire de lunettes, un manuscrit et une petite pendule arrêtée.

— C'est radical. Il suffit que j'ouvre la porte en composant le numéro dont on m'a marqué et je me dis : ce numéro m'aide à rester dans le présent. Les lunettes pour lire sont enfermées, le manuscrit d'un livre de mémoires interrompu, la pendule arrêtée. On peut dominer le passé. À l'avenir, essaie de prévenir ce genre de crise. Viens, maintenant, viens.

Elle se prépara. Quelques minutes pour se refaire un visage présentable. Descendre les rudes marches ensemble, comme jadis.

Dehors, ils eurent l'impression que l'ombre qui recouvrait la rue allait les aspirer. Ils devenaient ombres eux-mêmes.

— Allons dans un endroit vivant, demanda Clara.

— C'est ce qu'on va faire.

— Ensuite, continua Clara, je rentre à l'hôtel.

— Tu ne veux pas dormir chez moi ?

— Une autre fois.

Des gosses téméraires longeaient les deux étroits trottoirs sur des patins à roulettes. Ils dérapaient parfois. Le plus grand tenait une corde à laquelle deux plus jeunes étaient agrippés. Il avait enlevé ses patins et tirait les deux plus petits.

— Ils sont infatigables, constata l'oncle.

Cette remarque légère les soulagea. Autour d'eux, les passants se précipitaient vers Kärntnerstrasse, brillante de lumières.

— Ce n'est pas dans une cave à bière que je vais t'inviter, mais dans une pâtisserie. Tu te souviens des gâteaux au chocolat avec de la crème fouettée ?

— Oui, dit Clara.

— Si je te disais que je t'offre, à la place d'une choucroute, un chocolat chaud, qu'est-ce que tu dirais ? Il fait soudain frais, c'est le soir.

— D'accord, dit Clara, ça nous fera du bien.

Sans s'arrêter, il se tourna vers elle.

— Il n'y a pas un homme de valeur dans ton entourage ?

— Non, dit-elle. J'avais un jeune type...

— Jeune, c'est-à-dire ?

— Vingt-six ans.

— Et alors ?

— Et alors, moi, j'en ai trente-cinq.

— L'âge est dans la tête. S'il fonctionnait agréablement au lit...

— Oncle, tu utilises de ces expressions...

— Disons que je suis devenu adulte à soixante-dix-sept ans. Il est bien, cet homme ?

— Je l'ai viré avant de partir.

L'oncle s'arrêta net.

— Tu avais une raison précise ?

— Je voulais m'empêcher de m'y habituer.

— C'était une séparation d'un commun accord ?

— Pas du tout. C'est une surprise pour lui...

— Tu en as fait un ennemi...

— Sans doute, dit-elle, mais c'est un faible, un velléitaire. Il ne représente aucun danger.

Le soir, après le chocolat chaud et le gâteau, Clara prit congé de Simon et rentra à l'hôtel. Il y avait du monde dans l'entrée. Des touristes arrivés tard admiraient l'endroit si célèbre où ils allaient dormir.

Elle prit la clef chez le concierge du soir sollicité de tous les côtés, monta vers sa chambre et s'attarda un peu dans le couloir avant d'ouvrir sa porte. « Le petit garçon, pensa-t-elle, est-ce qu'il dort déjà ? Son crétin de père, où est-il ? » Elle se rappela à l'ordre. « Restons objective, se dit-elle. Après tout, ce n'est peut-être pas un crétin. Et puis je m'en fiche ! Ce n'est plus mon problème. Je ne veux plus m'occuper de cet enfant, d'aucun enfant, ni de problèmes d'enfant. »

Elle ouvrit la porte, alluma la lumière. Une bouteille d'eau minérale sur la table ronde, au milieu de la pièce, était offerte par la direction avec quelques mots de bienvenue.

La couverture du lit était faite pour deux personnes car il y avait un chocolat déposé sur chacun des oreillers. Clara s'assit, dégusta un des chocolats, alluma la télévision où un journaliste commentait en allemand un événement sportif. Elle éteignit l'écran, puis pensa qu'elle avait gardé les sucettes offertes dans l'avion, et qu'elle aurait pu les donner au petit. « Je n'ai aucune présence d'esprit, pensa-t-elle. Elles vont fondre dans ma poche. Il faut que je les jette. » Elle se leva, décrocha sa veste de l'armoire, trouva les deux sucettes emballées et les posa sur le plateau de l'eau minérale.

Elle prit ensuite une longue douche dans la salle de bains intime, un vrai cocon de luxe. Elle s'essuya et alla se coucher, nue.

CHAPITRE 9

L'absence de bruits et l'immobilité de l'air isolaient Thierry du monde extérieur. Sans surveillance, abandonné à ses pulsions – le vol et la vengeance –, il se sentait heureux d'exister. Il quitta la chambre à coucher de Clara, traversa le salon en sifflotant et réprima à grand-peine une puissante envie de casser quelques objets précieux. Il regarda avec convoitise un grand vase en porcelaine, peint à la main, lourd, encombrant et provocant. « L'un des rares cadeaux de mon père, lui avait expliqué Clara. Du côté de papa, il y avait un militaire haut gradé qui avait fait l'Indochine. Il avait rapporté cet objet qui a déjà traversé quelques générations. Il est arrivé jusque chez moi. – "Fait" l'Indochine ? avait demandé Thierry. C'est moche ce que tu dis. "Faire" un pays, c'est du vocabulaire de club. – Ou de militaire », avait répliqué Clara, glaciale. Mais casser ce vase n'aurait fait que désencombrer le salon. Thierry aurait presque rendu service à l'avocate. Alors non. Il continua jusqu'au bureau de Clara et contempla la pièce, enfin à son aise. Sur le bureau, un meuble Art déco, régnait l'objet préféré de maître Martin. Thierry s'approcha de la pendule transparente. « Cadeau d'un client », lui avait dit l'avocate. L'idée même de briser cet objet cher et chéri lui provoqua une érection à la fois mentale et physique. Il prit la pendule, observa avec une attention aiguë ses rouages. Les grandes aiguilles semblaient immobiles tandis que sur un petit rond plus foncé se hâtait un fin bâtonnet en or qui comptait les secondes. Ces mécanismes d'une perfection absolue étaient emboîtés dans deux plaques de cristal de roche artistiquement rugueuses. Il aurait fallu un poids considérable pour écraser, mettre en pièces ce chef-d'œuvre de l'horlogerie suisse. À l'époque de son emménagement, quand Clara lui avait donné des explications à propos de cette pendule, il avait tendu la main gauche vers l'avocate en exhibant son poignet : « Moi aussi, j'ai un chef-d'œuvre suisse, une Swatch ! – Un jour, je t'offrirai une belle montre-bracelet », avait-elle dit. C'est ce genre de phrase qui avait déclenché la haine de Thierry. Il se sentait bon marché à côté de Clara, et cela ne se pardonnait pas.

Il tenait la pendule en main, taquinant l'idée de la jeter contre le mur, mais il n'était pas certain de pouvoir la casser et l'échec l'aurait vexé. Avec regret, il la replaça sur le bureau « en acajou de Macassar », avait-elle précisé au jeune homme qui, lui, achetait ses rares meubles en kit.

Depuis le moment où Clara l'avait installé chez elle, il cherchait la faille de cette femme. Il nourrissait l'espoir de transformer Clara en rente, de se faire entretenir longtemps, de créer une situation qui l'obligerait à payer. Ou de trouver un coup qui lui rapporterait une somme considérable en une fois. Cette nuit, c'était le moment ou jamais de chercher les preuves qui confirmeraient les ragots entendus sur elle. Elle serait tombée amoureuse d'un de ses clients, propriétaire de vastes domaines en Argentine. Elle serait arrivée dans son ranch en avion privé et y aurait passé le temps nécessaire pour monter ses dossiers : l'un en sa faveur, l'autre désastreux pour l'épouse française qui prétendait garder son enfant en France. L'Argentin avait décidé de se débarrasser de sa femme et d'obtenir la garde exclusive de son fils. Clara croyait-elle vraiment que l'enfant serait mieux élevé par des instituteurs privés dans un cadre de grand luxe ?

Pour faire gagner son client, maître Martin aurait utilisé, disait-on, des moyens de persuasion que seule une femme peut mettre en œuvre contre une autre femme. Suivant des instincts presque policiers, animée par l'amour qu'elle éprouvait pour son client, elle avait passé au peigne fin la vie de la mère. L'Argentin lui avait parlé de troubles psychiques.

C'était Dino, un copain, qui avait raconté cette histoire à Thierry. Le hasard avait voulu que Dino soit pendant quelques jours à Buenos Aires témoin de leurs tête-à-tête... Puis, selon ses dires, au moment où il n'avait plus eu besoin d'elle, l'Argentin, un nommé Raoul quelque chose, avait viré l'avocate.

Thierry, flairant la bonne affaire, avait tout de suite demandé à Dino si l'avocate avait pu commettre une faute professionnelle. Risquait-elle d'être rayée du barreau ? « Penses-tu, elle est beaucoup trop intelligente ! avait répondu Dino. Mais oublie ce truc. En tout cas, aucune référence à moi... Je n'ai rien dit. Depuis cette affaire – paraît-il – elle est devenue méfiante. Elle vit seule et, aux réceptions, on ne l'aperçoit qu'accompagnée de personnalités d'un haut niveau social. »

Seul dans le bureau de cette femme qu'il voulait faire chanter, Thierry examina les lieux : le plafond, les coins ornés de motifs en stuc. Apparemment, il n'y avait aucune caméra de surveillance. Il réfléchit et s'installa dans la chaise de travail de Clara qu'il fit tourner à droite, à gauche, mécaniquement. Une photo encadrée montrait une femme d'un âge indéfinissable et une fillette. Sans doute Clara et sa mère. Ce n'est donc pas le sentiment filial qui manquait au cher maître. Thierry constata, déçu, que tous les tiroirs étaient fermés à clef : six tiroirs, trois de chaque côté, munis de serrures de sécurité. Soudain il perçut un tic-tac, tic-tac, qui revenait comme un petit coup de marteau sur sa conscience : c'était la pendule transparente. Il était vingt-deux heures.

Il se leva et s'approcha de la pièce contiguë. Sur la porte il nota un point rouge lumineux. Il fallait un code pour y pénétrer. Clara, dans son imprudence, lui avait facilité la tâche. Ne lui avait-elle pas pratiquement livré le code ? Même la femme la plus forte éprouve parfois le besoin de parler en confiance. « Regrettable faiblesse, se dit Thierry. À sa décharge : elle ne pouvait pas supposer que je pourrais me trouver un jour seul dans cette pièce, ni que j'entrerais dans ses archives. »

Il trouva un tableau de commandes caché derrière le rideau de la fenêtre la plus proche. Il y avait des touches, des chiffres de 1 à 10. Un signal rouge, à peine plus gros qu'un demi-ongle, avertissait que l'alarme était activée. Il fallait trouver la combinaison. Il se rappelait chaque mot de Clara. « Les utilisateurs d'alarmes commettent souvent la bêtise de prendre pour code leur date de naissance ou des chiffres combinés avec leur nom. C'est un jeu d'enfant que j'ai inventé. D'ailleurs je n'en suis pas peu fière. De 1 à 10 les chiffres deviennent mon prénom. J'ai choisi la solution la plus primaire : numéroter les lettres de 1 à 10. » « Merci, maître », prononça Thierry à mi-voix. Il prit une feuille du bloc-notes et aligna chiffres et lettres correspondants.

« C » était égal à 3. Le « L », douzième lettre dans l'alphabet, aurait comporté deux chiffres, il n'en prit que le premier. Ça donnait :

3 1 1 1 1.

C L A R A.

Mais, selon les renseignements reçus et bien retenus, il ne fallait que quatre chiffres. Il conserva donc 3 1 1 1. Il effleura les touches. « Ça y est », pensa-t-il avec une bouffée de profonde satisfaction : la lumière rouge passa au vert. Pourtant, cette opération paraissait trop facile. Inquiet, il hésita une seconde avant d'appuyer sur la poignée de la porte. Et si les sirènes se déclenchaient ? Mais non, rien, le silence. « Tu es un génie, Thierry », se dit-il, ravi. Il entra dans l'étroite pièce. Les murs hauts d'au moins trois mètres étaient meublés d'étagères chargées de classeurs. Le soubassement était constitué d'une suite d'armoires étroites, fermées. En tâtonnant, il découvrit l'interrupteur. Un plafonnier envoya une lumière tiède. Un autre interrupteur à côté du premier fit fonctionner deux spots dont la lumière croisée permettait de parcourir les dossiers sans lampe d'appoint.

Il se mit à genoux et commença à ausculter les serrures. Il se servait de ses longs doigts comme d'outils. Les serrures de sécurité résistaient. Les forcer ? Mais avec quoi ? Pour essayer, il tenta de glisser la lame de son grand canif dans le sillon à la jonction du soubassement et de la première porte. Il ne put même pas introduire le bout du couteau. Et si ces petites portes étaient blindées ? Il se leva d'un bond et donna un énorme coup de pied aux meubles qui ne faisaient qu'un avec le mur. À travers sa chaussure, le choc le blessa. Il regarda autour de lui. « Elle doit laisser les clefs par ici, le cher maître. » Il semblait peu vraisemblable qu'elle les garde sur elle. Thierry tournait en rond comme un fauve en effleurant les dossiers alignés sur les rayonnages. Ils portaient chacun une date, la plus ancienne remontant à sept ans. « Sa carrière est courte, pensa Thierry, mais très brillante ! Quand je pense que je suis là dans le tréfonds de la vie de Clara, et le seul résultat, c'est que je me casse la tête contre ce mur ! » Il passait d'un rayonnage à l'autre, écartant légèrement les épais volumes, cherchant sans savoir quoi. Soudain, entre les cartons de dossiers de presse et de documents, à côté d'une collection de guides juridiques, il perçut un contact métallique. Il sentit son sang battre dans ses tempes. Il tira de leur cachette deux clefs plates attachées ensemble. « Hourra ! » pro-

nonça-t-il d'une voix rauque. Puis il répéta tout haut :
« Tu es un génie, Thierry. » Il s'agenouilla et
commença à ouvrir les placards du bas. Les clefs glissaient comme dans du beurre et tournaient avec une
facilité soyeuse.

Le premier secteur contenait des dossiers titrés en
allemand, le deuxième en anglais. C'était peut-être derrière la troisième porte que se cachait l'énigme, donc
le fric : il sortit plusieurs grandes enveloppes de couleur jaune et déversa sur le plancher le contenu de la
première. À pleines mains, il se mit à brasser des photos fatiguées, photos de famille jaunies montrant des
personnages dans le jardin d'une vieille maison, une
femme dans un fauteuil qui tricotait au moment où elle
avait été fixée sur la pellicule. Il rangea soigneusement
les clichés. Il devait être en mesure – le cas échéant –
de nier son intrusion dans cette pièce. Une pensée
dérangeante le traversa : il aurait dû mettre des gants.
« Mais elle ne réclamera jamais mes empreintes. Elle
paiera avant ! » Une photo s'échappa du paquet de
documents, il la ramassa. C'était l'image d'une rue
étroite. On lisait en gros plan le nom inscrit sur la
plaque : « Kleeblattgasse ».

La dernière enveloppe était collée, le rabat renforcé
par une bande de scotch. Dès qu'il eut commencé à
lire les lettres manuscrites, il sut qu'il tenait le filon.
C'étaient des messages en français, semés d'expressions en anglais. Il trouva la photo d'un homme plutôt
plaisant, debout devant une écurie d'où un palefrenier
venait de sortir un cheval déjà sellé. Le bas de l'image
était occupé par un prénom, « Raoul », griffonné au
crayon-feutre, sans autre message de tendresse.

Il restait au fond du placard une enveloppe collée
et cachetée à la cire. Il l'ouvrit avec précaution. Elle
contenait une sous-enveloppe. Dedans, une cassette
vidéo, et des négatifs montrant des images mysté-

rieuses pour lui. Que représentaient ces formes et ces contours ?

Il prit la cassette, se précipita au salon et la glissa dans le magnétoscope. Sur l'écran, une masse parfois ronde, parfois ovale bougeait, palpitait, se rétractait. « Qu'est-ce que c'est que ça ? » Il éjecta la cassette sans étiquette, la remit dans l'enveloppe, gardant les photos qui représentaient les images du film.

Parmi les documents en anglais, certains papiers semblaient officiels. Il reconnut le mot « clinique ». Dans un autre carton, des photos montraient Clara au bord d'une somptueuse piscine ; sur d'autres, elle apparaissait resplendissante auprès du même homme, le fameux Raoul, qui la tenait par la main ou par la taille.

Thierry avait envie d'appeler sa copine Fanny, mais il n'osait pas utiliser le téléphone, et son portable, il l'avait oublié dans la chambre de service. Fanny parlait bien l'anglais, elle lui aurait traduit l'essentiel. Malgré ses difficultés à déchiffrer l'écriture, il repéra une phrase sur le dos d'une photo, celle de l'homme à cheval : « À mon avocate que j'aime ! À la meilleure. À celle qui me rend mon enfant. »

Au dos d'un portrait de Clara, Thierry reconnut l'écriture de l'avocate : « Avec mon amour infini, Clara. » Elle avait noté la date et le lieu. Précise, Clara. Thierry émit un sifflement. Elle avait dû récupérer cette photo au moment de la rupture, ainsi que des lettres écrites de sa main à Raoul. Il piqua ici et là une phrase dans les feuillets tirés de la liasse. C'était grisant. « Je n'aurais jamais pensé qu'on puisse aimer à ce point. Un monde inconnu s'ouvre devant moi. Merci, Raoul ! »

Sans doute pour se débarrasser d'elle définitivement, pour ne garder aucune trace, aucun lien, l'Argentin lui avait rendu leur correspondance amoureuse. Thierry se promit d'étudier chaque lettre, chaque phrase. Ce paquet de papiers valait de l'or.

Il tâta le fond de l'armoire basse, y trouva encore un grand cahier en plastique dont les feuilles, formant des pochettes, contenaient des coupures de presse, des fragments de journaux pliés. Les titres sautèrent littéralement au visage de Thierry. En lisant le nom d'une femme, très vieille France, il reconnut la personne qui figurait sur la photo en robe du soir. « Mme X, épouse divorcée d'un richissime Argentin, s'est suicidée dans la nuit de (des dates suivaient), dans sa maison familiale près de Biarritz. Par une lettre d'adieu, elle accuse son ex-mari et l'avocate de celui-ci d'avoir monté toute une opération pour la présenter comme psychologiquement atteinte, et donc incapable d'assurer l'équilibre de leur fils, dont l'ex-mari a obtenu la garde définitive. L'enfant étant caché dans un ranch, faute d'argent suffisant et de renseignements sur place, elle ne pouvait qu'exercer un droit de visite annuelle, à ses frais propres. »

Une autre coupure de presse accusait la loi qui avait permis l'« enlèvement » juridique de l'enfant et provoqué une grave dépression chez la mère, laquelle avait mis fin à ses jours.

Le nom de maître Martin apparaissait plusieurs fois. « Tout cela est à étudier de près », se dit Thierry. Brusquement, il s'exclama : une photocopie marquée « Confidentiel » reproduisait un avis médical concernant la santé mentale de l'ex-épouse de Raoul, qu'il décida d'appeler dorénavant la « Señora ». C'était d'ailleurs le surnom qu'on lui attribuait dans la presse.

Il ramassa l'ensemble des documents et rebrancha l'alarme. « Je te tiens, belle Clara, marmonna-t-il. Tu vas casquer. »

CHAPITRE 10

Clara avait décidé de traverser sa première nuit à Vienne sans somnifère. C'était plus facile à Paris où, durant ses errances nocturnes, elle pouvait aller dans son bureau écrire quelques mots, remplir une fiche, rédiger un pense-bête. Ces angoisses nocturnes avaient justifié à ses yeux l'installation de Thierry chez elle. À l'époque, elle avait analysé la situation à sa manière. Angoisses ? Le passé. Nervosité ? Un emploi du temps surchargé. Tensions diverses ? Regret de laisser filer la vie sans la compagnie d'un homme agréable. Chez elle, il n'y avait même pas un chat pour l'attendre.

Combien de fois elle s'était arrêtée devant les magasins où on vend des animaux ! Un jour, à New York, elle avait failli faire un faux pas et acheter un petit chien qui, le museau collé contre la vitre, hissé sur ses pattes arrière, jappait, l'appelait. Elle était entrée dans ce Pet Shop, dont la seule évocation lui rappelait l'odeur de sciure mélangée à l'urine des animaux. Elle avait demandé au gérant empressé si elle pouvait prendre ce chien et l'emmener à Paris. « Lequel ? – Celui qui me réclame. » Le vendeur savait qu'il tenait l'occasion de la journée. Il devint doux comme un chirurgien qui explique qu'on ne sentira rien lors de l'intervention. « Vous pensez au petit teckel qui dort ? – Non, lui, lui, regardez, il me cherche ! – Le bichon, précisa le vendeur. – Je ne le prendrai que si je peux le faire voyager sur mes genoux en cabine. – Évidemment, assura le vendeur, mais les soutes sont bien aménagées pour les transports d'animaux, madame. » Il contourna un comptoir encombré, ouvrit un tiroir où il prit un carnet et dit : « Il a toutes ses vaccinations. Il peut partir. – Quel âge ? demanda Clara, la gorge serrée. – Bientôt cinq mois, madame. Il sera très rapidement propre. D'abord, vous mettez un journal par terre, ensuite vous le promenez. Dès que vous voyez qu'il se met à tourner en rond, vous le sortez. » Clara était très élégante ce jour-là : elle portait une copie parfaite d'un tailleur Chanel et apparaissait comme une femme de luxe qui cherche son joujou vivant. « Voulez-vous le prendre dans vos bras ? » demanda le vendeur avec finesse. C'était le moment critique où le client réfléchit. Le contact palpitant de l'animal peut faire basculer la décision, oublier le poids de l'achat et ses conséquences.

« Téléphonez à votre compagnie aérienne, madame. D'ailleurs, si vous voulez m'en donner le nom, ainsi que le jour, l'heure et la destination de votre départ, je vous épargnerai les démarches. Vous êtes descendue à quel hôtel ? » Elle dit : « L'hôtel Pierre. » Le coup de grâce pour épater le vendeur. Cette cliente avait plus que les moyens de prendre le chien. Elle voyageait sûrement en première classe.

Il eut un gémissement : le bichon avait repéré Clara et, tourné vers l'intérieur du magasin, poussait son museau entre deux barreaux et sa patte sortie de la cage grattait l'air. Clara s'approcha du chien, puis recula et dit : « Donnez-moi votre carte, je vais réfléchir, je vous appellerai. » Elle sortit du magasin et, cette fois, il y avait deux êtres collés contre la vitre qui la regardaient s'éloigner : le vendeur et le chien.

Elle entra dans un coffee shop, prit un Coca light et, hissée sur un tabouret devant le comptoir, examina l'affaire comme s'il s'agissait d'un dossier. Un chien.

S'arracher du lit, à moitié sonnée, enfiler un training, se jeter dans l'ascenseur, des tongs au pied, aboutir sur le trottoir, sachant que Mme Alvarez l'observait par la vitre. Le chien cherche un appui où pisser. « Pas contre le mur, intervient quelqu'un, on est déjà taggué. » Pas de caniveau, partout des voitures. Le chien finit par s'accroupir comme une femelle. Le liquide coule. Remonter. Lui expliquer, ayant mis partout dans la cuisine des journaux et de la nourriture, qu'elle revient dès qu'elle peut. Un appel de la concierge au bureau : « Il est petit, votre chien, madame, mais il a la voix forte, il pleure. Pour les voisins, il y a mieux. Ce sont les gens du troisième âge qui souffrent, ils restent chez eux dans la journée. »

Il faut vivre avec un homme si on veut avoir un chien. C'est lui qui doit le descendre. Elle pensa au jeune mannequin, comédien débutant, Thierry, qui lui avait dit qu'auprès d'elle il apprendrait mieux ses rôles. Il se produisit comme un collage dans son esprit : Thierry installé, et le chien. À force de voir Thierry plus qu'elle, le cabot l'aimerait plus. Elle ne se rendit pas compte du triste jeu de mots. Si le chien aimait plus Thierry, elle serait de nouveau blousée. Alors, elle ne prendrait que Thierry, lui seul... Avant d'arrêter un taxi pour rentrer à son hôtel, elle jeta la carte du magasin, déchirée en petits morceaux comme on fait d'un chèque raté.

À peine Thierry installé chez elle, elle avait compris qu'elle était tombée dans le piège de la tendresse simulée par le jeune homme.

Malin, il avait tout de suite repéré les points faibles de cette femme forte. Il la prenait dans ses bras et sa grande main élégante se posait sur la tête de Clara. « Apaise-toi, disait-il. Tout ira bien. » Elle avait souvent l'envie, plus forte qu'un désir sexuel, de lui parler de ses affaires de cœur, si intimes, si enfouies dans le passé. Son métier l'avait habituée au silence et murée dans le secret professionnel. Elle n'évoquait jamais le nom d'un client ni la nature d'une affaire. Son mutisme la fatiguait, parce que chaque fois qu'elle s'apprêtait à s'exprimer, elle devait trier, séparer scrupuleusement ce qui appartenait à la vie de bureau et à la sienne.

Quelle nuit dans cet hôtel Sacher ! Odieuse nuit. Dans un demi-rêve, sous le poids d'un cauchemar, elle avait entendu parler allemand. Comme un écho lui revint un dialogue échangé jadis entre sa mère et son oncle. « *Schreklich* », avait-elle entendu. Ce mot était d'ailleurs aussi allemand que yiddish. Quelle nuit ! Elle se refusait à être une tour de Babel à elle toute seule. Elle ne voulait pas avoir à trier les mots, les souvenirs. Harassée, elle choisit un jus de fruits dans le minibar tiède, mais n'arriva pas à décapsuler la bouteille. Elle se rendormit difficilement et profita de quelques petites heures de sommeil.

Elle se leva tôt, prit un long bain, s'habilla. L'eau sentait la Javel, comme à Paris. Elle descendit à la salle à manger. Elle n'avait pas faim, mais éprouvait le besoin de voir un peu de mouvement autour d'elle. Le maître d'hôtel lui proposa une table près d'une fenêtre, à l'écart du buffet copieusement garni, et le serveur lui versa du café. Elle entendit alors :

— Bonjour !

Elle leva la tête, posa sa tasse. Le petit garçon rencontré la veille se tenait près d'elle.

— Bonjour ! Ça va, ce matin ? Tu n'es plus perdu ?

— J'ai dit à papa que tu es ici...

Sa première pensée fut pour les sucettes. Elles étaient toujours sur la table basse de sa chambre. Elle regretta de ne pas les avoir prises. Elle désigna une petite corbeille sur sa table :

— Tu veux un croissant ? Un pain au chocolat ?

— On a tout là-bas ! Papa aussi.

Elle n'avait rien à lui dire. Heureusement, il partit en courant, se faufila parmi les clients et disparut. Clara espérait être oubliée. Un serveur passa, à qui elle demanda un autre café, puis entendit :

— Bonjour, madame ! Je ne veux pas vous déranger, mais permettez-moi de vous remercier pour votre aide, hier.

Elle leva la tête. L'homme qui l'interpellait était de taille moyenne, âgé d'environ trente-cinq ans, habillé d'un vêtement de sport léger. Il faisait sûrement chaud dehors. Ses yeux étaient foncés comme ses cheveux, son teint plutôt mat.

— Je me présente : Mark Robin.

— Clara Martin. Il est charmant, votre fils. C'était un plaisir de le rencontrer.

Daniel les écoutait.

— Il est blond comme sa maman, n'est-ce pas ?

Elle cherchait à meubler le silence, car le mutisme du père l'énervait. Elle n'avait pas besoin d'un tel exercice dès le matin.

— Oui, répondit Robin. Sa mère est blonde.

Clara continua :

— Les garçons ressemblent souvent à leur maman !

Que de banalités ! Il fallait se débarrasser du père et du fils.

L'enfant grimpa sur une chaise libre et s'installa en face de Clara. Penché sur la table, il attrapa un croissant dans la petite corbeille en osier tressé.

— Voulez-vous vous asseoir une seconde ? demanda Clara à Robin.

— Tu n'aurais pas dû prendre le croissant de madame, dit Robin.

— Mais bien sûr que si, protesta Clara. Installez-vous.

C'était toujours comme ça. Plus elle cherchait à sortir d'une situation ennuyeuse, plus elle s'y enfonçait. Sa politesse ne lui valait que des difficultés. Son deuxième café fut empoisonné par la rencontre des deux inconnus.

*

L'enfant fixait Clara. On ne lui avait pas encore expliqué que « ça ne se fait pas ». Robin s'assit à son tour.

Une autre tasse attendait sur la table et le serveur, qui croyait que la famille – père, mère et enfant – s'était enfin retrouvée, vint verser du café au supposé mari, puis demanda au petit garçon :

— Tu veux du lait ? Je t'apporte une tasse ?

— Qu'est-ce qu'il veut ? demanda l'enfant.

Mark Robin intervint.

— Il apprend l'anglais, mais pas encore l'allemand.

Clara se tourna vers l'enfant.

— Ce monsieur demande si tu veux du lait.

— Pas de lait, dit l'enfant, du chocolat.

Clara commençait à être agacée. Embarquée dans ses traductions de tasse de lait, de sucre, de chocolat – en allemand et en français –, elle ne s'en sortait plus ! Elle essaya de se défendre, dominant mal son impatience.

— Vous risquez de ne pas retrouver votre table, monsieur ? Monsieur...

— Robin, répéta-t-il d'un ton légèrement réprobateur. Robin. Ma table n'a aucun intérêt ! J'allais juste prendre un café quand Daniel s'est échappé. D'ailleurs, nous n'allons pas vous déranger plus longtemps, nous allons au Prater.

— Bien sûr, dit Clara. C'est une visite obligatoire quand on vient à Vienne, surtout avec un enfant.

On apporta un chocolat avec de la crème Chantilly. Daniel prit un air renfrogné.

— Je n'aime pas ça.

— Laisse-le.

Robin voulut s'expliquer :

— Comme tous les enfants, il a ses habitudes. Je

suis seul avec lui, alors il en profite, il fait ce qu'il veut...

À Clara totalement indifférente, Robin expliqua :

— Je n'ai pas encore la pratique de ces courts séjours avec mon fils.

Elle ne l'aidait toujours pas. Il continua :

— Je suis un père divorcé. Mon fils s'ennuie avec moi. C'est pour ça qu'hier il a quitté la chambre.

— Vous avez l'habitude de faire la sieste ? demanda-t-elle légèrement ironique.

— La veille de mon départ, j'ai travaillé toute la nuit. J'avais tellement sommeil que je me suis assoupi sur mon journal...

« Assoupi », ce mot, vieux comme le pays, était étrange. Un provincial, élevé par sa mère, ou par son père et sa mère. Encore un peu et il dira « dîner » au lieu de « déjeuner ». Du calme, Clara, se dit-elle. Il sort d'un autre siècle, mais ce n'est pas sa faute.

Le petit garçon s'ennuyait visiblement.

— Tu as des enfants ? demanda-t-il à Clara.

— Non.

— Tu as quoi ?

— Un bureau et des employés.

— N'embête pas la dame ! intervint le père.

— Il ne m'embête pas. Il est très éveillé, lui.

— Curieux, plutôt. Bien, on y va...

Il hésita à se lever. Il serait bien resté. Encore un qui cherchait à se faire protéger.

— Merci pour votre accueil. Daniel veut prendre le train fantôme.

— Qui t'a parlé du train fantôme ? demanda Clara.

— Maman. Et chez Mickey il y en avait un...

— Vous auriez dû l'amener une fois de plus à Euro-disney, dit Clara. Vienne n'est pas un endroit amusant pour un enfant.

— En vérité, dit Robin, c'est par égoïsme que je

suis là. Je comptais trouver une baby-sitter et m'offrir une soirée à l'Opéra.

Clara répondit avec une redoutable douceur, signe qu'elle allait exploser :

— Il vaut mieux se renseigner avant de partir, on vous aurait dit que l'Opéra est en travaux. On ne donne que quelques concerts de Mozart, mais dans un autre théâtre. Quant à trouver une baby-sitter... Elles partent aussi en vacances, les baby-sitters.

Elle ajouta :

— Vous avez quatre jours à passer avec votre fils et vous cherchez une baby-sitter ?

— Oui, et je ne me sens pas coupable. Une fille qui surveille le sommeil de mon enfant et que je paye me permet de mettre un peu le nez dehors.

Clara se tut. Devant un juge, elle aurait dit : « Incapable de répondre aux besoins affectifs de l'enfant. Seul avec lui, il ne tiendra pas vingt-quatre heures. »

Robin continua, prouvant une fois de plus combien l'homme manque de l'instinct de survie.

— Quand on n'a pas divorcé, quand on n'a pas d'enfants, on ne peut même pas deviner ce que c'est. Après le divorce, la guerre est ouverte... Je suis un combattant de l'amour paternel. Si vous saviez ce que c'est... Un ex-beau-père richissime, sa fille neurasthénique, et l'enfant, l'héritier...

— Épargnez-moi les détails, je suis avocate spécialisée en divorce. C'est-à-dire, je l'étais. Je m'oriente maintenant vers le secteur des sociétés.

Robin la regarda, surpris.

— Avocate ?

— C'est ça...

— Je vous présente mes excuses, madame. Je n'aurais pas dû vous embêter avec mes histoires.

Clara fit signe au garçon pour qu'on lui apporte sa fiche à signer.

— Coïncidence, dit-elle, simple coïncidence. Il y a des rencontres plus méchantes que ça.

Robin toucha la main de l'enfant.

— Viens, on va laisser la dame tranquille.

Le serveur déposa la fiche, Clara vérifia le numéro de sa chambre et signa. Puis précisa :

— Monsieur a une autre chambre. Donnez-lui sa fiche.

— Merci, dit-il. Vous avez l'habitude de diriger les opérations...

— Non, dit-elle. Non, mais je ne désire pas payer votre petit déjeuner... Je vous souhaite une bonne journée.

— Tu veux venir et me regarder sur le manège ? demanda l'enfant. Maman me regarde et dit : « Bravo, bravo ! »

Il s'essuya la bouche avec le dos de la main. Le père remarqua machinalement :

— La serviette, Daniel.

Clara prit sa serviette, se pencha et essuya la bouche du gosse qui leva la tête pour lui tendre son visage.

Mark Robin repoussa sa chaise.

— Si ce n'est pas trop vous demander, passez avec nous une heure au Prater. Vous m'aideriez. C'est un gosse qui a l'air obéissant, mais il suffit d'un moment d'inattention et il disparaît dans la foule.

— Non, dit-elle. Je ne...

Elle réfléchit.

— En vérité, je voulais aller au Prater mais peut-être un autre jour, et pas pour les manèges...

Robin saisit l'occasion.

— Si vous veniez maintenant pour prouver que vous ne m'en voulez pas ? Ce serait moins ennuyeux pour vous aussi et surtout pour moi...

Il tapota la main de l'enfant qui le tirait par la veste pour sortir enfin de cette salle à manger. Autour d'eux, répartis à de petites tables, il y avait des Japonais, des

Africains, des Nordiques – si l'on en jugeait à leur blondeur et à leurs yeux clairs – presque toujours en couples. Ils faisaient des allers et retours au buffet pour regarnir leurs assiettes.

Embarrassée, embarquée dans ce qu'elle appelait ses « maladresses », Clara avançait. Elle se retourna et demanda en passant, sans paraître attacher le moindre intérêt à la réponse :

— Vous faites quoi dans la vie ?

— Je suis ingénieur chimiste, dit Robin.

Ils passèrent devant une salle fermée au public ce matin-là.

— Pas un métier exaltant, ajouta-t-il.

— Vous croyez qu'il y a beaucoup de métiers exaltants ? demanda Clara.

— Bien sûr. Mais je n'avais pas assez de volonté pour résister à mes parents. Ils y tenaient, surtout mon père... À la chimie...

— Vous auriez voulu faire quoi ?

— Ce qui m'intéresse, dit-il, c'est la botanique, les plantes, les orchidées, les fleurs, les greffes. J'aurais aimé vivre dans une immense pépinière et étudier les arbres.

— Papa ! interpella l'enfant. On s'en va ?

— Évidemment...

Ils continuèrent en direction de la réception. « Ils sont orphelins, pensa-t-elle. Après tout, ce n'est pas une si mauvaise idée de les accompagner. » Elle aussi, elle serait soulagée, elle en finirait avec le Prater et les souvenirs des rares moments d'amusement de son enfance. Elle annonça qu'elle irait avec eux. Ils semblèrent contents.

Ils longèrent un couloir étroit et aboutirent à la réception. À la sortie, le portier se tourna vers eux.

— Un taxi, dit Robin.

CHAPITRE 11

Clara regardait, par la fenêtre du taxi, les rues de Vienne ensoleillées ce vendredi matin, peuplées de touristes éblouis, qui fixaient sur la pellicule cousins, cousines, mari et femme, pigeons et statues. Le soleil coulait sur les toits que surmontaient souvent des personnages sculptés dans la pierre, grandeur nature. Un trop-plein de beauté avait pris toute la place dans les réservoirs de la mémoire visuelle. Les statues, baignées d'une lumière jaune citron – les rayons étaient encore doux –, ressemblaient à des monuments funéraires, mais sans tristesse. « Une ville de fer, de bronze et d'or », pensa Clara.

Elle prit son téléphone portable. La batterie était faible, mais suffisait pour appeler Simon. Elle composa le numéro et l'oncle lui répondit aussitôt d'une voix claire :

— Bonjour, nièce ! Ça va mieux depuis hier ? Je savais que tu allais appeler ! Ce que tu m'as dit m'a secoué. J'ai repris mon manuscrit dans le coffre. Je vais le transformer. D'un récit je vais faire une thèse. Je veux prouver qu'être Dieu n'est plus un métier supportable.

— C'est sans doute intéressant, fit-elle. Heureusement, ce problème me laisse indifférente.

L'oncle demanda, curieux :

— J'entends des bruits. Tu es où ?

— Dans un taxi.

— Où vas-tu ?

— Au Prater.

— Quoi faire, au Prater ?

— C'est ta faute : tu m'y as souvent amenée, maman aussi.

L'oncle réfléchit à haute voix.

— Ta pauvre mère ! Elle te conduisait là-bas dès qu'elle le pouvait, pour t'amuser. Il y a encore des manèges anciens, paraît-il.

— Je l'espère, j'ai justement auprès de moi un enfant qui s'y intéresse.

— Tu as quoi à côté de toi ? répéta l'oncle. Tu as quoi ?

Elle prit un ton mondain.

— J'ai fait la connaissance d'un Parisien qui passe le week-end à Vienne avec son petit garçon. Je les accompagne au Prater.

— Tu t'encombres encore ? demanda l'oncle. Tu veux consoler qui ? Remplacer qui ?

Simon était capable de déchiffrer les intonations d'une voix avec un instinct redoutable. Elle regarda son téléphone : la batterie faiblissait, elle s'en réjouit.

— Je dois raccrocher...

— Reviens chez moi avant le coucher du soleil. Je te le demande, c'est shabbat.

— Je suis navrée, mais aucune fête religieuse ne me concerne, dit-elle. Je reviendrai si tu me promets d'éviter des rituels qui me gênent.

La batterie mourut. Clara jeta un coup d'œil à Mark, qui faisait semblant de n'avoir pas entendu la conversation.

— Ça y est ? demanda Daniel. Tu as parlé avec ton papa ?

— Non. Pourquoi, mon papa ?

— Parce que tu étais polie.

— Je suis polie.

94

— Maman est polie aussi.

— Tu as téléphoné à ta maman pour lui dire que tout va bien ?

— Ce n'est pas dans mes habitudes, dit Robin. Parfois, il faut une vraie coupure !

L'ambiance s'alourdissait. Ce gosse, pensa Clara, devrait être en train de s'amuser au bord d'un des petits lacs proches de Vienne, et pas en ville.

Robin désigna la vitre arrière du taxi.

— Regardez ! Selon moi, la voiture grise nous suit.

Clara se tourna dans la direction indiquée.

— Il y a plusieurs voitures derrière nous.

— La grise est suspecte. Dès que je m'éloigne de Paris avec mon fils, je suis sous surveillance. Ils veulent connaître chacun de mes déplacements.

— Qui « ils ? », demanda Clara.

— Mon ex-femme, mon ex-beau-père, même la nurse. Ce que je fais, comment je le fais, si je lâche la main de Daniel quand on traverse une rue. Ils essaient de m'avoir à l'usure.

— Détendez-vous, dit Clara, personne ne nous suit. Votre divorce est récent ?

— Oui, plutôt. C'est l'enfer.

— Évitons cette conversation devant l'enfant, dit-elle.

— Mais ils savent tout, les enfants. Vous arrivez avec vos guili-guili et ils vous envoient en pleine figure une clause de jugement qui les concerne.

— Vous exagérez, dit-elle, vexée et décidée à se débarrasser de ce type hystérique.

La ville défilait autour d'eux et bientôt, à droite sur l'horizon, apparut la Grande Roue, surgissant en même temps des souvenirs et d'un parc déjà encombré de visiteurs.

— Elle est là, dit Clara. Comme avant.

Robin commenta :

— La Grande Roue ? Elle est là depuis cent ans,

paraît-il. Si vous saviez comme je déteste ce genre de parc d'attractions. C'est vraiment pour amuser le gosse. Je fais mon devoir.

Depuis un moment, le chauffeur jetait des coups d'œil dans le rétroviseur. « Des Français, pensa-t-il. Jamais contents ! » Bientôt le taxi s'arrêta devant une des entrées latérales du Prater. Robin le paya et l'Autrichien s'étonna du pourboire généreux.

À peine étaient-ils entrés dans le parc couvert de stands et de terrasses rudimentaires, que l'enfant s'échappa en courant.

— Attention ! s'écria Robin. Il a le don de disparaître, expliqua-t-il à Clara.

Il haussa la voix :

— Daniel, reviens tout de suite ! Daniel...

L'enfant, qui portait un ensemble en jean, n'était plus qu'une souris dans la foule, une souris qui se faufilait à toute vitesse. Clara maudissait ses talons, pourtant raisonnables : elle aurait dû mettre des baskets. L'espace où ils cherchaient le petit était déjà encombré de monde, d'une foule en quête de tables, de chaises, de quelque chose à boire. À consommer.

Robin courait devant. Clara l'entendit : « Je l'ai, ça y est, je le tiens ! »

Elle le vit, penché sur l'enfant, en train de le réprimander. Le petit garçon, sans la moindre émotion, le tira vers un stand proche où l'on vendait de vilaines peluches. La vendeuse, une grosse fille, compressait entre ses mains le ventre d'un ours pour lui faire émettre quelque son. « Quelle erreur, pensa Clara. Qu'est-ce que je fais ici, affublée de cet idiot et de ce gosse qui se fiche de nous ? » Elle entendait encore, comme une sorte de miaulement, la rengaine de Daniel : « Tu viens, tu viens ? » Quelle erreur, pensa-t-elle une fois de plus en essayant de se repérer. La Grande Roue semblait à la fois proche et lointaine, assaillie de visiteurs. Elle contempla les wagons suspendus. La roue s'arrêtait souvent pour que les gens qui se trouvaient dans le compartiment le plus élevé aient le temps d'admirer Vienne. Un sale souvenir d'enfance. Sa mère avait attrapé une crise de nerfs, assise sur la banquette en bois. Clara avait voulu s'approcher de la porte fermée et jeter un coup d'œil dans le vide. Elle avait reculé brusquement : « J'ai le vertige, maman. » La mère était au désespoir : « Il ne nous manquait plus que ça, que tu aies le vertige ! Ton père nous a laissées tomber et toi, tu as le vertige ! » C'est alors que sa mère avait commis une faute grave. Elle lui avait jeté à la figure : « J'aurais dû me faire avorter ! »

Bouleversée, elle avait aussitôt ajouté, honteuse : « Pardonne-moi, c'est faux, tout est faux. Tu es la seule consolation de ma vie, aime-moi. » Clara se souvenait de cette scène comme si elle venait de se dérouler une heure plus tôt.

Elle sursauta quand Robin la saisit par le bras. « Cher maître, on dirait que vous dormez les yeux ouverts. » Elle eut un mouvement de recul et dégagea son bras. Elle dit : « Je n'aime pas qu'on me touche. J'étais perdue dans mes pensées. » Imprudente, elle ajouta : « Enfant, j'ai vécu à Vienne. »

— Et alors ? dit Robin. Quel intérêt ? Pardonnez-moi, mais je ne supporte aucun récit d'enfance. À partir de treize ans, on devrait être amnésique, sinon on crève. Madame, maître, Clara, continua-t-il, veuillez me pardonner, je ne suis pas un être fréquentable.

— Je le constate, dit-elle.

Il insista :

— Maintenant, si vous voulez bien, traversons le parc. J'espère qu'on va trouver ce maudit manège... Peut-être dans la partie ancienne, à l'autre bout...

Il fallait se frayer un passage dans la foule. En tenant l'enfant par sa veste, ils arrivèrent au début de l'allée principale. Daniel se détacha d'eux et courut vers un stand où pendaient, autour de l'encadrement en

planches peintes, des marionnettes grossièrement fabri-
quées, sans doute en Asie. Sur des étagères latérales
gisaient des crocodiles en caoutchouc. Il y avait autour
du cabanon de nombreux tourniquets qui croulaient
sous les cartes postales. Leur fragile structure en métal
oscillait dès qu'on touchait aux cartes qui proposaient
une mosaïque de villes découpées en images bon
marché. Les magnifiques chevaux blancs hissés sur
leurs membres postérieurs s'ébrouaient comme s'ils
voulaient jaillir de ces minables cartons.

— Un ballon, je veux un ballon !

Clara prit de la monnaie dans sa poche, la donna à
un jeune homme au teint foncé, peut-être un jeune
Tamoul, aux yeux magnifiques, plus beaux que tout le
Prater ! Il prit dans ses mains fines – des mains de
pianiste – l'argent qui semblait salir son épiderme de
soie humaine. Il ne devait pas parler la langue locale
car il demanda par gestes, avec un sourire radieux,
lequel des ballons elle préférait.

— Tu veux quoi ? demanda Clara en examinant les
ballons rouges, mauves, argentés, décorés de visages
grimaçants comme sous la torture, certains la langue
tirée.

Le petit garçon choisit un ballon noir, sur lequel un
clown aux couleurs argent pleurait de grosses larmes.

— Ça te plaît, ça ? demanda Clara tandis que Robin,
éloigné, semblait vouloir repérer la porte latérale par
laquelle ils étaient entrés.

— Oui, dit Daniel.

Le jeune Tamoul détacha l'abominable ballon fixé à
une tige de fer et le lui tendit. Entre-temps était arrivé
un enfant aux cheveux blonds et aux yeux clairs qui,
hissé sur la pointe des pieds, tentait d'attraper un dino-
saure de cinquante centimètres. « Plus vilain, on
meurt », pensa Clara. « Je t'aide ? » demanda-t-elle.
L'enfant leva sur elle un regard vide. Elle répéta la

question en trois langues. L'enfant secoua la tête et prononça : « Tchèque. »

Robin intervint avec impatience :

— Il ne vous répondra pas, il est tchèque ! Il ne comprend que le tchèque. Allons-y maintenant, avançons, je voudrais que l'on sorte de l'autre côté, dit-il.

— Pourquoi ? fit Clara. Votre fils n'a même pas eu son tour de manège.

Tenant d'un côté la main de l'enfant, de l'autre le bras de Clara, il débita en phrases fiévreuses :

— Je suis sûr que l'on me suit. Que l'on nous suit, rectifia-t-il. Je suis dans une situation inconfortable.

Clara savait reconnaître les symptômes de la surexcitation nerveuse chez certains hommes. Elle prononça, ironique :

— On vous suit ? Jusqu'ici ? Qui ?

— Ne me prenez pas pour un maniaco-dépressif, dit Robin d'une voix cassante. Mon beau-père est très riche. Il ferait n'importe quel sacrifice pour m'enlever son petit-fils. Je suis entre ses mains. À Eurodisney non plus, on ne m'a pas lâché. J'aurais pu mettre la vie de Daniel en danger. Ou violer une Cendrillon dans un couloir ! Ils n'ont qu'une idée : m'incriminer, me compromettre.

Clara déclara forfait.

— Je vous ai assez vus, tous les deux ! J'aimerais un peu de calme.

— La vérité, voulez-vous connaître la vérité, cher maître ? Ils me tueraient s'ils pouvaient le faire sans risques.

— Reprenez-vous, monsieur Robin, prononça Clara, qui avait appris à ses dépens qu'il faut toujours garder son sang-froid face aux malades mentaux.

Robin murmura en se penchant vers Clara, au point que ses lèvres frôlèrent l'oreille de l'avocate :

— Vous ne pouvez pas nous abandonner ici. Ce serait suspect. Restez avec nous jusqu'à l'autre côté.

Là-bas, il y a aussi une station de taxis. Vous pourrez vous éclipser. D'ailleurs, si jamais ils découvraient que vous êtes avocate, ils pourraient croire que notre rendez-vous à Vienne était préparé. Dites, vous avez un bureau à Paris ? Vous êtes en vacances ici ?

— Je croyais l'être avant d'avoir la malchance de vous connaître.

— Pourquoi êtes-vous spécialisée dans les divorces ?

— J'ai gagné deux affaires difficiles. Le reste a suivi.

Blême, il continua d'un débit rapide :

— Il faut que vous le sachiez, j'ai quitté ma femme parce que...

Elle l'interrompit :

— Voulez-vous que je vous récite les arguments ? Toujours les mêmes ! Parce qu'elle était dépensière, désordonnée... voyons... infidèle. Elle ne tenait pas bien la maison, elle était incapable de diriger le personnel. Ou bien, au choix : elle ne se consacrait qu'à sa carrière, si elle en avait une. Elle n'était pas une bonne mère... Négligente.

— Arrêtez, dit Mark en levant la main. Mais arrêtez ! Qu'est-ce qui vous arrive ?

— Une crise de dégoût ! J'entends toujours les mêmes phrases, les mêmes plaintes. Et vous ? Vous êtes sans doute coureur, désagréable à la maison, ou jamais à la maison. Vous ne pensez qu'à votre travail, mais vous ne rapportez pas autant d'argent que le mériteraient cette femme et cet enfant dont la présence ne vous retient pas du tout chez vous. Attendez, j'ai mieux : peut-être battez-vous votre femme ? Oui, la battre ! Dans les meilleures familles, on donne des coups aux femmes. Mais il y a aussi des hommes battus, cher monsieur. Alors, dans cette gamme, que choisissez-vous ?

Mark était glacial.

— On va se quitter là, madame. Vous avez trouvé la meilleure méthode pour me dégoûter, moi aussi. Vous êtes brutale. Vous me choquez.

— Oh ! mon Dieu, dit-elle, jouant la confusion. Encore un homme sensible !

L'enfant reparut, il était allé voir un stand de tir sur ballons en caoutchouc.

— Je m'en vais, Daniel, annonça-t-elle.

— Tu dois rester avec moi, lui dit-il calmement en levant sur elle ses grands yeux clairs.

Ce regard. Il fallait se dégager de tout cela, se dit Clara, qui se jura, un peu tard, de montrer plus de prudence à l'avenir.

« Plus jamais, pensa-t-elle, je ne proposerai à un gosse de l'aider, même perdu dans une gare. Un môme accroché à un radeau ? Je ne lui jetterai pas une bouée de sauvetage ! »

Une seconde, elle eut honte de son humour noir. « Pourquoi fabriquent-ils tous des mômes, bon sang ? Le monde est surpeuplé et il leur en faut encore et toujours ! »

À gauche, un engin effroyable, tendant au bout de ses bras en acier peints en jaune des déversoirs évoquant des mâchoires, faisait semblant de vouloir vider leur contenu : adultes et enfants, attachés par de larges ceintures, hurlaient. « Tous fous », pensa Clara. Daniel courait devant eux, mais on pouvait maintenant le repérer grâce au ballon hideux qui flottait dans l'air.

— Votre excursion est un tel cauchemar, remarqua-t-elle, que ça en devient presque drôle.

Mark hocha la tête.

— Je suis peut-être un peu agressif. Pardonnez-moi. Est-ce que je peux vous parler franchement ? J'ai assez d'argent pour vous offrir des honoraires importants et vous verser une provision considérable. Acceptez-moi comme client !

— Jamais de la vie, dit-elle. Vous êtes un névrosé,

nageant dans le fric. Vous portez de ridicules lunettes noires, vous jouez *Men in Black*.

— Vos plaisanteries ne me touchent pas, fit-il. Moquez-vous de moi... Je persiste à croire que vous êtes honnête, insista-t-il.

— Et alors ? Qui en profite ?

Ils passaient devant les montagnes russes où glissaient, en poussant des cris à transpercer les tympans, enfants et adultes agrippés à des wagonnets multicolores. Il y avait une seconde de silence à la montée, et des hurlements dans la chute.

— Vous voyez, dit Robin, si je le laissais aller dans un truc pareil, on m'attaquerait.

— Et avec raison, fit Clara. C'est monstrueux.

— Il y a des gens qui aiment ça, dit Robin. Je vous en prie, acceptez mon affaire... J'espère que mon beau-père ne pourra pas vous acheter. Il désamorce tous mes avocats. Personne ne veut se mettre en mauvaise relation avec lui. Tout le monde devient aimable, conciliant, prétendant qu'un bon accord vaut mieux qu'un long conflit. Et moi, je reste sur le carreau, baisé.

Lui dirait-elle qu'elle supportait mal les grossièretés ? À quoi bon, puisqu'elle ne le reverrait plus ? Ils arrivèrent à un carrefour où se dressait un grand chalet gris clair, portant au fronton un écriteau : *LA MAISON DE L'ASSASSIN*.

— C'est l'histoire de Jack l'Éventreur, dit Robin.

— On y va, papa ? demanda Daniel.

— Il va avoir peur, dit Clara. Il y a un méchant monsieur à l'intérieur, expliqua-t-elle à l'enfant, qui coupe la tête des visiteurs. Maman ne sera pas contente.

— Si on me coupe la tête ? répondit Daniel. Elle sera fâchée ? Oui ?

Ils dépassèrent la maison des terreurs et entrèrent dans un secteur qui ressemblait à une image de livre ancien. D'un côté, un Bierstube et sa terrasse, de l'autre, un manège qui suscita une vague émotion chez Clara. L'ensemble était composé de six petits carrosses, dont chacun pouvait accueillir six gosses ou quatre adultes. Tirés par des poneys vivants, ils semblaient échappés d'un conte de fées.

Vilain retour dans le passé... « Je peux faire un tour de plus, maman ? » avait demandé Clara, neuf ans, à sa mère. « Tu sais que je n'ai pas d'argent. – Maman, tu m'as promis une barbe à papa. – Ne prononce pas le mot "papa". Tu n'as toujours pas compris que "papa" ne veut pas de nous ? »

Daniel appréciait le manège, il montrait enfin un peu d'enthousiasme.

— Des petits chevaux ! Des vrais ! criait-il.

La propriétaire du stand surgit de quelque part, annonça le prix des tours et bientôt Daniel, monté sur la selle du premier poney, put se croire le chevalier d'un de ses jeux électroniques. Le chevalier avait une épée qui devenait parfois une flamme. Clara s'approcha de la boutique voisine, tenue par une fille maigre, aux cheveux plaqués, le regard ailleurs. Devant le comptoir, sur le trottoir, était posée une cuvette étrange, une sorte de soucoupe volante en miniature.

— Vous en voulez ? demanda la fille en s'approchant de cette cliente inespérée.

Clara fit « oui ». La fille mit en marche la cuvette et cueillit comme une pelote de laine les filaments de sucre sur un bâton. Puis elle tendit à Clara la masse rose. En s'approchant du petit manège, Clara perçut l'odeur écœurante de sucre. Elle croyait entendre : « Comment peut-on aimer une saleté pareille ? » C'est ce qu'avait dit sa mère.

Le tour se terminait. Clara s'approcha du premier poney immobilisé. Les larges narines de l'animal frémissaient, il était vieux, il aurait mérité une retraite dans un champ calme. « Je le laisserais même vagabonder sur la pelouse d'un golf. Qu'il démolisse tout, mais qu'il soit heureux », se dit Clara et, avec un geste d'habituée, elle posa sa main sur le poil grisonnant, entre les yeux de l'animal, juste au-dessus du museau. Elle aida Daniel à descendre, lui donna la barbe à papa, puis dit à Mark qui suivait la scène avec impatience, cherchant l'occasion de parler à l'avocate :

— Monsieur Robin, j'espère que j'ai été agréable à votre fils. Vous voyez, tout va bien. Continuez maintenant, accompagnez-le dans le train fantôme, tout seul il pourrait avoir peur. Inutile de me chercher à l'hôtel. Je vais partir.

— Ne vous débarrassez pas de moi, je vous en prie. Écoutez-moi seulement, c'est une question de vie ou de mort.

— C'est ce que l'on dit toujours, fit Clara, quand on veut se rendre intéressant ou accrocher un avocat qui, du coup, se trouve sans défense.

Robin insista.

— Je vous assure que la vie de quelqu'un est en jeu.

— Cherchez un médecin, monsieur Robin !

Elle s'éloigna d'un pas rapide.

CHAPITRE 12

Thierry s'installa près de la table sur laquelle Fanny vidait le contenu de la grande enveloppe. Elle connaissait une infirmière d'origine anglaise, à la retraite, qui habitait avec son mari français près de la Bastille. Fanny lui avait présenté les documents que Thierry avait volés chez Clara. Les textes en anglais étaient des descriptions et des constats concernant un fœtus.

En effervescence, Thierry interrogeait Fanny.

— Ça a marché ? L'Anglaise tient le coup ? Elle a parlé ?

— Elle était réticente. Je voyais l'effort qu'elle faisait pour ne pas demander l'origine de ces papiers et de la cassette.

— Tu l'as payée ? Combien ?

— J'ai glissé quelques livres sterling dans une enveloppe posée sur la table et j'ai apporté une bouteille de whisky à son mari. Je te fais crédit de tout cela, je sais que tu n'as pas d'argent. J'ai avancé ce qu'il fallait. Tu veux savoir combien ?

— Non, dit Thierry. Les dettes m'énervent. Je te rembourserai avec intérêts. Elle a demandé la raison de cette consultation ?

— Non. Elle a fait semblant de ne pas s'y intéresser. Par prudence. Mine de rien, je l'observais : elle cherchait à déchiffrer le nom effacé. La cassette vidéo porte une date. Cette affaire a eu lieu il y a cinq ans et demi.

C'est une échographie, l'étude morphologique d'un fœtus, quand on cherche les problèmes de chromosomes.

Thierry l'embrassa.

— Quand tu prononces des mots savants, ça m'excite ! Je couche avec une femme savante, tellement moins ennuyeuse que l'avocate ! À propos, le sexe du fœtus à cet âge-là, on le sait ?

— Il n'y a pas d'information de ce genre.

Impatient, Thierry insista.

— Selon toi, à l'époque, personne ne savait si c'était une fille ou un garçon ?

Fanny explosa, incapable de supporter davantage ces questions :

— Tu me dégoûtes. Je ne veux plus être mêlée à cette affaire. Je t'ai donné un coup de main, ça suffit. Je ne comprends pas ce que tu cherches.

— Une erreur, voilà ce que je cherche, dit Thierry. Ce que les bourgeois appelleraient une « faute ».

Fanny s'exclama :

— Une faute ? Pourquoi, une faute ? Elle aurait pu faire ça légalement à Paris ou, en cas de délai dépassé, en Angleterre. Cette affaire est strictement légale. Chaque femme a le droit de disposer de son corps.

Thierry rétorqua :

— Pas de discours féministe ! Tu te casses le cul pour m'aider, d'accord. Je fonds de reconnaissance. Mais pas de prêche en plus. Tu m'écoutes, Fanny ?

— Qu'est-ce que tu veux d'autre ? dit la jeune femme, réticente.

— Écoute-moi bien. Il s'agit d'une avocate. Paraît-il une grande avocate, spécialisée dans les divorces. Elle proclame dès qu'elle le peut que son premier souci, lors d'un divorce, c'est le destin des enfants des couples qui se séparent. Elle n'hésite pas à utiliser des privés pour monter des enquêtes sur les parents qui se disputent la garde. Une seule chose l'intéresse : où l'enfant vivra-t-il le mieux, chez lequel des deux parents il se portera mieux ? Elle se préoccupe essentiellement, la chère femme, de leurs difficultés d'adaptation. C'est pas beau, ça ? Elle propose des solutions, qu'elle estime équitables, pour sauvegarder l'équilibre des mômes. Une combattante de la bonne cause. Alors imagine... Si on savait qu'elle s'est fait avorter !

De colère, Fanny était presque en larmes.

— Je te le répète, c'est une affaire privée. Tu n'as pas le droit de t'en mêler ! Laisse-la tranquille !

Thierry reprit avec une fausse patience :

— Tu as la tête dure. Tu n'as pas encore compris qu'un personnage de ce genre ne doit pas avoir une vie privée chargée de secrets. Il suffirait de quelques rumeurs pour la discréditer. L'héroïne des bonnes causes s'est fait avorter à douze semaines de grossesse, tu imagines ?

— Thierry, tu ne réfléchis pas. Comment veux-tu créer la rumeur ?

— Je le répète : il suffirait de quelques phrases confiées à une publication spécialisée dans les ragots, pour évoquer sa vie, son grand amour argentin...

— Tu vas directement dans le mur, observa Fanny. Mais tu y vas seul !

Thierry, enthousiasmé par ses propres projets, ne se laissa ni dissuader ni distraire.

— Tu as fait ton boulot, Fanny, je t'en remercie. Si tu vois un jour un titre à la une : *Le drame secret de l'avocate Clara Martin*, tu sauras que tu es pour quelque chose dans l'affaire. Hein ? Tu es fière, non ?

— Pourquoi tu lui en veux tant ? demanda Fanny. Tu n'étais que son amant et elle ta maîtresse. Elle t'a viré. Entre nous soit dit, elle a juste mis fin à une petite liaison.

Elle se leva :

— Prends tes documents et va-t'en.

Thierry s'approcha d'elle :

— Tu m'aimes, non ?

La question n'était pas rassurante, le ton non plus. Thierry commença à serrer doucement le cou de Fanny.

— Quand on serre un cou, mon trésor, ce n'est pas seulement les prémices d'une forme de plaisir provoqué par la sensation d'étranglement, mais une menace aussi. Alors, à ta place, je gueulerais beaucoup moins.

Fanny avait peur, mais le regardait en face. Thierry continua :

— Tu aimes encore mes mains ? Si je te coupe un peu le souffle, tu continueras à aimer mes mains « aristocratiques » ?

Après avoir feint l'immobilité, Fanny se dégagea brusquement et son mouvement surprit le jeune homme qui lâcha prise.

— Fiche-moi la paix, marmonna-t-elle en se précipitant de l'autre côté du studio.

— Alors on ne peut plus plaisanter ? demanda le jeune homme. Si tu n'as plus d'humour, où allons-nous ?

Fanny, protégeant son cou, recula et s'assit dans l'unique fauteuil qu'elle possédait. Thierry était dangereux. « Il faut qu'il dégage », pensa-t-elle. Pour endormir sa méfiance, elle simula la résignation, comme si elle était soudain convaincue par le projet.

— Pourquoi elle vaudrait de l'argent, cette paperasse ? demanda-t-elle. Pourquoi l'avocate paierait ?

— Pour garder intact son prestige moral. On appelle ça comme ça dans le beau monde.

— Tu ne pourrais même pas prouver que c'est d'elle qu'il s'agit. Le nom est partiellement effacé.

— J'ai des photos. Le mec avec qui elle a fait cet enfant était un type riche et connu. Il racontait n'importe quoi, elle le croyait. J'ai un trésor de photos et de lettres d'amour de lui, bidons, sans doute. Je vais lui proposer la cassette et les photos, plus la correspondance, contre 500 000 francs. C'est-à-dire, en euros... fais tes calculs, vite. Où est ta calculette ?

— Attends !

Elle alla chercher le petit boîtier couleur argent, tout plat, qu'elle perdait tout le temps.

— Ça fait 76 224,51 euros, non déduit ce que tu me dois !

— Tu auras même une prime. On va arrondir à 80 000 euros. Si j'avais eu le temps de mieux regarder ses relevés de banque, j'aurais demandé peut-être 100 000 euros ! Mais je ne suis pas certain qu'elle les ait. Je ne sais pas ce qu'elle fait de son fric. Avec les honoraires qu'elle demande et ses dépenses plus que raisonnables... J'ai vaguement entendu dire qu'elle remboursait son père : son bureau près de la Madeleine a coûté une petite fortune.

— Tu comptes d'abord ce que contient sa poche, ensuite tu fais l'inventaire de son ventre. Je la croyais intelligente, mais non. Pourquoi elle t'a laissé entrer dans sa vie ? Pourquoi toi ?

Thierry se sentait enfin apprécié.

— Parce que j'ai repéré l'un de ses points faibles. Le côté bobonne, fleur bleue. Je suis sûr qu'elle rêve de mettre un bavoir autour du cou d'un nouveau-né et de lui donner le biberon. Ça, elle ne l'avouera jamais ! C'est une femme forte, apparemment... mais en manque de tendresse ! Le manque de tendresse, c'est comme le manque de drogue. Je lui prodiguais quelques...

Fanny intervint :

— Je savais que tu étais un salaud. Je ne savais pas à quel point.

Thierry voulut la reprendre dans ses bras.

— N'exagère pas, je ne suis pas un champion, j'essaie juste de survivre. Ça m'amuse d'exploiter la bêtise d'une femme réputée si calée en affaires. Il lui suffit d'une chanson de Stevie Wonder et elle fond. Mais oui, elle fond. Elle est romantique. Village People l'attendrit. Je fredonne *In the Navy*, ou n'importe quoi de ce groupe-là, et elle retrouve ses seize ans. Je suis son adolescence manquée, voilà !

— Tu la présentes comme une imbécile, en fait.

— Non, dit Thierry. Elle a seulement les faiblesses d'une femme dite « de tête ». Je t'assure que ce genre de femme en a plus que celle qui passe sa journée à torcher des mômes. Je te le dis par expérience. Tiens, quand je lui lave le dos dans son bain de mousse, elle croit que c'est un signe d'amour.

Fanny s'ébroua comme un jeune cheval.

— Tu m'ennuies. Je ne veux plus entendre parler de cette affaire. Elle est trop moche.

— Trop moche ? dit Thierry. Tiens donc ! Si tu savais que la femme de l'Argentin...

— Quelle femme ?

— Mais l'ex-femme ! La femme dont il a divorcé, dont il a pris l'enfant.

— Qu'est-ce qu'elle a fait, l'ex-femme ?

— Eh bien, elle s'est suicidée. Elle a eu un coup de déprime et elle a avalé quelques trucs. Elle ne voulait plus vivre sans son enfant, que le Sud-Américain cachait dans un ranch. Elle voulait qu'on lui rende son gosse, pas des jugements.

— Thierry, tu t'attaques à des gens beaucoup plus forts que toi.

— Mais non. Je vais mettre le feu à cette société de merde. Des hypocrites... Ils exploitent le monde et puis ils sortent leur mouchoir, pleurent et demandent compassion. L'avocate a eu tort de devenir la maîtresse de son client tout en réussissant à priver de son enfant une femme sans défense. Que veux-tu de plus ?

— Et la femme, elle avait donc de si mauvais avocats ?

— Ce n'est pas la question. Quand l'adversaire est

aussi fort qu'impitoyable, il est difficile de trouver une défense. Quel scandale en perspective ! Sauf si elle paye.

— Si elle ne t'avait pas mis dehors, tu aurais fait quoi ?

— Je sais pas, dit Thierry, je sais pas. Mais tant mieux. Seules les situations inattendues m'inspirent.

CHAPITRE 13

Clara revint à l'hôtel, déçue de son excursion. Elle prit une douche, se changea et réfléchit : tout ce qu'elle avait imaginé : la ville natale, la réconciliation avec l'enfance, tout était raté. L'hôtel dont elle avait tellement rêvé ? Aucun détail ne correspondait à ce qu'elle en attendait. Il vaudrait mieux partir, pensait-elle, louer une voiture, découvrir Bratislava, à quarante minutes en voiture de Vienne, ou se diriger vers Innsbruck et respirer en haute montagne ce qu'on appelle avec candeur l'air des cimes. Même dans ses retrouvailles avec Simon, il y avait des fausses notes. Elle gardait un souvenir pesant de son entrevue avec l'oncle : elle avait dévoilé trop de détails de sa vie, qu'elle eût aimé oublier. Tandis qu'elle se brossait les cheveux en les malmenant exprès, un proverbe kabyle lui revint à l'esprit, elle avait oublié qui le lui avait appris : « Tes secrets sont dans ton sang ; si tu donnes tes secrets, tu donnes ton propre sang. » C'est ce que j'ai fait, se reprocha-t-elle ; parler d'avortement à un homme âgé et sans doute préoccupé par des questions religieuses... aberrant !

On frappait. Elle alla ouvrir. Dans l'embrasure de la porte, Daniel semblait plus petit et plus frêle que le matin.

— Bonjour, dit-il. Le train fantôme était en panne. Nous sommes revenus plus tôt.

Elle se fichait du train fantôme, mais elle resta polie.

— C'est la vie ! Ça marchera la prochaine fois. Tu veux quoi ?

— Des sucettes !

— Entre.

L'enfant pénétra dans la pièce et s'arrêta net, regrettant déjà d'être venu. Il sentait la dame énervée. Un peu comme maman, avant que papa arrive. Clara lui montra la table.

— Prends-les, elles sont à toi.

Daniel prit l'une des sucettes, défit délicatement le papier argenté. Clara s'impatienta :

— Voilà, ça y est ! Je n'ai pas beaucoup de temps. Je dois m'en aller.

— Je peux venir avec toi ? demanda Daniel.

— Tu as encore perdu ton père ?

— Non. Il lit. Il m'a mis une cassette à la télé, mais je m'ennuie. Nous, on a deux chambres. Avec une porte entre deux.

— Et tu t'es encore sauvé.

— J'ai aussi une boîte avec des crayons de couleur. Je dessine. Mais pas ici.

Que faire de cet enfant sympathique et encombrant ? Elle avait mauvaise conscience parce que, au fond, elle voulait s'en débarrasser.

— Qu'est-ce que je peux faire pour toi ? Tu veux un jus de fruits ?

Elle pensa vaguement qu'elle n'avait rien pour décapsuler les bouteilles du minibar.

— Je n'ai pas soif.

— Tu veux que j'enlève le papier de l'autre sucette ?

— Oui.

Clara s'évertua à déballer la sucette en chocolat. L'enfant commença à la grignoter.

— C'est bon ?

Il n'osa pas dire non. Il poussa un soupir et fit demi-tour.

— Je retourne chez papa.

— Tu vas savoir retrouver la chambre ?

— Oui. 146. Premier étage.

— Alors tu sais lire les chiffres ?

— Jusqu'à dix. J'ai le un – il montrait les doigts de sa main –, le quatre et puis le six.

— Je t'accompagne jusqu'à ta porte, et après, je pars moi aussi.

Elle poussa l'enfant devant elle, sortit dans le couloir. Émettant une sorte de « zzzzz », bras tendus, Daniel se mit à imiter un avion. Il contourna Clara en virevoltant, et ils arrivèrent jusqu'à l'ascenseur, mais ils descendirent par les marches à l'étage inférieur. Elle aurait la satisfaction de dire à cet homme aussi amer que prétentieux : « Je vous ramène votre fils, une fois de plus. »

— Je sais écrire mon nom, dit-il, et il sautilla dans le couloir du premier étage.

— Tu sais l'écrire ?

— Oui. Daniel, fit-il.

Il dessina dans l'air devant lui le D et le A.

— Un joli nom, commenta-t-elle sans conviction. Tu dessineras les autres lettres plus tard.

Il se tourna vers elle.

— Tu fêtes mon anniversaire demain, s'il te plaît ?

— Ton papa... pas moi.

L'enfant s'arrêta, l'air buté, devant le numéro 146. Il grogna :

— Papa fait pas de fête. Mais maman fera mon anniversaire quand je reviendrai. Il y a deux enfants dans la maison à côté. Et des masques qu'on met.

Clara frappa. Mark Robin ouvrit, gêné.

— Vous... Clara ? Le petit vous a dérangée ?

— Je commence à m'habituer. Au Prater, je lui avais promis des sucettes. Il est venu les chercher.

— Il vous a dérangée, répéta-t-il. Désolé.

L'enfant disparut dans la suite. Clara se tenait devant la porte. L'homme ne l'invita pas à entrer, ne fit pas un seul geste de politesse. Il dit seulement :

— J'ai été désagréable, tout à l'heure, au Prater. Je vous présente mes excuses. Rassurez-vous : malgré les apparences, je ne suis pas un malade mental.

— Je suis navrée, les mots ont dépassé ma pensée, fit Clara. J'étais agacée, mais il y avait de quoi. En attendant, je vous souhaite un excellent séjour. Au revoir, monsieur Robin.

— Au revoir, madame.

Mark Robin referma la porte. Décidément, cet homme avait un comportement incohérent. En tout cas, il avait changé d'attitude. Tant mieux, pensa-t-elle.

Elle était déjà près de la cage d'escalier. Elle comptait descendre à la réception, se renseigner pour louer une voiture. Ces volumes, couleur bordeaux, qui l'entouraient, coupés de marches et de paliers, absorbaient le bruit des pas. Elle sentit une présence et se retourna. Mark venait de la rejoindre.

Elle ne cacha pas sa surprise.

— Quoi encore, monsieur Robin ? Qu'avez-vous oublié ?

— J'ai essayé de résister parce que je vous sens hostile, dit-il. Mais je suis obligé de renouveler ma demande et de solliciter vos conseils. C'est une chance énorme que vous soyez avocate.

— Une chance ? En tout cas, pas pour moi. Je n'aurais jamais dû le révéler, c'était un réflexe malheureux. Ne perdez pas votre temps avec moi, c'est inutile. Je quitte l'hôtel dès demain.

— Je vous en prie, accordez-moi quelques minutes, insista-t-il de ce ton presque violent qu'elle ne pouvait tolérer. Il y a peu de chances que vous puissiez me tirer d'affaire, mais je ne veux pas passer à côté d'une éventuelle sortie de secours.

116

Le désarroi de l'homme, vrai ou feint, ne la touchait pas.

— Je supporte difficilement vos psychodrames, monsieur Robin. Si on en restait là ? Vous n'imaginez pas combien vous êtes fatigant.

Elle s'engagea sur les marches. Mark la suivit.

— Madame... ou maître ? Ou Clara... je vous en supplie.

— Laissez-moi...

— Vous ferez des économies.

Elle glissa la main sur la rampe en cuivre. La scène n'avait que trop duré. Indifférents, les Japonais passaient presque en courant, ils repartaient le soir même. Ils avaient huit jours pour connaître l'Europe, dont seize heures à Vienne.

Robin la prit par le bras.

— Si on m'arrête, Daniel restera seul.

— Vous arrêter ? Vous délirez ! Et pourquoi « seul » ? Votre fils a aussi une mère, non ?

— C'est plus compliqué. Si vous vouliez m'écouter...

— Même si je voulais, je ne pourrais pas. J'ai un rendez-vous...

Ils arrivaient dans l'étroite entrée. L'atmosphère était calme et le grand salon voisin sombrait dans l'obscurité. Devant l'entrée principale, une multitude de valises alignées attendaient d'être rangées dans un car.

Pour ne pas attirer l'attention de la jeune réceptionniste, Clara subit Robin jusqu'à la sortie.

— Taxi, madame ? demanda le portier.

Le soleil s'approchait déjà du toit de l'Opéra, en face. Le bâtiment, même couvert de bâches, restait impressionnant.

— Oui, dit-elle. Taxi.

Le portier siffla, aussitôt le véhicule fut là. Elle s'y engouffra. Il fallait se débarrasser de ce Robin qui ne la lâchait pas. En se penchant, il lui dit :

— Je vous attendrai. Il faut que je vous voie, à n'importe quelle heure, à n'importe quel prix.

Elle s'adressa au chauffeur en allemand :

— Partez vite.

— On va où ? demanda le chauffeur de taxi.

— Avancez. Éloignez-vous d'ici. Prenez la direction de Stephanskirche. Je vous payerai bien, mais démarrez !

Mark resta à côté du portier, suivant du regard le taxi qui disparut au premier tournant.

CHAPITRE 14

Le matin du jour où Daniel partait avec son père pour leurs quelques jours de vacances à Vienne, Nanny devait subir un contrôle par scanner.

L'ex-Mme Robin, la mère de Daniel, était une femme délicieuse : elle acceptait tout, comprenait tout. C'était d'ailleurs la seule solution. Elle n'avait pas assez d'énergie ni suffisamment le sens de l'organisation pour diriger la maison. Nanny avait connu d'autres patronnes, mais pas une seule aussi démunie qu'elle de toute défense. « Bien sûr, avait-elle dit à la nurse, allez à l'hôpital. Je confierai moi-même mon fils à son père. Préparez seulement la petite valise. La plus grande, je m'en charge. » Dans la mesure du possible, elle ne prononçait jamais le prénom de son mari, qui lui brûlait les lèvres, mais le désignait comme « le père de mon fils ».

Nanny, engagée à la naissance de Daniel, leur avait annoncé qu'elle ne resterait pas plus de trois ans. Elle était choyée, très bien payée. Après le divorce des parents, elle avait prolongé son contrat pour éviter à l'enfant le choc de trop de changements. Quand Daniel devait partir avec son père, Nanny servait d'intermédiaire, énumérait toutes les recommandations, expliquait ce que contenait la petite valise : des médicaments, des vitamines à prendre dans une boîte à part.

Monsieur était agréable, poli aussi. Il ne manquait jamais un « bonjour » cordial et, au moment de se quitter, il glissait un billet dans la poche de Nanny, toujours un gros billet. Mais il traitait l'enfant comme s'il avait été en porcelaine. Nanny essayait d'éduquer cet adulte : « Monsieur, les petits sont plus solides que vous ! Il ne faut pas faire autant de cinéma autour d'eux. Ils deviendront timides, ou peureux, ou habitués à être servis. » Monsieur se tenait sur ses gardes comme s'il était sans cesse surveillé, il manifestait une extrême prudence. Mais, au fond, il ne l'écoutait pas.

Nanny avait passé tout le jeudi matin à l'hôpital aux mains d'aimables infirmières et, quand on l'avait sortie de l'appareil, le médecin responsable l'avait rassurée : « Soyez tranquille, tout va bien. J'enverrai à votre médecin traitant le résultat de l'examen. » Elle avait repris le métro – deux changements – pour rejoindre son appartement personnel, un deux-pièces cuisine-douche.

Elle avait commencé sa carrière de nurse à une époque où l'argent était plus facile, les appartements plus grands, où on sentait moins d'écart entre les très riches et les simplement riches. Quel que fût l'endroit où elle avait travaillé, elle avait toujours eu sa chambre à côté de celle des enfants, plus une douche ou une salle de bains privée. Spécialisée dans les soins aux nouveau-nés, elle ne restait généralement que dix-huit mois en place avant de s'engager ailleurs. Les temps avaient changé et elle s'était adaptée aux nouvelles conditions.

Installée dans la demeure des Robin, elle passait de temps en temps, pour certaines occasions, une nuit chez elle. L'hôtel particulier gardait les traces d'une époque plus faste où le personnel était plus nombreux. Les Robin recevaient beaucoup d'argent du père de Madame. Gâtés comme ils étaient, ils ne montraient pourtant aucune arrogance et se confondaient en remerciements pour le moindre service en supplément du travail normal.

Nanny avait une certaine expérience des couples. Elle percevait les agacements d'un côté ou de l'autre, les impatiences des hommes qui répondaient plus brusquement qu'ils ne l'auraient dû lors du petit déjeuner – quand ils le prenaient encore avec leur femme.

Après le divorce, elle se trouva d'un jour à l'autre seule avec Mme Robin, qui à cause de l'enfant gardait pour le moment le nom de son ex-mari, et Daniel. La femme de ménage chargée des gros travaux avait été engagée comme concierge dans l'immeuble voisin. La cuisinière à mi-temps, espagnole, venait de rejoindre la brigade d'un restaurateur connu dans le quartier. Le service de l'hôtel particulier s'en trouvait largement réduit.

Nanny sentait l'âge venir. Elle pensait à sa retraite. Elle avait mis de l'argent de côté, car elle dépensait peu. Elle retournerait dans sa maison près de Beg-Meil. L'endroit était devenu chic et sa maison avait pris de la valeur. Elle avait soixante-deux ans, Nanny, et, malgré sa fatigue, était solide comme ces Bretonnes semblables aux rochers. Ce matin-là, intimidée par l'environnement médical, pour la première fois de son existence elle avait pensé que, si elle tombait malade, elle devrait rentrer à Beg-Meil. Qui prendrait soin du petit Daniel ?

Quelle était la vraie raison du divorce de ses parents ? Nanny n'arrivait pas à le comprendre. Mark était un homme sérieux, élégant, peu bavard, très attaché à son fils. Pourquoi était-il parti ? Nanny aurait juré qu'il n'y avait pas d'autre femme dans la coulisse. Mais alors, quoi ? Femme et mari gardaient leur secret. Ils n'avaient d'ailleurs aucun penchant pour les confidences.

Tous les détails du jour où le divorce avait été prononcé revenaient à la mémoire de Nanny. Madame l'avait appelée à la salle à manger. Elle entendait encore leur conversation :

— Monsieur est parti. Évidemment, l'enfant reste avec moi. Il faut m'aider à lui faire supporter ce choc. Il attendra chaque soir le retour de son père. Il ne comprendra pas son absence.

— Puisque vous m'en parlez... Pourquoi monsieur est-il parti ?

— C'est compliqué.

— Vous êtes une belle femme.

— Je n'ai jamais été une belle femme. J'ai, paraît-il, un certain charme...

Pour la réconforter, Nanny n'avait qu'un argument simple, mais efficace :

— Vous êtes encore jeune. Vous allez vous remarier.

— Je ne crois pas, avait-elle dit. La première expérience m'a suffi. Je ressens une nette désaffection envers les hommes.

« Désaffection » ? Nanny ne connaissait pas exactement le sens de ce mot. « Manque d'affection », oui, elle comprenait. Mais « désaffection » ? Le couple parlait avec élégance. Même quand ils étaient fâchés – et il leur était arrivé de hausser le ton une ou deux fois –, jamais on n'entendait de mots grossiers. Ils étaient sauvages, mais avaient des manières.

Mme Robin reprit, gênée.

— Si je vous disais, entre femmes...

— Nous sommes entre femmes, répondit Nanny simplement.

Elle attendit la suite.

— Il n'y avait plus rien entre nous. Je veux dire : rien de physique.

— Pourtant l'enfant est bien là, répondit Nanny.

— Au début, ça allait.

— Mais vous l'aimez, votre Daniel ? se rassura Nanny.

— J'en suis folle, répondit Mme Robin. Il est ma raison d'être. J'ai toujours voulu des enfants. J'ai seulement oublié que pour cela, normalement, il faut vivre ce qu'on appelle une vie de couple. Nous l'avons ratée, cette vie. Par sa faute : j'ai perdu confiance en lui.

Nanny défendait son ex-patron :

— Monsieur n'a pas l'air d'être un coureur.

— On repère facilement un coureur ? Je ne crois pas, dit Mme Robin.

— Je ne sais pas, madame. Divorcés, vous êtes tous les deux libres, mais il ne faut pas que Daniel en souffre.

— Si je pouvais obtenir la garde, moi toute seule, ce serait le paradis. Je crève de peur chaque fois qu'il le prend, Nanny. Et s'il ne le ramenait pas ?

— Mais il ne peut pas imaginer de vilaines choses, madame, dit la Bretonne. Lui, il l'aime aussi, son fils.

— Il l'aime, dit Mme Robin, mais les risques sont énormes. Imaginez qu'habitant seul, puisqu'il a son travail – encore heureux –, il va confier mon fils à une Croate, une Slovaque, une Mexicaine.

— Oh, madame ! Vous n'allez pas énumérer le monde entier. Il y a beaucoup de femmes qui cherchent du travail. Elles ne sont pas plus mauvaises que nous, les Bretonnes.

— Nanny ! s'exclama Mme Robin. Vous êtes unique et incomparable ! Mais imaginez qu'il confie l'enfant à une femme qui fait le ménage chez lui. Une fenêtre reste ouverte, l'enfant veut regarder dehors... Tout est possible. Une femme inconnue va préparer les repas de mon fils ? Je ne supporte même pas l'idée qu'il ait contact avec quelqu'un que je ne connais pas.

— Madame, il y a beaucoup de gens qui divorcent. Tout le monde ne souffre pas comme vous !

— Je ne sais pas ce que font les autres, dit Mme Robin. Mais moi, je hais mon ex-mari parce qu'il a le droit de venir prendre mon enfant.

— Madame, dit Nanny, il pourrait dire ça aussi de vous : « Je hais mon ex-femme parce que pendant la semaine, ou quinze jours sur trente, elle a la garde de mon enfant. » On n'en sort plus !

— Non, dit Mme Robin, non. C'est-à-dire, oui. On peut en sortir.

*

Le jour où Nanny passait la matinée à l'hôpital, c'était donc Mme Robin qui devait confier l'enfant, muni de ses valises, petite et grande, à son père pour quelques jours.

Il avait une mauvaise habitude, Monsieur. Il ne voulait jamais révéler exactement l'endroit où il allait avec le petit. Il aurait pu dire : « Tu peux m'appeler, mon téléphone portable est branché. À Hong Kong ou à Deauville, tu me trouveras. Tu ne dois pas t'inquiéter. » Non, Monsieur avait un petit côté méchant. Il maintenait l'incertitude sur son lieu de séjour pour angoisser Madame. Monsieur se vengeait de quelque chose. Pourquoi fallait-il que chaque fois, quand il partait avec l'enfant, il quitte sa femme sur ces mots : « J'espère que tu nous reverras en bonne santé, surtout Daniel » ? Pourquoi faisait-il subir à cette femme de telles crises d'angoisse ?

Nanny consolait Mme Robin :

— Le petit est en sécurité avec lui. C'est son père !

— Il ne se sert de l'enfant que pour me faire du mal...

Un jour, Nanny s'en souvenait très bien, Monsieur s'était exclamé – en parlant vite, furieux :

— Un crash d'avion, un accident de voiture, c'est une question de destin ! Je ne veux pas que tu nous suives partout. J'ai l'impression de vivre sous une loupe quand je pars avec cet enfant. Non, je ne te dis pas où je vais. La paix, s'il te plaît !

— Tu m'en veux...

— Oui. Je déteste le partage. J'aurais voulu cet enfant pour moi.

— Tu es fou. Daniel est mon fils... Il est constitué de deux moitiés.

— Bien sûr. Mais, en cas d'accident, il ne serait plus à personne.

— Pourquoi parles-tu d'accident ? Tu serais capable de provoquer un malheur pour me tuer... Rassure-moi, sinon je vais mourir d'angoisse.

— Mais non. Tu es solide.

Nanny les écoutait, oubliée dans le couloir, les mains serrées sur la poitrine. Comment ces gens-là, qui avaient tout pour eux, s'amusaient-ils à évoquer la perte de leur enfant ? Le destin les punirait, c'est sûr.

« Quelle tristesse ! pensait Nanny. Ces gens qui n'ont besoin de rien veulent en plus être "propriétaires" de leur enfant. »

*

L'après-midi du jeudi, elle traversa le jardin de l'hôtel particulier, dont elle avait la clef. Madame avait dit que, le moment venu, elle lui apprendrait le nouveau code. Elle venait dire bonjour à Madame, s'assurer que le petit était bien parti et préparer quelques légumes pour le dîner, peut-être aussi une tranche de foie de veau et des pommes de terre sautées. « Ça lui fera du bien. Bientôt, Madame n'aura plus que la peau sur les os. Quand le petit n'est pas là, elle ne se nourrit pas. »

Avec ce qu'elle apportait dans son cabas, elle allait faire un plat de printemps pour sa patronne : des pommes de terre nouvelles au persil. Nanny adorait ça. Elle avait d'ailleurs grossi. « Un kilo par an », avouait-elle en accusant les pommes de terre, sa drogue à elle.

« Quelle belle maison ! » pensa-t-elle une fois de plus. La demeure était toute blanche, le premier étage entouré de balcons en lourde pierre. « Un petit palais, avait-elle dit un jour à Madame. – Mais non, simplement un hôtel particulier que mon père a fait restaurer. » Le jardinier passait chaque lundi après-midi : Madame ne supportait pas le bruit de la tondeuse le matin. Elle avalait tant de somnifères que, vers 10 heures, elle était encore vaseuse au point de prendre son thé au lit, les yeux à moitié fermés.

Nanny poussa le battant de la porte, dont les épaisses parois de verre étaient encadrées et soutenues par des montures d'acier. Cette porte élégante était, selon le fournisseur, « inattaquable ». Le verre était conçu pour supporter même une rafale de balles. Elle regarda les caméras de surveillance fixées dans l'entrée en plusieurs endroits, dans les coins des murs et des plafonds, dans les stucs décoratifs de cet hôtel particulier 1900. Elles filmaient la totalité des mouvements à l'intérieur du hall. Le père de Mme Robin, qui craignait pour la sécurité de sa fille et de son petit-fils, avait fait des dépenses sans doute démesurées pour relier l'ensemble de la demeure à une agence de surveillance.

Nanny traversa le hall et l'office jusqu'à la cuisine. Deux tasses vides contenant des restes de café traînaient sur la table. Elle les posa dans l'évier. Elle ne mettrait pas en marche la machine à laver la vaisselle, pas pour si peu. « Madame a dû sortir pour s'aérer, se dit-elle. Elle sait que je ne connais pas le nouveau code. Elle ne doit pas être très loin ! » Elle hésita une seconde. Fallait-il monter ? Mais Madame lui avait interdit de venir au premier étage et de frapper chez elle sans être appelée. « C'est mon domaine, avait dit Madame. En haut, je suis chez moi, je circule parfois nue quand je sors de mon lit, ou je porte juste une petite chemise. Ça m'est égal si on me filme... Mais je ne veux pas qu'on me surprenne. C'est l'idée de papa de filmer tout. N'empêche, ça m'oblige à garder mon corps mince parce que l'idée même qu'on me fixe sur une pellicule m'excite... Triste coquetterie, n'est-ce pas, Nanny ? À la limite de l'anorexie, céder à des caméras ? Qu'importe, c'est aussi ma liberté ! » Les caméras filmaient aussi l'imposant escalier intérieur qui s'élevait du rez-de-chaussée au premier étage. Deux objectifs fixes étaient braqués sur la porte qui isolait le couloir de la cuisine et des parties domestiques de la maison. Personne ne pouvait leur échapper, même pas un dieu.

Nanny regardait autour d'elle les petites caméras qui tournaient sans cesse leur tête ronde. Le père de Madame aurait mieux fait d'envoyer sa fille sur une île, au bord d'une mer chaude, avec le petit garçon et peut-être même avec moi, plutôt que de les garder enfermés dans cet endroit sous surveillance. Mais il était possible aussi qu'elle n'ait pas voulu partir ou que l'ex-mari, M. Robin, ait empêché l'enfant de sortir de France. « Qu'importe, se dit Nanny, dans deux ans Daniel aura presque sept ans et je prendrai ma retraite. » Elle tendit l'oreille. Elle avait l'impression que Madame écoutait sa grande musique, mais en sourdine. Ou c'était peut-être juste une idée. Elle n'osa pas monter, elle n'en avait pas envie non plus. Elle déballa à la cuisine ce qu'elle avait apporté. Elle commença à gratter les pommes de terre nouvelles qu'elle ferait cuire à la vapeur. Elle allait hacher tout le bouquet de persil. En descendant ou en rentrant, Madame trouverait le plat de pommes de terre nouvelles au persil tout prêt. « Maigre comme elle est, elle peut manger ce qu'elle veut. Elle ne risque pas grand-chose. » Nanny pensa quelques secondes sortir de la cuisine et aller jusqu'au petit potager qui était le grand luxe de ce parc, caché derrière des parois de bambou tressé. Il y avait des salades, quelques tomates. Madame allait de temps à autre le regarder. Elle disait : « C'est mon jardin. » Nanny, ayant jeté un coup d'œil sur la porte de la cuisine qui menait vers ce petit paradis, avait constaté que la clef n'était pas dans la serrure, et que la porte était fermée. Elle ne pouvait pas sortir par là. Elle avait heureusement apporté une salade verte, qu'elle lava et prépara. Elle mit de côté la sauce, un mélange de citron et d'huile d'olive.

Madame était née dans un cocon. Un moment, elle avait craint que son père, veuf, ne se remarie. Mais, de toute façon, elle ne courait pas grand risque. Même déprimée, elle savait surveiller ses intérêts. « Si mon père se remarie, avait-elle confié un jour à Nanny, c'est quand même Daniel qui aura tout, et moi. Une nouvelle femme connaîtrait une existence de riche tant que papa serait en vie. Mais, après, pratiquement rien. » Nanny s'était étonnée : cette créature si fine, si innocente pouvait donc penser de manière si pratique ? « Tant mieux, avait-elle pensé. Elle saura se défendre. »

Nanny retourna plusieurs fois dans le hall d'où montait l'escalier vers le premier étage. Entendait-elle la musique, l'imaginait-elle ? Un jour, Madame lui avait recommandé de ne jamais heurter avec l'aspirateur les haut-parleurs qui distillaient – elle avait prononcé le mot « distiller », comme si elle parlait d'un alcool – une musique très fine. « Distiller », « à peine perceptible »... « C'est bien un langage de riches », pensa Nanny. Et si elle était là, boudant, peut-être pleurant, à cause du départ de l'enfant ? Nanny appela :

— Madame ? Madame ? Voulez-vous que je monte ?

Il n'y eut pas de réponse. Alors elle décrocha le téléphone intérieur et appela la chambre à coucher de Madame.

La sonnerie résonna dans le vide. Un jour, Madame lui avait dit : « Quand ça sonne et que je ne décroche pas, c'est que je ne veux pas répondre. Mais je ne veux pas couper les lignes, ni celle de l'intérieur, ni celle de l'extérieur. On ne sait jamais. »

Nanny se dirigea vers le garage : la voiture de

Madame était là. « Elle a dû sortir pour s'empêcher de pleurer après le départ du petit. Et maintenant, elle écoute sa musique, ou elle dort avec. »

Elle revint dans la maison, prépara la table dans la salle à manger, plaçant soigneusement fourchettes et couteaux. À ses débuts, elle trouvait ridicules ces tables chargées de tant de couverts et de verres pour des gens qui mangeaient si peu.

Elle versa les pommes de terre brûlantes dans un récipient en Pyrex à couvercle et posa sur l'ensemble deux gros torchons de cuisine sortis d'une armoire. À son avis, « son » repas était divin. Madame serait heureuse comme une gosse parce qu'elle adorait ça, Nanny le savait. Elle prendrait sans doute tout le plat pour manger les petites pommes de terre, une par une, sur le grand canapé devant la télévision.

Elle retraversa le hall, appela encore une fois. Elle hocha la tête, haussa les épaules. Elle ne comprenait pas pourquoi Madame ne daignait pas répondre, mais c'est vrai qu'elle était souvent capricieuse. Pas méchamment, sans y penser. « Peut-être a-t-elle un vrai problème dans la tête », se dit Nanny.

Elle sortit de la maison, referma la porte et, à petits pas, le cabas vide soigneusement plié en quatre dans son grand sac à main, elle quitta le parc et ajusta derrière elle les battants du portail.

CHAPITRE 15

Ce même jeudi après-midi, tandis que Clara, à Vienne, était en visite chez son oncle, à Paris, Thierry se hâtait vers le bureau de l'avocate. À 17 heures moins quelques minutes, il y trouverait peut-être encore la secrétaire. Une seule fois, il était allé chercher Clara au bureau. Il n'avait pas oublié le regard admiratif et envieux de Mme Torrent, et comptait en profiter : il connaissait l'effet qu'il exerçait sur certaines femmes. Sa « beauté mâle » créait parfois des chocs.

Cet après-midi-là, ayant enclenché sur sa moto les blocages de sécurité, il avait trouvé la double porte de l'immeuble ouverte – elle n'était fermée que pendant le week-end.

Il enjamba les marches deux à deux, sonna et poussa la porte. Mme Torrent se tenait derrière son bureau. Déjà prête à partir, elle rangeait son sac. Elle leva la tête, étonnée :

— Thierry ! Que faites-vous là ?

En ces occasions, Thierry était plus que jamais persuadé d'avoir du talent. Un jour, il en était sûr, il deviendrait un comédien apprécié...

— D'abord, je suis heureux de vous saluer. Ensuite, peut-être qu'il y a un message de Clara pour moi. Elle m'a dit qu'elle me laisserait son numéro de téléphone chez vous.

Mme Torrent avait cinquante ans bien sonnés et un regard aigu. Elle observa le jeune homme et imagina sa patronne dans les bras de cet individu. C'était injuste : Clara avait tout, la renommée, beaucoup d'argent – elle voyait bien les comptes qui passaient –, et en plus ce type si spectaculaire !

Elle sourit.

— Je peux peut-être vous aider ? Quel message voulez-vous transmettre à maître Martin ?

Thierry hésita. Fallait-il jouer au gamin amoureux et répondre : « Je voulais lui dire que je l'aime » ? Ça ne marcherait pas avec cette femme-là.

— Je devais lui parler du résultat de mon casting.

— Une réussite ?

Il haussa les épaules, prit son air triste :

— Je ne sais pas. Tout est combine dans ce genre de recrutement. On va m'écrire.

— Bien sûr, dit Mme Torrent, c'est ce qu'on dit d'habitude.

— Clara a insisté pour que je la tienne au courant, reprit Thierry. Je crains qu'elle m'en veuille si je ne l'appelle pas.

— Ça peut attendre jusqu'à mardi, non ?

Il fit semblant de se résigner.

— En vérité : oui ! Donc ma visite était inutile. En tout cas, je suis content d'avoir pu vous saluer...

La secrétaire éprouva une sensation agréable : elle avait si rarement droit aux compliments. Ce jeune homme était courtois, bien élevé, respectueux ! Elle déposa son sac sur son bureau et chercha à prolonger un peu la conversation.

— Elle ne me dit pas toujours où elle va.

— Même pas à vous ? Sa confidente ? Elle parle souvent de vous comme d'une femme si dévouée, si solide sur tous les plans...

Il cherchait les mots justes.

— ... Une femme exquise et si aimable avec les clients.

— Maître Martin a prononcé le mot « exquise » ?

— Oui. Et aussi : « C'est Mme Torrent qui est le pilier de mon bureau. »

— Vraiment ?

Mme Torrent était ravie. Quelle bonne journée ! Thierry joua la surenchère.

— Clara est peu bavarde, mais pas quand il s'agit de vous. Elle a confiance en vous. Elle m'a même parlé d'une augmentation : « Elle mérite tout, cette femme », a-t-elle dit.

Faisant semblant d'avoir commis une bévue, il esquissa un geste faussement maladroit, comme s'il avait voulu se faire taire.

— Je n'aurais sûrement pas dû vous le dire !

— Voulez-vous prendre un café ? dit la secrétaire, comblée. La machine est encore chaude.

— Avec plaisir.

Mme Torrent s'affaira dans une étroite kitchenette proche de la réception, et revint avec deux minuscules tasses pleines.

— Du sucre ?

— Non, merci. C'est très bien comme ça.

Thierry trouvait abominable le café noir sans sucre, mais il ne fallait pas distraire cette femme ni perdre la moindre seconde. N'importe qui pouvait téléphoner ou entrer à la dernière minute. Thierry ne disposait que d'une infime marge de temps pour obtenir le renseignement dont il avait besoin.

— Clara était si heureuse de ces quelques jours de repos, dit-il.

— Pourquoi elle ne vous a pas emmené ? demanda Mme Torrent.

La phrase hérissa Thierry : elle parlait de lui comme d'un paquet ! Il se domina :

— Elle voulait que je l'accompagne, mais je n'en

avais pas la possibilité. J'ai une maman âgée, je dois lui rendre visite en Normandie. Vous savez, on n'a qu'une mère.

La secrétaire s'attendrit : ce grand gaillard, ce symbole de virilité, aimait sa mère. Il était donc sûrement quelqu'un de bien.

— C'est pour ça que vous n'êtes pas à Vienne avec elle ? répéta-t-elle.

Thierry enregistra, impassible, le nom de la ville. Il continua :

— J'ai été plusieurs fois à Vienne pour des présentations de mode. Un grand hôtel y organise un défilé une fois par an.

— Je ne crois pas qu'elle soit descendue dans un hôtel de ce genre.

Thierry joua le tout pour le tout.

— Elle a énuméré tellement de noms d'hôtels que je suis un peu perdu, dit-il.

— Ça m'étonne, elle n'en aime qu'un.

« Ne pas se presser, surtout ne pas se presser », pensa Thierry.

— Vous voyez, insista Thierry pour la flatter, elle vous l'a dit, à vous, où elle allait...

La secrétaire lâcha une confidence.

— Elle ne m'a rien dit du tout. Elle a laissé une note sur son bloc, une note écrite en rouge : « Réserver avion Vienne. Départ, etc. »

— J'aurais bien voulu l'accompagner à l'aéroport, mais je n'ai qu'une moto... Il lui fallait un taxi...

Il prit l'attitude d'un jeune homme qui a honte de dire qu'il n'a pas d'argent.

— Évidemment, avec le retour, la course coûte cher, remarqua Mme Torrent.

Elle n'avait pu s'empêcher de lui lancer une petite vacherie. Elle aimait bien le mot « vacherie ». Ça exprimait tant de choses, et c'était un mot jeune. Enfin, jeune il y avait trente ans...

— Elle sera de retour au début de la semaine prochaine, lundi après-midi, je crois, ou le soir. Elle a gardé ses rendez-vous de mardi.

Elle rangea les tasses.

— Attendez patiemment son retour. Mes meilleurs vœux pour votre maman, Thierry.

Elle aimait ce prénom, beau comme celui qui le portait. Propre, sorti d'une revue imprimée sur papier glacé. Évidemment, il fallait être maître Martin, avoir sa beauté, sa réputation et son fric pour pouvoir s'offrir un jeune homme de cette qualité.

— Merci, madame, dit Thierry. Merci pour votre accueil.

— Au fait, demanda Mme Torrent, vous n'avez rien d'urgent à lui dire ?

Thierry souriait :

— Si. Mais ce n'est qu'un signe d'affection.

Sans illusion sur son succès éventuel, il fit une dernière tentative :

— Je connaîtrai le nom de son hôtel à son retour. C'est peut-être quand même l'endroit où j'ai défilé.

— Selon moi, dit Mme Torrent en hésitant, elle se trouve à l'hôtel Sacher. En face de l'Opéra. Elle m'en a souvent parlé. Elle a aussi un oncle, là-bas, continua-t-elle. Il habite Vienne. Le frère de sa mère.

— Un oncle ? À Vienne ? Elle ne m'en a jamais parlé.

— Sa famille maternelle, elle l'a fait disparaître dans une trappe.

— Pourquoi ?

— Des raisons à elle, son confort. Elle est quand même d'origine étrangère.

— Clara ?

— Née à Vienne.

— Mais élevée en France, et de père français.

— Chez certaines gens, la mère compte plus. Voulez-vous qu'on descende ensemble ?

En quittant le bureau, la secrétaire éteignit le plafonnier principal et enclencha un système d'alarme à la manipulation compliquée. Le bureau de Clara, d'abord, séparé du reste des locaux, puis l'entrée principale.

— Il faut dire qu'elle ne fait pas d'économies avec ces alarmes. Mais la précaution, ça fait partie de son métier. Les dossiers des clients sont dans un coffre-fort, protégés par un code spécial.

Thierry engrangeait les renseignements et posait quelques questions juste pour entretenir la conversation.

— L'oncle, il est avocat aussi ?

— C'est un scientifique, un penseur, disons, un philosophe. Il « pense » aux frais de qui ? Ça, c'est une autre paire de manches. Mais vous savez, ces Juifs-là trouvent toujours des sponsors : ce sont des « penseurs » entretenus.

L'aigreur du ton surprit Thierry.

— Pourquoi vous dites : « ces Juifs-là » ?

— Mais parce que la mère de Mme Martin était juive. Elle est enterrée à Vienne. Et donc, l'oncle est juif, lui aussi. Elle le cache soigneusement.

— Et le père ?

— M. Martin ? Un Français parfait, originaire de la bourgeoisie de province. Très bonne famille. Tout le monde a beaucoup d'estime pour M. Martin. Quand il vient ici voir sa fille, il impressionne, il a beaucoup de prestance. C'est un haut fonctionnaire bientôt à la retraite. Divorcé de la mère de Clara. Non remarié.

Thierry chercha à maintenir la conversation pendant que Mme Torrent fermait la porte principale.

— Clara ne m'a jamais parlé de sa religion. Je crois qu'elle est agno... agno...

Mme Torrent vint à son secours :

— Agnostique, c'est ce que vous voulez dire ?

— Oui...

— Disons athée. Mais si elle a fait ce choix, c'est pour n'avoir aucun lien avec...

Thierry s'empressa de compléter la phrase :

— Avec la religion juive ?

— Religion ? Si vous voulez. Mais les Juifs sont aussi un peuple. La preuve : ils ont un pays.

— Je ne vois pas la différence. Que voulez-vous dire ?

— Vous êtes un enfant de chœur. Tout le monde sait la différence, mais on n'en parle pas. D'ailleurs, ne me trahissez pas, surtout ! Maître Martin détesterait sans doute que vous soyez au courant. Elle fait semblant de n'avoir aucun problème sur ce plan-là.

— Mais est-ce un problème ? demanda Thierry.

— Pour certains, sans doute. De toute façon, on ne peut plus rien dire sur personne par les temps qui courent... La clientèle de maître Martin est très chic. Il y a beaucoup de femmes riches et élégantes qui s'adressent à elle pour réussir leur divorce. Les hommes paient cher leur liberté, avant de tomber dans le piège suivant...

— Vous connaissez ses clients ?

— Je suis tenue par le secret et je risque ma place. Si je parlais, je serais vite liquidée. Vous voulez un conseil ? Savez-vous ce qu'il faut éviter à tout prix ?

— Quoi ? dit Thierry, à la porte de l'immeuble.

— Se faire un ennemi de maître Martin. Elle est redoutable.

Thierry avait appris l'essentiel. Clara était à Vienne, à l'hôtel Sacher. Elle avait un oncle. Mais elle tenait à cacher ses origines. Cette visite à Mme Torrent était plus que fructueuse.

Sur le trottoir, il se tourna vers la secrétaire.

— Vous permettez ? Juste une accolade.

Il faillit commettre la faute irréparable de dire : « Vous êtes comme une mère pour moi », s'arrêta juste à temps avant de prononcer les mots fatals et déclara à la place :

— Vous êtes une femme remarquable. Et d'une telle loyauté. Vous permettez ?

Il la serra dans ses bras, laissant sur le trottoir la secrétaire éblouie. De son pas de fauve, il rejoignit sa moto. Chevalier obscur d'une époque obscure, il partit dans un vrombissement aigu, sous l'œil attendri de Mme Torrent.

CHAPITRE 16

Clara lisait une revue d'économie. Mais la stratégie des affaires boursières ne l'intéressait guère ce soir-là, son esprit vagabondait ailleurs. Elle craignait la nuit interminable, l'air épais de sa chambre l'étouffait. Son voyage se révélait inutile. Elle avait détesté le Prater de son enfance, les relations avec l'oncle devenaient de plus en plus complexes. Elle se leva, pensa enfiler un pantalon en jean et un petit pull, puis sortir... Mais voir quoi ? Vienne n'était ni Paris ni New York. Ici on fermait les magasins vers 16 h 30 et les restaurants se vidaient à 23 heures. Elle aurait aimé, comme jadis, se trouver à Soho, dans un restaurant italien, devant un plat de spaghetti à la bolognaise, à écouter des guitaristes au regard impertinent. Elle aurait aimé bouger, regarder, se faire bousculer par la foule de Times Square et lire, la nuque raide, la tête levée vers le ciel noir, les nouvelles du monde coulant en néon sur les façades et les dernières publicités qui habilleraient ou déshabilleraient les populations. Dans cette chambre, elle tournait en rond, la TV allumée marchait sans le son, diffusant une fête folklorique muette. Elle vérifia que ses cartes de crédit et son passeport étaient dans son sac et décida de partir le lendemain. Elle éviterait ainsi le type excité, ce père à la dérive qui, pour trois jours de tête-à-tête avec son fils, perdait son contrôle. Si elle avait décelé un appel dans son regard, pas la demande du « client », mais un regard d'homme sur une femme, elle aurait été sans doute plus indulgente à son égard. La sonnerie du téléphone retentit. Surprise, elle décrocha le combiné et jeta un « allô » décourageant, suivi de : « Qui est à l'appareil ? » Elle entendit alors la voix agréable de l'homme, cette voix qui ne correspondait pas à son physique. Robin avait opté pour un ton mondain afin qu'elle ne lui raccroche pas au nez.

— Je suis l'insupportable père de l'aimable petit garçon qui vous a draguée ! entendit-elle.

— Vous n'êtes pas drôle, dit-elle. Vous avez vu l'heure ?

Robin insista :

— Je vous présente mes excuses. Je vous réveille, sans doute...

Contre toute raison, elle était contente de cet appel, qui valait mieux que rien dans cette soirée de néant. Mais il ne fallait en aucun cas laisser l'autre bénéficier de ce moment de faiblesse. Sauver la face avant tout. Garder les distances.

— Ce n'est pas votre problème, que je dorme ou non, répondit-elle sèchement. Je vous serais reconnaissante de me laisser tranquille. Si je ne vous avais pas dit par malheur, par réflexe ou par maladresse que je suis avocate, vous ne me verriez même pas !

— Avant de m'envoyer au diable, dit-il, accordez-moi un petit quart d'heure !

En l'écoutant, elle raccourcirait la nuit. Elle qui voulait quitter sa chambre, il lui apportait un bon prétexte.

— Je ne suis ni psychanalyste ni confesseur, dit-elle mollement. Donc d'aucune utilité pour vous.

— Mais peut-être accepteriez-vous de sauver une vie ?

— La mienne d'abord, dit-elle sur un ton de vague plaisanterie. Vous êtes tuant. Je n'ai pas de calmants à vous offrir, ajouta-t-elle.

— Mon ex-femme est peut-être en train de mourir à cause de moi.

— Depuis le temps qu'elle meurt, si j'en crois vos paroles, elle est sûrement déjà à la morgue.

À l'autre bout du fil, l'homme poussa un grognement.

— Vous êtes d'une rare cruauté, maître ! Vous n'admettez même pas que je puisse dire la vérité ?

Clara récupéra le combiné qui avait glissé de sa main et répondit :

— Vous prenez mal mon attitude. Mais si votre sinistre histoire est une blague, elle est du plus mauvais goût !

Mark proposa d'une voix terne :

— Vous pourriez juger par vous-même.

— Bon, déclara Clara, vous m'avez eue ! J'accepte de vous voir dix minutes, pas plus.

— Merci, dit l'homme. Ma chambre est dans un désordre effroyable et dans la pièce à côté dort mon fils. Je vous propose le salon de l'hôtel.

Clara venait de laisser glisser son pyjama. Son corps se refléta dans le miroir qui occupait la paroi intérieure d'une porte de l'armoire. « Je parle avec un crétin, pensa-t-elle, mais ma ligne est impeccable ! C'est déjà ça ! »

— Avant de sortir, jetez un coup d'œil sur votre fils, suggéra-t-elle.

— Évidemment, je laisserai ouverte la porte entre nos deux chambres et la lumière allumée. À tout de suite.

Même cet encombrant rendez-vous serait plus amusant que le décor sinistre et le regard lourd de l'officier autrichien dont le portrait décorait un mur, pensa-t-elle. Elle prit sur un cintre son chemisier en satin rouge prévu pour une soirée à l'Opéra. Elle comptait s'y rendre dès le deuxième soir, vêtue d'un pantalon en soie noire et de ce chemisier de haute couture italienne.

« Le rouge est la couleur de l'Opéra », s'était-elle dit en faisant sa valise, à Paris. Elle ne savait pas que le bâtiment était bâché pour travaux. Un pied de nez de plus de la part du destin.

Elle s'aperçut dans le miroir et ne regretta plus l'achat de la blouse. Elle avait repéré ce lamé fascinant dans la vitrine d'une boutique à Rome, près de la Piazza di Spagna. Thierry n'avait pas manqué d'émettre une remarque désagréable du style : « Le rouge, en haute couture, est toujours présenté par des femmes très jeunes... Après vingt ans, c'est plutôt difficile à porter. » Elle avait eu envie de bondir, de l'envoyer promener, mais elle s'était retenue de peur qu'il disparaisse pour de bon. Déjà l'avenir de Thierry chez elle était compromis à cause de cette histoire de « rouge ».

Malgré l'heure tardive, l'absence de maquillage soulignait la beauté de sa peau, lisse, sans une ride. Ses yeux étaient un peu cernés. Ses cheveux noirs encadraient son visage. Comme des cheveux chinois, pensa-t-elle avec une satisfaction certaine. Elle arrangea son décolleté qui permettait de deviner son soutien-gorge en dentelle noire.

« Ce soir, je serai fatale pendant quelques minutes. » Elle aimait se moquer d'elle-même. Avec du Rimmel noir elle allongea ses cils, chercha, dans sa pochette à maquillage, un rouge à lèvres assorti à la couleur de son chemisier. Comme elle n'en trouvait pas – le rouge du vêtement était très particulier –, elle appliqua seulement une couleur naturelle, brillante. Elle fouilla dans ses produits en vrac et trouva un petit flacon : il lui restait quelques gouttes de parfum.

Elle descendit au rez-de-chaussée, passa à côté de la réception et entra au salon. Des couples bavardaient, installés dans des sièges profonds.

Mark Robin l'attendait dans un coin où se trouvaient deux fauteuils autour d'une petite table. Il portait une chemise blanche au col ouvert. Il avait l'allure du tourmenté : un homme perdu dans l'univers, un astronaute éjecté dans le vide. Heureusement, rien d'un vieux gosse à materner ! C'était déjà ça. Une pincée des *Hauts de Hurlevent*, pensa Clara. Un délire tamisé, d'un romantisme suranné. L'apparence plutôt intéressante de Robin lui fit soudain espérer un possible divertissement. Elle se demanda quel genre d'amant il était. Sans doute un cérébral compliqué, et ça, ça prend du temps. D'avance, elle refusait. Ce soir-là, elle aurait souhaité un mâle robuste, propre et délicat, parlant une langue qu'elle ne connaîtrait pas. Un amant « broyeur », mais silencieux. Qui s'en va. Qui disparaît.

Mark s'inclina légèrement. Comment aurait-il pu s'imaginer ce qui se passait dans l'esprit de cette jolie femme, si froide d'apparence ? Elle doit être frigide, constata-t-il et, dans l'état où il était, cette supposition le consolait.

— Merci d'être venue. Je peux vous proposer une coupe de champagne ?

— D'accord, dit-elle. L'atmosphère est loin d'être grisante.

— Rosé ou...

— Ça m'est égal.

Elle se détendait peu à peu, et se demanda pour quelle raison elle était si souvent attirée par ce genre d'individu compliqué. Elle pensa à Nicholson dans *Shining*. La hache et la folie lui allaient si bien. Le garçon apporta les coupes de champagne sur un plateau d'argent. Mark signa la fiche, puis leva son verre dans la direction de Clara :

— Bienvenue dans ma vie de cauchemar.

La phrase plut à Clara.

Mark regarda l'avocate, devina au ras du décolleté profond le contour du soutien-gorge en dentelle noire. Elle avait croisé les jambes, le pantalon en soie laissait apparaître des chevilles fines et des chaussures aux talons hauts.

— Vous permettez ? dit-il en se penchant vers elle. Vous permettez que j'arrange le bracelet de votre montre ?

Le bout du bracelet était sorti de la deuxième attache.

— Merci, dit-elle en dégageant sa main. Vous êtes un excellent observateur, monsieur Robin. Je vous écoute.

— Puis-je compter sur votre discrétion absolue ?

— Je ne suis pas votre avocate, mais je vous promets le secret.

Il but une gorgée de champagne et se mit à parler.

— Voici les faits. Quand je prends l'enfant pour quelques jours de vacances, une gouvernante – nous l'appelons Nanny, c'est ainsi que la plupart des nurses sont nommées – attend mon arrivée dans le hall. Je sonne, elle m'ouvre la porte, me salue. Daniel me saute au cou parce que, au moment où nous partons, il est content. C'est après que sa mère commence à lui manquer.

— Si vous pouviez me dire l'essentiel...

— Hier matin, la porte d'entrée était légèrement entrouverte, Daniel m'attendait entre sa valise à jouets et une plus grande, réservée à ses vêtements. J'ai demandé où était Nanny. Il m'a répondu que Nanny devait aller à l'hôpital, mais qu'elle reviendrait bientôt. Cette nurse était devenue en quelques mois la responsable du fonctionnement de la maison. Une femme forte, une de ces Bretonnes qui...

— Continuez, dit Clara.

— Donc, Nanny était à l'hôpital. J'ai demandé à Daniel : « Où est ta maman ? – Dans sa chambre. Il ne faut pas la déranger, elle dort. On s'en va ? » m'a-t-il dit. Nous sommes partis. Un taxi nous attendait.

« Cossu, tout cela, pensa Clara. Cossu. Hôtel particulier, gouvernante, un premier étage où il ne faut pas monter déranger Madame, le gosse seul au milieu du hall. Il ne manque que le sol en marbre... »

— Le sol est en marbre ?

Mark parut désorienté.

— Pourquoi vous me demandez ça ?

— Pour avoir tous les détails. Parce que vous décrivez un endroit chic et cher. Je vois le petit garçon avec sa valise d'enfant et l'autre, la plus grande, contenant ses vêtements. La mère boude et ne veut pas vous rencontrer.

Clara avait une assez grande expérience des couples qui s'évitaient au moment où l'enfant partait avec l'un ou avec l'autre.

— Vous lui dites quoi en partant, à votre femme ou ex-femme ?

— Je ne la vois pas.

— Ne fût-ce qu'à l'égard de l'enfant, il faudrait adopter un comportement plus civilisé. Si par hasard vous l'apercevez, vous dites quoi ?

— « Au revoir. »

— En êtes-vous sûr, monsieur Robin ? Pas de menaces, de sous-entendus, du genre : « J'espère que tu nous reverras en bonne santé ! » ? Vous ne faites pas partie de ces ordures qui s'amusent à susciter l'angoisse d'une mère ?

Il leva sur elle un regard froid.

— Si, dit-il. Je fais partie de ces ordures. Ça me fait un plaisir infini de la faire souffrir. Nous sommes comme deux fauves autour de cet enfant... Nous avons obtenu un jugement sans doute équitable, mais qui nous mécontente, elle autant que moi. Chacun de nous voulait l'enfant, c'est-à-dire sa garde, complètement.

Elle eut comme une nausée. Le passé sud-américain revenait au galop.

— La garde, sauf exception plutôt rare, est toujours confiée à la mère.

— Même si elle est psychologiquement atteinte ?

Clara eut envie de le quitter sur-le-champ. « Vous êtes malhonnête », lui avait dit un jour une femme à qui elle avait fait enlever la garde de son enfant, enjeu du divorce. « Vous serez punie. Je mourrai peut-être avant de vous voir souffrir, mais ça viendra ! » Clara, soudain désemparée, écoutait Robin. Elle n'avait ni l'énergie ni la volonté de se lever et de partir.

— Quel est le problème immédiat ? demanda-t-elle.

Il décida de tout dire. Quitte à faire fuir la belle avocate.

— Elle souhaite ma mort. Et moi, quand je viens chercher l'enfant et que je la vois, je n'ai qu'un désir : qu'elle disparaisse de ma vie. Elle s'intoxique avec des calmants pour cacher le fait qu'elle est folle de jalousie. Elle s'abrutit pour paraître calme.

— Vous êtes des malades, tous les deux, dit Clara. Il n'a que cinq ans, ce gosse. Il faut l'épargner.

L'entrevue tournait mal. Chaque mot que Robin prononçait évoquait le drame vécu autrefois par Clara.

Le garçon déposa des coupelles de noisettes et de chips sur la table.

— Chaque minute compte, reprit Robin, il est peut-être déjà trop tard pour intervenir.

— Racontez !

— J'étais donc dans le hall. Le petit m'a demandé où on allait en vacances. « C'est une surprise. On va prendre l'avion. » Il trépignait de curiosité. Je regardais vers la cage d'escalier. Du hall on aperçoit le palier et une partie d'un large couloir. J'étais intrigué, mauvais. J'avais envie de la voir malade. Je la voulais blême, exsangue, Adrienne.

— Elle s'appelle Adrienne ?

— Oui. J'avais envie de la faire un peu souffrir avant le départ. La veille, nous avions eu une violente discussion et elle m'avait menacé de partir avec l'enfant pour le Venezuela. Je lui avais répondu que j'allais moins loin pour ces quatre jours de pont, mais que le retour n'est jamais garanti.

Clara le regarda avec mépris.

— Vos menaces imbéciles ont dû la bouleverser. J'en ai vraiment assez.

Elle se leva et voulut s'éloigner. Mark la saisit par le bras.

— Je vous en supplie, madame.

— Je déteste votre manière d'être. Et celle de votre femme.

— Revenez, je vous en prie.

Elle s'arrêta près de la porte. Il y avait des chaises autour d'une table de jeu. Elle s'assit. Il s'installa en face d'elle.

— Je suis entré dans la chambre d'Adrienne. Elle semblait dormir. Les volets étaient baissés, aucune lampe allumée. Je l'ai appelée : « Adrienne, Adrienne. » J'entendais sa respiration lourde. Je l'ai appelée encore. Était-elle inconsciente ? J'ai vu une bouteille d'eau à côté du lit et des comprimés partout. Elle avait dû faire une tentative de suicide de plus. Déjà, dans un passé récent, elle a été – deux fois – sauvée de justesse. Pendant le divorce, elle nous a mijoté un bon petit lavage d'estomac pour attendrir le juge. Je la regardais, perplexe. Normalement, j'aurais dû appeler le Samu...

— Vous ne l'avez pas fait.

— Non.

L'homme se pencha vers Clara.

— J'ai un alibi moral indiscutable. Elle avait donné l'ordre de ne pas la déranger. J'ai obéi. En la regardant, j'étais comme ivre, grisé à l'idée qu'elle meure. J'ai refermé la porte de sa chambre. Je suis redescendu dans le hall. J'ai tendu la main à l'enfant et j'ai dit : « Maman dort. On part. » À l'heure qu'il est, elle est peut-être morte. En général, elle impose sa volonté et personne n'a dû venir la déranger de toute la journée.

Clara se sentait mal.

— Demandez-moi un verre d'eau gazeuse, s'il vous plaît !

Au lieu de faire signe au garçon, Robin se leva, s'éloigna et revint :

— Avec ou sans citron, votre eau gazeuse ?

— Qu'importe !

Il lui apporta un verre, qu'elle but avidement.

— Vous n'avez donc alerté personne ? Même pas laissé un message à la nurse qui devait revenir de son examen médical ?

— Non. J'espérais que cette fois-ci serait la bonne ! dit Mark, qui soudain se sentait fort. Voyez-vous, c'était comme une révélation : j'étais un individu capable de laisser mourir quelqu'un.

— À vomir, dit Clara. Vous êtes à vomir.

Il constata avec satisfaction l'effet qu'il exerçait sur l'avocate. Fini de le considérer comme un minable, un paranoïaque.

— Que savez-vous d'elle en ce moment précis ? insista Clara.

— Rien. Nanny, de retour, a peut-être alerté le Samu. Si elle a osé monter au premier. Mais elle ne pouvait pas me prévenir. Je n'ai pas laissé d'adresse. Sauf si le beau-père m'a fait suivre, parce que mon téléphone est la plupart du temps sur écoute. Si on m'interroge, je dirai évidemment que j'ai quitté la maison sans avoir vu mon ex-femme.

— Vous êtes complètement à côté de la réalité, dit Clara. Prenons la première hypothèse, la meilleure. Nanny arrive, cherche sa patronne, la trouve inconsciente, appelle le Samu, et Adrienne, à l'hôpital, est peut-être sauvée. Mais nous n'avons de ce scénario, continua-t-elle machinalement, aucune certitude. Vous n'avez pas pensé à interroger cette gouvernante ? Ne fût-ce que pour vous renseigner ? Sous prétexte de demander des nouvelles de sa santé à elle ?

— Non. Ce n'est pas dans mes habitudes d'appeler !

— Elle n'a pas votre numéro de téléphone portable ?

— Non.

— Vous avez le sien, chez elle ?

— Oui, mais elle ne comprendra pas pour quelle raison je la réveille.

— Bien sûr que vous pouvez l'appeler ! Renseignez-vous sur sa santé, ensuite prenez un ton mondain dans le style : « J'étais un peu inquiet en partant. Je n'ai pas vu Madame. Le petit a demandé des nouvelles de sa maman... Je me permets de vous déranger. »

Il l'écoutait, l'esprit ailleurs.

— Il y a autre chose, reprit-il soudain, penaud. Sur le moment, j'ai oublié.

— Quoi ?

— Les caméras. Partout. J'ai sans doute été filmé. À moins que, comme l'alarme de la porte n'était pas enclenchée, les caméras n'aient pas marché !

— Avant de vérifier tout cela, dit Clara, excédée, appelez votre Nanny.

*

Il réfléchit. Le serveur vint enlever les verres vides, sans s'attendre à une autre commande. La clientèle demandait rarement une deuxième tournée.

— Je vous offre une autre coupe si vous le souhaitez, mais montons, dit Mark. Daniel risque de se réveiller.

Il prit au vol une amande salée. Ils passèrent devant la réception, d'où le portier de nuit les regarda passer : à ses yeux, et avec raison, cette femme et cet homme ne présentaient aucun intérêt. Clara précédait Mark sur les marches, qu'elle aurait bien escaladées deux à deux si ses talons avaient été moins hauts... Ah, ces chaussures italiennes, assorties au chemisier ! L'ensemble était conçu pour susciter le rêve, le désir. Et elle était

149

là, à dresser le bilan de ce type, dont le semi-monologue décousu pouvait paraître par moments effrayant, mais pas suffisamment pour qu'elle lui consacre toute son attention. Mais, comme elle n'avait rien d'autre à faire... Sur le palier, Mark tendit le bras.

— À droite.

— Je sais, dit-elle résignée, je sais !

Il traversa les couloirs bordeaux et fit entrer Clara dans sa chambre. Il y flottait une écœurante odeur d'after-shave. Ayant rompu une fois avec un amant à cause de cet after-shave, elle s'était amusée à faire une étude sur le manque d'odorat et d'instinct des hommes. « Ceux qui utilisent ça, disait-elle, ne descendent pas du singe, mais du putois. » Quand elle eut constaté que son directeur de thèse utilisait le même produit, elle avait renoncé à cette boutade pour ne pas perdre une relation si importante pour elle.

— Vous ne pourriez pas ouvrir un peu la fenêtre ?

— Bien sûr, dit-il en se précipitant vers les rideaux, mais il fut incapable de tourner la poignée, bloquée.

Clara soupira.

— Laissez !

Elle entra dans l'autre pièce et se pencha sur l'enfant, dont les paupières frémissaient légèrement. Pendant quelques secondes, elle fut persuadée que le gosse faisait semblant de dormir en serrant les paupières.

Volontairement maternelle, elle écarta de la tempe du petit garçon quelques mèches mouillées par la transpiration.

— Il a chaud, dit-elle.

Mark haussa les sourcils.

— Chaud ? Il a chaud ?

Il vint près du lit et écarta la couverture. Il annonça à Clara qu'il avait appelé chez son ex-femme, mais le téléphone principal était sur répondeur.

— Eh bien, dit Clara, réveillez la nurse !

Mark ne discuta plus.

*

Bientôt la sonnerie retentit dans le petit appartement de Nanny qui regardait les extraits d'un jeu télévisé dont on donnait le résumé tous les jours après 22 heures. Elle décrocha, surprise et flattée d'entendre la voix de M. Robin. Elle se montra débordante d'amabilité.

— Non, vous ne me dérangez pas du tout. Vous savez, avec l'âge, on a besoin de moins de sommeil. Je n'ai pas vu Madame aujourd'hui. Cet après-midi, j'ai préparé des pommes de terre nouvelles persillées et...

— Que faisait-elle, selon vous... chez elle, dans ses appartements ? demanda Mark.

— Elle devait se reposer. Dormir, ou lire. Je n'en sais rien. Je n'ai pas osé la déranger. Vous savez, elle a l'air douce, mais si on ne fait pas ce qu'elle veut, ou si on désobéit, elle peut se fâcher. Je suis allée au garage. Sa voiture était là. Elle a pu partir juste pour se promener un peu, mais je l'aurais vue à son retour. Elle passe souvent à la cuisine, « juste pour les bonnes odeurs », dit-elle. On dirait qu'elle se nourrit d'odeurs. Elle ne mange rien.

— Si vous l'appeliez maintenant ?

— À cette heure-ci ? Monsieur, vous me faites peur. Il y a un problème avec Daniel ?

— Non, mais elle sera contente d'avoir des nouvelles de son fils.

— Dans la nuit ? Appelez-la vous-même demain matin. Elle sera étonnée. Elle se plaint que vous ne lui dites jamais rien, ni de vous ni de l'enfant.

— Ça va changer, on va faire la paix.

— Vous avez raison, dit la Bretonne. De toute façon, si elle est sur répondeur, elle le sera pour moi aussi.

— Merci, fit Mark. Si vous avez un renseignement,

151

ajouta-t-il, n'hésitez pas à m'appeler à n'importe quelle heure.

Il lui dicta des numéros où elle pouvait l'atteindre. Mark raccrocha, puis se tourna vers Clara.

— Elle n'a pas vu ma femme hier.

— Donc, constata Clara, si Adrienne est dans le coma, elle est seule, sans aide, dans un hôtel particulier fermé. Et son père ?

— À Caracas, sans doute. Ou à Londres. Il a son avion, ses gardes du corps, son fric, sa fille et son petit-fils adulé.

— Qui peut avoir accès à la maison ?

— Le service de sécurité.

— Rappelez votre Bretonne et envoyez-la là-bas en taxi.

Elle réfléchit.

— Non. Essayez plutôt une fois de plus le numéro de votre ex-femme. Peut-être qu'elle répondra et nous serons rassurés.

— Merci pour ce « nous », dit Mark. Merci. Puis-je considérer que vous êtes dorénavant ma représentante juridique ?

Elle le fit taire d'un geste.

— Je ne vous ai rien promis.

Mark composa le numéro de l'hôtel particulier : le téléphone était encore sur répondeur. Il rappela Nanny, lui expliqua ses inquiétudes et lui demanda de prendre un taxi et de regagner la maison. Il lui promit une forte récompense.

— Je participerai à la réparation de votre toit à Beg-Meil.

— Il en a bien besoin, monsieur. Vous pensez à ça... Merci !

— Bien sûr, mais allez-y maintenant. Vous avez bien mes numéros à moi ?

Dix minutes plus tard, elle était à nouveau au bout du fil.

— Monsieur, il ne faut pas que j'y aille. J'ai réfléchi : je ne peux plus entrer dans la maison. Madame a fait changer le code et je n'ai pas le nouveau. Je déclencherais l'alarme. Quand j'y suis allée pour les pommes de terre, l'alarme n'était pas branchée. Madame m'a promis de me donner le nouveau code demain.

— Bon, allez dormir.

— Bisous au petit.

Après différentes formules de politesse, Mark interrompit le dialogue avec Nanny.

— Vous m'avez dit que la maison est sous la surveillance de caméras intérieures, reprit Clara.

— Extérieures aussi. Dans la cuisine, il y a un écran de contrôle, de même qu'au coin du couloir du premier étage.

— Donc, vous avez été filmé quand vous êtes monté au premier étage.

— Si le système était en marche. Je n'en sais rien. Je vous l'ai signalé à tout hasard, mais ça n'a pas d'importance.

— Si. Vous ne pourrez pas nier avoir été dans la chambre de votre femme.

— Je pouvais croire qu'elle dormait.

— Selon vous, il y avait des comprimés partout.

— Oui. Elle en usait et en abusait.

— Tout cela ne tiendrait pas devant un juge, dit Clara. Il faut alerter l'agence de surveillance et dire que le silence de votre femme vous inquiète au plus haut point.

La voix de Daniel retentit :

— Papa, papa...

— Oui, dit-il en se précipitant vers le lit de l'enfant.

— J'ai soif, papa.

L'enfant aperçut Clara et dit en se frottant les yeux :

— Tu es là ?

CHAPITRE 17

— Je suis venue rendre visite à ton père et je reste-
rai un peu, dit Clara, qui s'assit au bord du lit de
Daniel.

— Tu me racontes une histoire ? demanda le petit
garçon.

— J'en suis incapable, dit-elle.

— Incapable ? répéta l'enfant.

Confronté à un refus aussi péremptoire, il s'allongea
sur le lit et tourna le dos à Clara. « Il va pleurer ? se
demanda l'avocate. S'il pleure, je m'en fiche. Tous des
névrosés. Père et fils, et mère, et nurse, et moi. » Mais
l'enfant changea d'avis, s'assit et annonça :

— Je veux le loup.

— Quel loup ?

— Je veux mon loup.

— Un jouet ?

— Le loup est chez papa.

« En plus, ils sont tous débiles, pensa-t-elle. Les
parents, les enfants, les contes de fées, les objets. » Elle
rejoignit Mark :

— Votre fils veut un loup ! Il insiste... Le loup,
c'est quoi ?

Le père expliqua :

— Mais bien sûr, le loup, son copain. Je l'ai oublié
dans la valise. Hier, occupé par le Prater et par des

petites bricoles que je lui ai achetées, il ne l'a pas réclamé.

Robin se précipita vers la valise de Daniel posée sur un support près de la penderie. Il y fouilla et extirpa d'un tas de vêtements en vrac une de ces marionnettes classiques, démodées depuis des décennies, qu'on anime en l'enfilant sur la main et en bougeant les doigts. Le loup avait une robe verte, les yeux rouges, le museau abîmé ; il restait des traces d'une vilaine couleur ocre sur son museau rongé.

— C'est ça ? dit Clara. Il réclame ça ? Mais quel intérêt ?

— C'est comme ça. Depuis qu'il l'a trouvé dans un lot de marionnettes, ils sont inséparables.

Elle glissa la main dans le tissu surmonté de la tête du loup, revint vers Daniel, fit semblant de vouloir poursuivre l'enfant. Elle fit battre les deux pattes avant du loup et prit une grosse voix : « Je vais te manger, Daniel ! » L'enfant se cacha sous la couverture. Clara se tourna vers Robin qui les avait rejoints.

— Il ne croit quand même pas à une sottise pareille ? Que ce loup va le manger ?

— Il se fait peur à lui-même, dit Mark. Il se cache sous la couverture pour se protéger de l'animal...

— Et ensuite ? demanda Clara. Si, pour la vingt-cinquième fois, le loup ne le bouffe pas, il aura compris que c'est des histoires, non ?

— Il faut penser comme un enfant, dit Robin, pas comme un adulte.

L'enfant surveillait la scène, le drap légèrement soulevé. Clara, désemparée, fit encore bouger le loup, puis conclut :

— Écoute-moi, Daniel, ça ne colle plus, l'histoire de ton loup. Je suis là, le loup est là, c'est une marionnette, un morceau de tissu. Ou tu sors, ou je m'en vais. Choisis !

Daniel se redressa aussitôt.

— Tu t'en vas ? Sans raconter ?

— Je dois parler avec ton père... Nous serons dans la pièce à côté, on laisse la porte ouverte !

L'enfant prit d'un geste rageur le loup qu'il enfonça, comme s'il avait voulu l'y incruster, dans l'oreiller.

— Je reste avec lui.

*

Dans l'autre chambre, elle retrouva Robin qui s'affairait autour d'un d'attaché-case. Il leva la tête et tenta de se justifier.

— Ce loup est une malédiction. Parfois, quand je prends Daniel pour le week-end, il l'oublie chez sa mère et il faut faire des pieds et des mains, envoyer les chauffeurs de taxi chercher le loup. Une fois, Nanny a dû revenir exprès de chez elle.

— Mais vous ne pouvez pas avoir deux de ces fichus loups ? demanda Clara. Si vous élevez cet enfant dans un fétichisme maladif, ayez au moins un assortiment de ses objets si précieux...

Robin s'assit sur l'unique chaise encore libre de vêtements divers jetés partout pêle-mêle et dit d'un ton inerte :

— Il n'accepte que ce loup. Et pour le moment, c'est le cadet de mes soucis...

Clara s'impatienta :

— Alors, finissez-en et soyez un peu plus précis !

Robin était appuyé dos au miroir, comme décalqué sur la surface brillante. Il voulut amadouer l'avocate.

— J'essaie de reconstituer fidèlement les faits. De retour à l'hôtel particulier, je suis remonté au premier et je n'ai pas pu m'empêcher d'entrer dans la chambre d'Adrienne. Y entrer une fois de plus. Elle avait la même attitude... Je me suis penché sur elle, je l'ai bougée légèrement. Soudain, elle a ouvert les yeux, puis les a refermés. J'ai été saisi de peur ; ma victime présumée m'a pris, on pourrait dire, en flagrant délit.

— Vous lui avez parlé ?

— J'ai dit son nom. Elle ne m'a pas répondu.

Clara alla vers le minibar, l'ouvrit, prit une bouteille d'eau minérale et s'en versa un verre.

Robin saisit l'occasion :

— Merci de m'en donner aussi...

Clara lui versa l'autre moitié de l'eau que contenait la petite bouteille.

Robin continua :

— Adrienne avait les paupières fermées, mais j'ai cru entrevoir une ligne blanche... Le blanc des yeux, comme si la paupière avait rétréci...

— Le jury, dit Clara, vous l'imaginez ? Ce mari qui laisse agoniser sa femme, de surcroît riche... avec qui il est en conflit perpétuel pour l'enfant ?

— Vous ne connaissez pas les circonstances de notre mariage...

— Ça ne me regarde pas, le passé.

— J'ai été... dit Robin.

— Parlez de votre femme, pas de vous.

— Je l'ai laissée. J'en avais assez d'elle, de son père, de tout.

— Vous avez fait quoi d'autre, dans cette chambre ?

— J'ai regardé autour de moi. J'ai vu des flacons. Elle en avait des tas ! Près du lit, il y avait des comprimés en masse ! J'ai soudain eu peur qu'elle n'en ait pas avalé suffisamment. J'ai entendu la voix de Daniel : « Papa, tu viens, papa ? » C'est étonnant, quand je viens le chercher, il veut partir avec moi, mais, tout de suite après, il commence à réclamer : « Où est maman ? » Ce genre de gosse n'imagine que des parents unis. Les promenades du dimanche, main dans la main. D'ailleurs, ç'aurait été le rêve de ma femme ! Mettre en cage le père et l'enfant, et garder la clef.

L'homme en face de Clara mélangeait le faux et le vrai. Du coup, elle décida de connaître la vérité.

— Donc, vous êtes redescendu dans le hall, laissant votre femme dans l'état où elle était ?

Il la coupa :

— J'étais d'une humeur jubilatoire, sur le point d'en terminer avec l'héritière. Et le beau-père serait, pensais-je, dans le lot. Le chagrin allait lui boucher les artères.

— Continuez, dit Clara, de plus en plus aimable.

— Dans le hall, j'ai pris Daniel par la main. Normal, n'est-ce pas ? Je me suis chargé de sa grande valise, lui de la petite, et nous avons rejoint le taxi : « À Roissy », ai-je dit. Nous avons dû rouler peut-être deux cents mètres quand Daniel m'a dit : « Où est le loup, papa ? » Le loup ! « Je ne l'ai pas vu. » Est-ce que ma femme ou la nurse avait mis le loup dans la valise de l'enfant ? J'ai demandé au taxi de s'arrêter, on a trouvé une place de parking, j'ai ouvert le coffre et j'ai cherché dans la valise de Daniel, au milieu des fringues de luxe. Pas de loup. Dans sa valise à jouets non plus. J'ai commandé au taxi de revenir à l'adresse de départ. Daniel m'attendrait dans le taxi. Peut-être pour me venger, en sortant la première fois, j'avais laissé la porte entrebâillée. Je n'avais pas pensé au poids du battant, qui s'était refermé tout seul. Bref, je me trouvais confronté à une surface de verre et d'acier. Il fallait pourtant que j'entre dans ce putain de bunker de luxe.

— Vous avez fait comment ?

— J'ai contourné la maison. La cuisine, très luxueuse à l'intérieur, a un petit côté provincial, elle est tournée vers le jardin potager. La porte de cette cuisine n'a jamais été sous alarme, il n'y a même pas de serrure de sécurité. Malgré les fortunes qu'on a dépensées, ce détail a été oublié : la cuisine ! J'ai vaguement entendu dire qu'il était question de l'équiper d'une porte blindée. Selon une cuisinière qui avait travaillé dans cette maison durant des années, une clef était cachée dehors, entre deux vasques en terre cuite, deux vasques ébréchées. En tâtant, j'ai trouvé la clef, à moitié enfouie dans la terre. J'ai pu entrer dans la cuisine, j'ai longé le couloir qui traverse l'office pour aboutir au hall. Je me suis précipité au premier étage dans la chambre de mon fils. Le loup était sous l'oreiller du gosse ! Il adore le cacher et après il fait semblant de le chercher, ou il le cherche vraiment, je ne sais pas. Je suis passé devant la porte ouverte de la chambre de ma femme. Je craignais d'y jeter un coup d'œil.

— Vous n'étiez ni tourmenté ni torturé par le remords ?

Robin répondit, presque épanoui :

— Non. Je me sentais fort comme un lutteur de sumo. J'étais heureux d'être mauvais. Un pourri d'envergure. Pour la première fois depuis que je les connaissais, j'avais l'impression d'être plus fort que la fille et le père réunis.

— Recommençons, dit Clara et n'oublions aucun détail. Vous êtes entré dans la maison et revenu dans le hall. Il n'y a pas d'autre accès à l'étage ?

— Non. La chambre de l'enfant est en haut, à côté de celle de ma femme et de la mienne. Je devais passer par la cage d'escalier central pour monter et trouver le loup sous l'oreiller.

Clara réfléchit :

— Vous avez donc été filmé une seconde fois. Le même trajet, disons, à vingt minutes d'intervalle.

— Sans doute, fit-il négligemment, sans doute. Mais quelle importance ? C'était pour le loup.

— Vous ne mesurez pas le danger que vous courez, monsieur Robin.

— Parfois si, parfois non. Je crois à ma chance, dit-il. Je suis né pour être un perdant, mais chaque fois un bon hasard me rattrape.

160

— Après ?

— Au premier, je suis entré dans la chambre de Daniel, j'ai pris le loup sous l'oreiller. Au retour, passant devant la chambre d'Adrienne, la curiosité, perverse ou malsaine, m'a quand même poussé à la regarder.

— Vous avez vu quoi ? demanda Clara.

— Immobile, les yeux fermés, elle gisait sur le lit. Je me suis répété : « Frime ou pas frime, simulation ou vérité, il y a un espoir qu'elle soit en train de mourir. » Je grandissais dans ma propre estime. J'étais peut-être, à ce moment-là, l'être le plus répugnant qui soit, mais enfin j'étais moi-même. J'aurais pu tâter la fameuse veine du cou, celle qui véhicule le sang jusqu'au cerveau... Mais je ne pouvais pas la toucher. Penché sur elle, je ne sentais ni la vie ni la mort.

— Toujours le loup à la main ?

— Non. Fourré dans la poche de ma veste. Mes mains étaient libres.

— Vous êtes ensuite redescendu au rez-de-chaussée... Vous avez retraversé le hall...

— C'est exact.

— Vous avez pris le couloir, vous êtes allé à la cuisine. Avec quelle clef avez-vous fermé la porte ?

— Celle que j'avais trouvée à l'extérieur, que j'ai replacée entre les vasques. Puis j'ai contourné l'hôtel particulier et j'ai rejoint le taxi en brandissant le loup, que j'ai mis dans la valise de Daniel.

— Appelez la maison, dit Clara.

— Je n'obtiens que le répondeur.

— Appelez une fois de plus.

Robin composa le numéro. Clara entendit une voix de femme : « Laissez un message et je vous rappellerai. »

— Soyez moins sûr de vous, dit Clara. Vous êtes dans un sale pétrin. Si vous êtes arrêté, qui prendra soin de l'enfant ?

— Mais moi ! dit-il. Je ne serai pas incriminé. Adrienne a succombé à un suicide enfin réussi.

Clara constata, désolée, les limites de l'intelligence de ce présumé criminel.

— Plus vous parlez, plus vous vous compromettez. Vous, vous affirmez que vous avez d'abord pris l'enfant dans le hall. Vous avez été filmé en montant au premier étage et en descendant aussi. Lorsque vous êtes revenu chercher le loup, vous êtes arrivé par la porte de service. Vous êtes remonté une fois de plus, redescendu, et vous avez retraversé le couloir. Imaginez la projection du film devant le tribunal... Daniel ne sera pas heureux sans sa mère, ajouta-t-elle.

— Ça dépend, dit Mark.

Et sa jalousie était telle – parce qu'il s'agissait de l'avenir de l'enfant – qu'il dit :

— Si ma femme a eu l'amabilité de mourir, je serai un veuf consolable. J'aurai le droit, vis-à-vis de la société, de trouver une femme qui me convienne et d'obtenir enfin la garde de mon fils, parce que l'autre, la première, celle qui l'a porté et qui a empoisonné chaque seconde de ma vie, est enfin morte.

Clara le regarda, pensive.

— Je me demande pour quelle raison elle a un jour voulu de vous...

— Ils ont plusieurs lignes, remarqua Joe. La principale sur répondeur, celle-ci sans doute réservée aux intimes. Aurait-elle voulu se couper du monde ? En tout cas, de l'extérieur ?

Jim était perplexe.

— Laisse tout en l'état. Touche pas au téléphone !

Joe répondit :

— J'ai mis des gants.

Il leva les bras pour montrer ses mains.

— Depuis qu'on est à l'intérieur de la maison, j'ai des gants.

— Bravo pour tes instincts de flic ! Remets le portable entre les draps.

Joe appela le patron et décrivit la situation :

— L'affaire paraît compliquée. Qu'est-ce que je vais pouvoir expliquer au mari, ex ou pas ? Ce que je vois ici ?

Le chef écouta et donna ses ordres.

— Passez une fois de plus la maison au peigne fin, fouillez la cave et le garage.

Le patron continua :

— Ne touchez à rien sans vos gants ! Je préfère informer moi-même M. Robin au fur et à mesure de vos investigations. Il n'est plus le mari légal. Mais ils ont un enfant ensemble, leur enfant.

Joe et Jim descendirent à la cave, un large espace parfaitement entretenu. Ils trouvèrent la porte de l'ancienne cuisine fermée ; la serrure intérieure ne portait pas de clef.

— Mais vous, reprit le patron, vous ne l'avez pas sur votre trousseau de l'hôtel particulier ?

— Ils ont dû oublier de nous la donner, parce que c'est la seule vieille serrure de la maison. Il y a des systèmes d'alarme et des caméras partout, et on laisse une vieille serrure à la porte de cette cuisine !

Le patron réfléchit :

— Écoutez-moi bien. L'opération délicate et confidentielle commence maintenant. Vous allez ôter les cassettes des caméras de surveillance et les ranger dans des pochettes de sécurité. Remplacez-les aussitôt. Les films enlevés, apportez-les-moi personnellement. Je vous attends à mon bureau.

— Oui, patron, dit Jim.

— Tu trouves cette affaire claire ? demanda Joe quand l'autre eut raccroché.

— Rien n'est jamais tout à fait clair quand on a tant d'argent, répondit Jim.

Aucune patrouille militaire en tenue de camouflage n'aurait mieux contrôlé le parc que Jim et Joe. Ni buisson, ni haie, ni arbustes enchevêtrés n'auraient pu garder le moindre secret. Il n'y avait là aucune trace de l'ex-Mme Robin.

CHAPITRE 19

L'avocate avait regagné sa chambre. Ils se retrouve-raient le lendemain matin. Mark la jugeait plutôt désa-gréable, mais lui accordait le crédit de l'intelligence. Sans doute cette femme était-elle excellente dans son métier, mais elle paraissait coincée dans sa vie privée. Mark avait une assez grande expérience des femmes, surtout hostiles. À l'époque de son célibat, il était un amant recherché, parce que libre et disposant d'une situation qui lui permettait d'entretenir une femme. D'ailleurs, à chaque seconde il appréciait sa liberté. Aurait-il pu avoir une liaison avec une femme du style de Clara ? Non. Elle savait trop ce qu'elle voulait et ne tolérait aucune faiblesse. C'est en tout cas ce qu'il croyait. Ce qui l'avait attiré vers Adrienne – beaucoup plus que l'argent – c'était l'apparente fragilité de la jeune femme.

Mark prit un alcool dans le minibar, le but en quelques gorgées. Puis il passa dans la chambre de son fils et s'assit dans un fauteuil face au lit de l'enfant. Il observa, un peu gêné, la jolie tête aux cheveux légère-ment bouclés, le profil fin et la tendresse qui émanait de ce visage. Lui assurer une meilleure vie que celle qu'il avait eue, lui, ce ne serait pas difficile ; mais la séparation de ses parents bouleversait l'enfant. Ce côté affectif, chez Daniel, révélé par le divorce, était aussi gênant que surprenant pour tout le monde. Selon Mark,

Adrienne était une bonne mère, ce qui ne l'empêchait pas de lui infliger des humiliations et des cruautés raffinées depuis leur divorce. La lutte pour l'enfant devenait aussi grotesque qu'insupportable. Il revoyait Adrienne gisant sur le lit. S'il avait appelé le Samu ? Rétablie, elle ne lui aurait même pas dit merci ! Rien. Mark se rassura et calma les remous de sa conscience : « Le suicide est une affaire privée, se dit-il. À considérer les conditions matérielles et affectives dont elle profitait, c'est même idiot ! » Soudain, une crampe lui serra l'estomac. La peur, reconnut-il. Puis il réfléchit et répéta à mi-voix :

— Le fric, c'est la faute du fric. Quand il y en a trop, le fric peut faire crever ceux qui ne savent pas le dominer.

Il avait, dans sa jeunesse, assisté aux fins de mois difficiles de ses parents et à des scènes pénibles dues à leurs soucis matériels. Ils se plaignaient notamment du coût de ses études. Il avait fini par obtenir un diplôme d'ingénieur chimiste, dans ce qu'on appelle la bonne moyenne. Les meilleures places étant réservées dans les entreprises aux privilégiés, à ceux qui ont des relations, lui avait commencé sa vie active dans une petite usine de province. Secrètement amoureux des plantes, rêvant de serres et de pépinières, il avait travaillé pendant deux ans sur une formule d'insecticide qu'il croyait efficace et sans danger. Après une longue hésitation – ayant consulté quelques amis spécialistes de ce secteur –, il avait soumis le dossier de ses projets au conseil de direction. Le directeur du développement lui avait tapé sur l'épaule : « Vous avez de la bonne volonté, Robin, mais lorsqu'on veut s'aventurer dans ce genre de recherches, il faut une formation aux États-Unis, dans un laboratoire spécialisé. Nous n'avons aucune possibilité de vous y envoyer. En revanche, si vous voulez prendre une année sabbatique, nous n'y verrions pas d'inconvénient. Évidemment, sans salaire. »

Mark avait réfléchi à la proposition, mais l'inscription dans une université américaine aurait exigé des sommes importantes, une connaissance parfaite de la langue anglaise et la validation des diplômes obtenus en Europe. Il n'avait pas fait de stages en Allemagne, en Angleterre non plus, et les diplômes purement français ne valaient pas grand-chose sur le plan international. Il avait abandonné son projet et aussi l'idée qu'il puisse être, lui, à l'origine d'un produit nouveau, sans doute même lucratif.

C'est au cours d'une réunion d'anciens diplômés de son université, dans un club chic à Paris, qu'il avait aperçu Adrienne, venue en compagnie de deux de ses amies.

Elle était fine, élégante, vêtue d'une robe de grand couturier, hors de prix pour le commun des mortels. Deux fines bretelles découvraient des épaules juvéniles. Elle avait des cheveux châtain clair avec, ici et là, une mèche blonde ; elle était fortement maquillée et ses yeux vert clair éclataient dans un visage à la pâleur accentuée. Mark fut présenté à cette fille par l'un de ses anciens collègues d'université et, à l'occasion d'un hasard, il se retrouva avec Adrienne sur la piste de danse. Il aima tenir dans ses bras ce corps légèrement parfumé, qui respirait le luxe. Le cou d'Adrienne était cerclé d'un fin collier orné de diamants. Il voulut engager une conversation qu'il croyait mondaine et dit :

— Il vous va bien, ce collier. J'ai vu le même dans la vitrine de...

Il prononça le nom d'une marque connue de bijoux fantaisie. Elle expliqua avec douceur que celui qu'elle portait était un cadeau de son père. Le collier avait été vendu par l'un de ses amis, un diamantaire d'Anvers, qui cédait de temps à autre à sa clientèle privée des pierres d'une qualité exceptionnelle. Pour la fille d'Arnold Curaçao, il avait fait un effort. « L'un des diamants est de couleur paille, dit-elle, très rare. Juste devant, vous l'avez vu ? C'est tellement rare, un diamant jaune ! » Elle parlait en gazouillant.

Mark avait failli rougir. Issu d'un milieu qu'on appelle simple, il était parfois confronté au choc des différentes catégories sociales. Que de chausse-trapes lorsqu'il rencontrait ceux qui avaient appris les bonnes manières dès le berceau ! Il avait cherché à se rattraper : « Souvent, les jeunes femmes portent des imitations, car elles préfèrent garder l'original dans leur coffre. Il y a tellement d'agressions ! » Il avait évité de justesse la formule : « les dames comme vous ». Il aurait à coup sûr été relégué à l'office où œuvraient les maîtres d'hôtel.

Adrienne avait repéré ce néophyte, individu plutôt séduisant, mais dont le milieu familial était à des années lumière du sien. Mark – elle aimait ce prénom – avait une silhouette élégante, dansait plutôt bien et ne portait pas d'alliance. Il avait des lèvres attirantes et un comportement un peu gauche qui lui donnait un air légèrement mystérieux. Il semblait tombé d'une autre planète. Il lui rappelait son film préféré, une romance en noir et blanc. Dans ses cassettes vidéo, collection classique, elle avait ce film, où Elizabeth Taylor tombe amoureuse de Montgomery Clift : *Une place au soleil*. Elle l'avait projeté à son père. « Tu dois la voir, cette histoire d'un jeune homme arriviste, pauvre, fasciné par une fille riche. Le malheureux tue sa maîtresse, une ouvrière enceinte de lui, pour épouser sa belle conquête. Ça se termine mal, papa ! » Curaçao déclara qu'il avait perdu son temps à contempler ce sordide mélo, mais il ne le regrettait pas si cela faisait tellement plaisir à sa fille.

Adrienne réfléchissait : Mark était réservé et timide, il ne tuerait même pas une mouche, lui. Il ressemblait à Montgomery Clift, c'était un atout. Elle était persuadée qu'en cas de vie commune, elle pourrait avoir confiance en lui, il ne la tromperait sans doute pas, jamais.

En fait, Mark avait tellement plu à Adrienne que, quelques jours plus tard, il avait reçu une invitation à dîner dans l'hôtel particulier, où Adrienne le présenta à son père. Au cours d'une conversation apparemment anodine, Mark subit un véritable examen de passage. D'abord, il dut consommer des asperges sauce mousseline, selon les règles. Il dut ensuite parler de lui. Mark était naïvement franc. Heureusement, car il aurait été inutile de mentir à Curaçao. L'homme avait des renseignements sur tout et sur tout le monde. Depuis ce dîner, Mark avait été autorisé à venir chercher Adrienne et à l'accompagner à des réceptions. « À propos, avait précisé le père d'un ton léger, à un moment où ils étaient en tête à tête, ma fille n'est pas une aventure. Je vous demande de lui épargner des mots, des gestes ou des initiatives qui pourraient la choquer. »

Au premier abord, l'« affaire » semblait tentante. Des perspectives s'ouvraient. Épouser cette jeune femme ? Voudrait-on de lui ? Entrer dans le cercle magique que les journaux appellent les « people », passer des week-ends dans des propriétés où on monte à cheval et joue au bridge ? Fréquenter ceux qui ne connaissent pas les soucis de fin de mois et dont les femmes travaillent quelques heures par semaine histoire de ne pas s'ennuyer ? Le beau monde. Ses parents, des petits fonctionnaires raisonnables, n'apercevaient ces gens que sur les couvertures en papier glacé des revues qu'ils feuilletaient chez le kinésithérapeute.

*

« Par chance, pensa Mark dans sa chambre de l'hôtel Sacher, je n'aurais jamais imaginé, à cette époque d'espoirs fous, qu'un jour je serais heureux qu'Adrienne réussisse à se tuer ! »

Adrienne n'avait pas l'ambition de paraître active ni de se démener pour des causes humanitaires ; ni le bridge ni le destin des animaux ne l'intéressaient. Elle avait une seule exigence, presque une obsession : qu'on l'adule et qu'on lui soit fidèle. Personne n'aurait pu juger Adrienne stupide. Pas du tout. Elle avait passé un bac avec mention à l'Institut des sœurs de la Sainte-Bienfaisance. Elle était – le père le disait – forte en math. La difficulté résidait ailleurs : dans son manque de confiance en elle-même. D'où son choix. Elle croyait ne rien craindre, en tout cas pas l'affront d'un adultère de la part de Mark. Un jour qu'ils assistaient à un match dans une loge de Roland-Garros, Adrienne dit à son mari en lui montrant dans le public l'époux de sa meilleure amie, accompagnée d'un top-model de catégorie B : « Et il s'affiche ! Il n'a même pas honte. Si tu me faisais ça, je mourrais ! » Des perspectives inouïes s'ouvrirent devant Mark. Leur union pouvait donc avoir une fin ? Alors, pourquoi ne pas l'épouser, cette héritière ? Sa peur de l'institution du mariage se dissipa du moment où il découvrit qu'Adrienne était une denrée périssable. Parfois, en rougissant, elle lui disait des grossièretés pour montrer qu'elle connaissait la vie, la vraie. « Si tu baisais quelqu'un d'autre que moi, je ne survivrais pas au fait d'être cocue. » Il en avait profité pour lui expliquer que « cocu » était un qualificatif usuel depuis le XVIIe siècle et que « baiser » faisait partie du langage courant depuis 1968 et les pavés. « Tu sais tant de choses, lui répondit-elle, admirative. Mais moi aussi, j'ai des expériences. Je te les raconterai. Heureusement qu'il y a le secret médical et que papa n'a jamais su par le gynéco, qui est un ami de la famille, que j'avais attrapé une lourde infection auprès d'un joueur de polo. J'ai pu en guérir. – Mais alors, pour quelle raison tu as fait tant de cinéma avec moi avant que nous couchions ensemble ? – Parce que toi, tu es pour la vie, comme un sac de... » Elle prononça le nom d'une marque célèbre. Elle lui demanda avec un naturel déroutant : « Les seules îles où l'on peut encore passer des vacances agréables, ce sont La Barbade, Moustique et Maurice. Tu en penses quoi, de Maurice ? Je suis plutôt énervée là-bas. Il y a trop de monde. On y retrouve les mêmes têtes qu'à Paris. » Mark, désorienté, apprit qu'on ne dit pas « l'île Maurice », mais « Maurice », du moins entre initiés, ceux qui retenaient « leur » chambre habituelle dans « leur » hôtel de luxe, avec accès direct à la plage et la même chaise longue, sous le même parasol, que la saison précédente.

Son budget était fortement entamé par les endroits dits de luxe où il devait emmener Adrienne. Les « japonais chics » coûtaient les yeux de la tête : pour quelques morceaux de thon enroulés autour d'une boule de riz compact, Adrienne entamait le salaire de Mark. Lui, il avait deux objectifs : tenir Adrienne dans ses bras pour lui faire l'amour délicatement, et s'installer dans ce milieu. Se montrer en compagnie d'Adrienne pouvait impressionner les dirigeants de quelques grandes entreprises dans lesquelles il aurait aimé entrer. Mais il n'avait encore jamais imaginé le mariage.

Après quelques rendez-vous avec Adrienne, Arnold Curaçao avait convoqué Mark à son bureau principal, dans un immeuble de la place Vendôme. Il lui avait demandé d'apporter un curriculum vitae détaillé. Il l'avait lu tout de suite, gravement, comme un médecin prend connaissance du diagnostic d'un confrère au sujet d'un patient qu'il ne faut pas décourager ; Mark jouait le rôle du malade.

Curaçao leva la tête, poussa un léger soupir et demanda à Mark s'il ne voulait pas changer d'emploi. « Dans mon entreprise, on m'apprécie, on verra ce que l'avenir me réserve ! – Vous n'êtes pas dévoré d'ambition, jeune homme, remarqua Arnold. – Non, admit Mark. Sans relations, à quoi bon se décarcasser ? On n'arrive pas à grand-chose. » Curaçao l'observa en réfléchissant. Ce type était peut-être celui qu'il fallait à sa fille. Un garçon plaisant, inoffensif, anodin. Il n'embêterait personne, il gravirait les échelons dans la hiérarchie de l'empire Curaçao. Quand il aurait trois enfants avec sa fille et une corpulence un peu plus costaude, il pourrait devenir vice-président et consacrer tout son temps au bonheur d'Adrienne. Curaçao aurait mieux aimé un homme portant un titre, une malheureuse particule ; mais il avait essuyé plusieurs échecs, et notamment jeté à la porte un aristocrate italien sans le sou qui se vantait qu'il allait épouser la « fille Curaçao ».

Ainsi confirmé dans ses droits de fréquentation officielle, Mark continua ses avances, mesurées comme sur l'échelle de Richter. De force 2, il avait avancé paisiblement à 4. Les trois autres degrés appartenaient à l'avenir. Adrienne était une sensuelle paresseuse et se comportait comme une fille des années cinquante, à peine sortie de la virginité et d'une stricte foi chrétienne. Elle jouait, en tout cas, le rôle qui convenait, correspondant à la robe de mariée qu'elle avait repérée chez un grand couturier. « Nous ne coucherons ensemble tous les jours que quand nous serons mariés. – Et avant ? avait-il dit d'un ton léger. – Avant ? » Elle avait réfléchi. « Évidemment, c'est important. Il faudrait essayer, voir si ça marche vraiment bien. » « Ça », c'était le coït.

« C'est comment, ton appartement ? avait-elle demandé un jour. Il est où ? – Mon appartement ? avait répondu Mark. Il est très bien, il y a même l'eau chaude. » Adrienne ne comprenait pas ce genre de boutade, elle ne savait jamais à quel moment Mark se moquait d'elle ; d'ailleurs, elle appréciait peu de telles plaisanteries. Pour leur premier rendez-vous, Mark avait emprunté l'appartement d'un de ses amis, complice. Il mentit sans hésitation. Il habitait « depuis toujours » le seizième arrondissement. Il aimait ce quartier parce qu'on y trouvait des plafonds hauts et de grands espaces. Vive Haussmann ! Pour compenser le geste de l'ami, il aida celui-ci à résoudre quelques problèmes professionnels.

Pris dans l'engrenage plutôt compromettant de ces rencontres, Curaçao voulut rencontrer les parents du jeune homme. Mark avait inventé pour Adrienne une belle histoire : un jour, son père et sa mère en avaient eu assez de la vie à Paris et avaient choisi un univers moins pollué. Ils vivaient dans le Midi. C'était vaste, le Midi. « Tu sais, c'est des gens proches de la nature ; à la saison des champignons, ils passent leurs journées dehors. Je veux dire, le week-end. – Les champignons sont souvent radioactifs, avait dit la frêle Adrienne, au courant de tout. Depuis Tchernobyl, papa a interdit les champignons chez nous. – Tu crois qu'on vit plus longtemps lorsqu'on est prudent ? – Bien sûr », avait-elle répondu avec l'assurance des gens pour qui l'argent n'est qu'une notion vague et l'avenir de même, tant il semble assuré.

Mark fignolait ses mensonges. Il aimait l'image inventée de ses parents.

— Papa a cinquante-cinq ans, c'est un homme heureux. Ma mère ? Une personne aimable, spontanée. Parfois d'une gaieté débordante. Elle aime la vie, maman. Il lui arrive d'avoir des sautes d'humeur.

— J'aimerais bien les connaître, dit un jour Curaçao. Je crois que nous serons amenés à nous voir assez souvent.

Il ajouta d'un ton léger :

— J'ai cru comprendre, sinon déduire de votre comportement, que vous songez à épouser Adrienne ?

Mark resta silencieux. Curaçao prit ce mutisme pour le signe d'une profonde émotion. Épouser Adrienne ?

Que faut-il faire avec une fille riche quand on a plus de deux ou trois heures à passer avec elle ? De quoi parler ? Comment la divertir ? Le sexe, oui ! Puis les amies, les siennes, et tout le temps ses parties de tennis ? Les fins de semaine qui ont à peine un début ? Il n'osa pas dire non. Ç'aurait été faire injure à un destin généreux.

Il fut donc obligé de réunir Curaçao et ses parents lors d'un repas court, expédié pour que sa mère ne fasse pas de blagues, qu'elle ne pince pas la joue dramatiquement pâle d'Adrienne. « Il vous faudrait plus de fer, de la viande rouge et du calcium. » Avant de synchroniser le tempérament de sa mère avec celui des Curaçao, il fallait d'abord penser à ses vêtements : tailleur bleu marine et chemisier blanc avec un nœud. « C'est joli, dirait Adrienne. Ma grand-mère avait des nœuds en satin, n'est-ce pas, papa ? »

Avant le déjeuner, il avait exposé sa nouvelle situation à son père qui l'avait mis en garde : « Tu vas te frotter à des gens qui te snoberont. C'est peu confortable d'être le gendre petit-bourgeois d'un homme riche. Tu gardes ton travail actuel, j'espère ? » Mark avait acquiescé. « Tu aimes cette jeune femme ? avait insisté son père. Cette Adrienne ? – Je crois », dit Mark, incertain. En vérité, ce qu'il aimait, c'était le luxe qui entourait la jeune femme, son élégance et sa fragilité. « Je ne voulais pas me marier si rapidement, devait-il dire plus tard à son père. J'aurais voulu faire le tour de quelques pays qui me fascinent. – Tu es tombé au bon endroit, remarqua le père légèrement railleur, place Vendôme ! Attention ! Ne raconte pas à ton bureau que tu vas épouser la fille de Curaçao. C'est un nom connu des initiés. »

Curaçao, l'un des patrons internationaux de l'import-export de diamants et de divers métaux précieux, avait des intérêts partout dans le monde. Toutes ses affaires, surtout celles qui concernaient la France, aboutissaient sur le bureau de la place Vendôme. Pour présenter ses parents à Curaçao, Mark les avait invités au bar du Ritz, « proche du bureau de l'homme d'affaires ». Prétexte pour organiser un repas autour des petites tables rondes délicatement décorées. De là, ils pourraient contempler les gens connus qui défilaient autour d'eux. Sa mère regarderait, s'émerveillerait ou s'étonnerait, et poserait des questions sur les célébrités. Mark s'apprêtait à souffrir tout le temps du repas, coûteux et délicatement frugal. Il entendait déjà sa mère : « J'espère que vous aurez des enfants. Il faudra bien les élever. Vous savez, Mark a été propre très tôt. À seize mois, c'en était fini des couches ! Vous avez marché à quel âge ? À seize mois ? Aha, intéressant ! Mark courait à quatorze mois déjà. »

Il avait recommandé à sa mère de garder une attitude réservée : « Collet monté, maman, collet monté. Ce sont des gens plutôt difficiles. – Si j'ai un petit-enfant, avait-elle répliqué, froissée, je ne le verrai qu'entouré de ces "gens difficiles" ? – Je ne sais pas ! Je n'ai aucune prévision, maman. À propos, papa a dit qu'il songeait à prendre lui-même, jusqu'à sa retraite, la filiale de sa société à Montpellier. Cette société dont il est devenu – après avoir été fonctionnaire aux impôts – directeur de la comptabilité. – Modeste filiale, avait dit la mère, très modeste. Si tu te maries, Mark, cette famille – je veux dire ce père et cette fille – vont nous séparer. – Je ne crois pas. » Mark comptait sur leur déménagement dans le Midi. L'absence de ses parents de Paris le soulagerait. Il n'aurait pas à redouter sans cesse le choc de deux mondes si différents. Dans l'immédiat, sa mère représentait un danger.

Mais son destin était signé. Adrienne avait arrêté son choix sur lui. Elle avait décidé qu'elle était amoureuse de ce jeune homme qui gagnait sa vie, fût-ce modestement, qui était persévérant et qui ne regardait même pas les amies d'Adrienne. « Avec lui, déclara

Mlle Curaçao, je serai sûre de ne pas être ridiculisée. Il ne me réserve pas de surprises, c'est déjà ça ! »

*

À Vienne, au cours de ce voyage si inutile, si néfaste, Mark, toujours face à Daniel endormi, cherchait à se rappeler le moment où la haine était née entre eux. L'usure de leur couple par l'argent et la domination du beau-père en étaient un peu responsables, mais le vrai problème était ailleurs.

Mark regardait Daniel. Si un jour ce petit garçon apprenait que sa mère était morte à cause de son cher papa ? Ce papa pour qui, lui, Daniel, était devenu un enjeu, une preuve de sa victoire sur la famille Curaçao ?

Mark s'approcha de l'enfant, mit la main sur sa tête.

— Du calme, murmura-t-il. Du calme. Tout ira très bien. Je t'aime, mon petit garçon, je t'adore. Je me battrai pour toi. Je serai plus fort qu'eux. Un jour, nous ferons le tour du monde, tous les deux. Dès que tu auras quinze ans, avec des sacs à dos et le *Guide du routard*.

*

Errant d'une pièce à l'autre, il réactivait sur son téléphone portable le numéro de l'hôtel particulier. La phrase détestable revenait sans cesse : « Vous venez d'appeler le numéro... Laissez un message. Merci. » Gisait-elle morte sur son lit ?

Il revint au salon. Près de la tête de Daniel se blottissait le loup. Il aurait voulu nier la ressemblance de l'enfant avec Adrienne, mais inutile : ce petit garçon avait hérité de la fragilité physique de sa mère et des mêmes couleurs pastel clair ! Il aurait donné n'importe quoi pour le rendre plus costaud, plus sportif. Un pédiatre l'avait raisonné : « Monsieur Robin, n'insistez pas ! Il a une structure délicate, il ne sera jamais boxeur. Juste un bon petit garçon, pas très grand. – Comment, pas très grand ? s'était-il exclamé. Mais ce peut être un handicap dans la vie, de n'être pas grand ! Qu'est-ce que vous appelez pas très grand ? – Il ne mesurera pas un mètre quatre-vingt-six. – Ah, je n'en demande pas tant, avait dit Mark, je n'en demande pas tant ! »

En regardant l'enfant, il pensait à son voyage de noces avec Adrienne. Juste avant de partir pour l'aéroport, le beau-père les avait rejoints dans l'hôtel particulier pour annoncer : « J'ai signé un acte de donation : cette maison est à Adrienne. Vous pourrez y inviter vos parents. Ils sont charmants ! Il y a suffisamment de chambres pour les recevoir. »

Curaçao avait déjà prévenu sa fille après le fameux déjeuner : « Des gens simples et agréables. Tu n'auras aucun problème. D'ailleurs, toi, tu dicteras toujours ta loi, ma petite chèvre. »

Adrienne n'aimait pas que son père l'appelle « ma petite chèvre », elle avait proposé d'échanger « chèvre » contre « gazelle ». Depuis, son père l'appelait « ma petite gazelle ». Sauf quand il était distrait : alors la petite chèvre ressortait.

CHAPITRE 20

Quelques mois plus tard, Curaçao avait convoqué Mark dans son bureau de la place Vendôme. Dans la lumière éclatante de la pièce, il apparaissait, ce beau-père, telle une aimable statue : grand, plutôt mince pour ses cinquante ans. Il avait les sourcils et les yeux sombres, les lèvres bien dessinées, de grandes mains fines. Adrienne devait plutôt ressembler à sa mère, dont Mark avait vu des photos. Il y en avait partout dans la maison. Une femme blonde et pâle, disparue à la suite d'une maladie dont l'origine était passée sous silence. Par les caprices des lois génétiques, Daniel, le petit-fils, se rangeait dans la catégorie des blonds qui semblaient, par la transparence et la luminosité de leur peau, destinés à s'effacer de l'existence plus naturellement que les autres.

Curaçao observait son gendre. Il ne comprenait pas les raisons qui avaient décidé sa fille à choisir ce jeune homme sans beaucoup de personnalité, mais il fallait admettre qu'ils étaient physiquement bien assortis. Mark avait une silhouette élégante ; il ne prenait pas trop de place sur cette terre surpeuplée.

— J'ai une proposition à vous faire, Mark, dit Cura-çao d'un ton bonhomme, jovial. Un de mes amis américains va installer à Paris le bureau d'une firme réputée aux États-Unis, mais pas encore connue en Europe. Nous sommes associés. J'aime bien prendre des parts dans des affaires qui démarrent. Il s'agit de la commercialisation de produits désinfectants, de poudres et d'aérosols anti-insectes.

Mark l'écouta, résigné. Dans ce domaine de recherche, lui aussi, des années plus tôt, il avait voulu proposer sa formule, son invention, mais son dossier s'était heurté à un refus sec et net.

— Vous m'écoutez, Mark ?

— Bien sûr, monsieur, dit-il docilement. Ce n'est pas une nouveauté, ajouta-t-il. L'élimination des insectes par un produit biologique et peu néfaste pour l'environnement, c'est un rêve de chimiste... Autrefois, j'ai proposé un projet de ce genre.

C'est alors que Curaçao prononça une phrase impardonnable qui fit de lui, et pour toujours, l'ennemi de Mark.

— Mon cher, il ne s'agit pas ici d'expériences d'amateur. L'Américain en question a consacré des années à cette affaire, assisté d'une équipe de chimistes formés aux États-Unis. Il va envahir le marché avec ce produit que son prix de lancement, modéré, mettra en vedette dans les supermarchés. Chaque emballage portera une étiquette verte avec la phrase clef : « Je respecte la nature. » Cette formule personnalise le produit et le présente comme un ami de la nature et de la famille. Des jouets en plastique seront intégrés dans les emballages. Les enfants réclameront ces paquets faciles à reconnaître.

— J'espère qu'on distribuera aussi des points à collectionner, enchaîna Mark. Qu'on trouvera un jeu dans le lot, intitulé « Qui tue le premier cafard ? », en forme de boîte plate ; quand on la secouera, une petite boule blanche courra après une petite boule noire. Celui qui tuera le plus de cafards sera le gagnant du concours et recevra une invitation pour Disneyland.

Curaçao n'imaginait même pas que Robin pouvait plaisanter. Il n'avait pas perçu l'ironie.

— Donc, ce job vous intéresse ?

Il ne disait jamais « travail », mais « job ». Le mot était plus important quand on engageait et plus léger lorsqu'on licenciait.

— Vous pourriez donc vous passionner pour ce produit ?

— Bien sûr, répondit Mark. C'est agréable de tuer les fourmis sans se sentir coupable.

Voilà bien le parvenu type, pensa Curaçao. Avant de « parvenir », ces gens-là vous cirent les chaussures ; après, ils vous attaquent. Il resta serein et pensa à sa fille.

— Selon vous, pour quelle raison je vous mets dans le secret ?

— Je suis ingénieur chimiste ; c'est la raison, j'imagine.

— Vous dirigerez l'agence européenne. Votre salaire sera de...

Il prononça un chiffre qui dépassait de cinq fois ce que Mark gagnait. Il ne se sentit ni grisé ni comblé. Une pensée le traversa : si on appelait le produit « Le cafard heureux » ? Il s'abstint d'exprimer son idée tout haut. Le futur beau-père continua :

— Ce chiffre n'est qu'un début. Le conseil d'administration tiendra compte de vos résultats. Il n'est pas exclu qu'un jour la présidence de la société européenne vous soit confiée.

— Quelle qualité principale attendez-vous de moi ?

— L'enthousiasme pour la marchandise. La force de conviction.

Depuis qu'il était habillé par le même tailleur que Curaçao, Mark connaissait les prix. Aujourd'hui, l'homme d'affaires portait un costume à fines rayures. Mark eut une petite grimace intérieure : c'était le plus cher. Le sien était clair, gris « pigeon ». Curaçao continua son discours :

— Je vous confie cette tâche à une seule condition :

vous devrez garder du temps pour Adrienne. Elle a l'habitude d'être choyée. Mon gendre ne peut pas être différent du père sur le plan des attentions portées à ma fille. Vous devrez disposer de temps à lui consacrer. Vous l'accompagnerez en voyage quand elle le souhaitera, à La Barbade – endroit qu'elle aime pardessus tout – ou n'importe où ailleurs. Vous vous organiserez, avec l'assistance d'une excellente secrétaire qui a une grande expérience de mon entreprise. Vous aurez aussi auprès de vous un directeur adjoint plus qu'efficace.

Mark avait compris : il n'était qu'une marionnette. Un objet gâté sur le plan matériel, mais aux ordres. Il aurait un emploi richement rémunéré, il vivrait dans un hôtel particulier dont il serait incapable, malgré son nouveau salaire, de supporter ne fût-ce qu'une partie des charges. Tout serait payé par Curaçao, ainsi que les factures d'Adrienne, adressées directement à son père. Lui aussi, quelques mois plus tôt, avait été informé que le couturier italien qui lui confectionnerait ses vêtements serait payé par l'homme d'affaires. « Vous choisirez vos tissus parmi les échantillons qui vous seront proposés. Adrienne aime les hommes élégants. »

Durant les mois qui suivirent cette entrevue, Mark se laissa dériver sur un flot d'argent avec un plaisir certain. Il essayait d'amener des innovations, d'étudier les dossiers, il voulait mériter son salaire, mais Curaçao l'avait refroidi : « Pas de zèle, Mark. Ne vous préoccupez pas de savoir quels sont les constituants du produit. Bio ? Quel genre de bio ? Ce n'est plus votre problème ! »

D'Adrienne, il entendait : « Nous serons heureux, chéri. Nous aurons beaucoup d'enfants. Au moins trois. Une fois par an, nous rendrons visite à tes parents. Ou bien ils viendront chez nous. Papa a une demeure un peu abandonnée en Haute-Provence, nous

pourrions la faire remettre en état. Tes parents à Montpellier et la maison en Haute-Provence, ce serait un
joli voisinage... »

Les parents ? Ils admiraient – la gorge serrée – la
trajectoire de leur fils unique. Repliés sur eux-mêmes,
ils essayaient de se croire heureux de la réussite de
Mark. « Je ne veux pas te perdre, lui avait dit sa mère.
Tu étais un si bon petit garçon ! Même dans les difficultés, tu nous aimais. » Mark n'eut jamais un mot qui
aurait pu les blesser. Il serait descendu dans n'importe
quelle arène pour eux, mais, intelligents et sensibles,
ils constataient l'évidence. Ils se sentaient gênants ; ils
n'étaient pas de trop, mais étrangers à ce milieu. Lorsque Mark leur donnait des conseils sur leur comportement, ils devenaient timides. Ils craignaient qu'une
remarque malvenue risquât de gêner leur fils dans sa
brillante carrière, alors ils s'isolaient, mais sans lui
faire l'ombre d'un reproche.

*

Au Sacher, Mark prit dans le minibar de sa chambre
un deuxième flacon d'alcool qu'il déboucha avec les
dents. « Adrienne morte ? songea-t-il. Si elle était
morte pour de bon, je déménagerais de l'hôtel particulier. » Ses pensées vagabondaient : il habiterait un
appartement modeste, mais il serait libre. Les doses
répétées d'alcool l'aidèrent à projeter, sur son écran
mental, l'enterrement d'Adrienne. Malgré le suicide,
elle serait ensevelie selon le rituel religieux. Le beau-
père ferait un don, ça arrange toujours les vivants. Il
se voyait vêtu de noir, il se tiendrait droit comme un
« i » devant un cercueil couvert de lis blancs. Il jugeait
ce fantasme malsain, mais plutôt distrayant. Au premier rang se tenait son fils, Daniel. Un petit nœud rele-
vait son col de chemise ; à côté de lui, Curaçao, le
visage à moitié caché par des lunettes noires. Le Tout-

Paris au Père-Lachaise. Le beau-père, écrasé de chagrin, avait commandé une statue en marbre blanc, représentant une jeune femme penchée sur une fleur. Au moment opportun, il souscrirait un abonnement spécial pour l'entretien de ce marbre blanc, si salissant à cause de la pollution.

*

Après le mariage, leur vie commune, réglée selon un rituel immuable, se déroula dans une apparente harmonie. L'atmosphère évoquait la gaieté des bouquets de fleurs commandés par Curaçao, parfois des arrangements d'orchidées. Mark saluait amicalement ces fleurs qu'il aimait. Il partait le matin pour son bureau, où d'ailleurs tout fonctionnait parfaitement sans lui. Il devait rentrer pour le déjeuner, à l'exception des jours où il avait un repas dit d'affaires. Lorsque Adrienne déjeunait avec ses amies, elle le prévenait : il avait alors la liberté d'improviser. Il se réfugiait dans un restaurant chinois et, caché dans un coin, lisait *Le Canard enchaîné*, tout en rongeant des travers de porc.

Il n'avait pas à se plaindre. Sur le plan sexuel, Adrienne lui convenait, du moins pour le moment. Elle avait du tempérament, réagissait aux caresses et aux inventions diverses. Elle avait l'orgasme distingué, Adrienne. Mais, après une période de satisfaction réciproque, il commença à s'interroger : était-elle sincère ou non ? Est-ce qu'elle ressentait vraiment quelque chose ? Ou jouait-elle la comédie de la femme comblée ? À la retrouver au lit, toujours nue et parfumée, il vit bientôt sa femme comme un élégant savon de luxe dont on sent l'odeur même à travers l'emballage. « Tu ne trouves pas notre vie sexuelle un peu monotone ? lui avait-il demandé un jour. – Non. Le fait que c'est toujours la même chose me rassure. Tu n'as pas de mauvaises habitudes qui te viendraient d'ailleurs. »

Un jour, à travers les vitres épaisses de son bureau – il était censé à la fois être séparé de ses employés et rester le patron omniprésent –, apparut une vision insolite dans ce cadre tellement strict : la fille était brune, elle avait des seins qui se mouvaient sous son pull collant, attirant irrésistiblement l'attention. Elle avait une immense chevelure foncée, bouclée, un visage mince et une toute petite jupe noire. Pourtant, elle s'efforçait de paraître anodine. « Ma nièce, répondit la toute-puissante secrétaire à Mark qui l'interrogeait. Elle n'est là que pour quelques jours ; elle m'aide à classer des dossiers. Elle est étudiante. – En quoi ? demanda Mark – En communication. » Une vague de chaleur le submergea. Était-ce le mot « communication » qui avait déclenché en lui la fameuse réaction en chaîne ? « Dieu sait que j'aimerais communiquer avec elle », se dit-il, se découvrant soudain pieux au point d'appeler le Tout-Puissant à son secours. Il réussit à accoster la jeune femme dans un couloir. Elle avait une pile de dossiers dans le bras gauche, tenu suffisamment loin pour laisser place à ses seins. Son attitude sévère démentait formellement la moindre intention de communiquer avec quiconque.

Elle portait ce jour-là des lunettes dont la monture était aussi noire que ses cheveux et que son regard. Malgré l'aspect timide de l'un, sévère de l'autre, ils flambaient. Elle, qui sortait avec un nigaud en baskets, désirait l'homme en cravate figé dans sa cage de verre ; et lui, il voulait goûter à cette vague de couleur brune, à cette peau mate, à cet océan de noirceur si éloigné de son savon conjugal.

Il ne leur fallut que deux rencontres de plus, apparemment fortuites, pour qu'ils décident de se retrouver à l'heure du déjeuner dans une salle du rez-de-chaussée, un espace réservé au sport où les femmes du quartier venaient faire leur aérobic. Un peintre, en sifflotant, repeignait les murs, mais justement il partait déjeuner.

Malgré la violente odeur de peinture, Mark et la nièce de la secrétaire se rejoignirent sur l'épais tapis de caoutchouc destiné à amortir les chutes. Elle était sauvage et tendre ; lui, infatigable. L'interdit, l'inconfort, leur mutisme, la possibilité d'être surpris à n'importe quel moment augmentaient leur plaisir à l'extrême. Ils étaient rentrés au bureau, séparément et le visage impassible. La jeune femme demanda à partir plus tôt. Elle ne revint plus jamais. La tante secrétaire avait-elle deviné l'aventure et craint pour sa propre place ? Elle ne voulait pas perdre son emploi maintenant qu'elle avait atteint son meilleur salaire qui compterait pour sa retraite. Quelques jours plus tard, Mark lui demanda, comme par hasard : « Et votre nièce ? » Elle répondit, sévère : « Elle a repris ses cours ! Il était temps ! »

Cet épisode avait ravivé l'optimisme de Mark. Oui, il pouvait encore plaire, bondir, séduire. Il n'était pas condamné à de laborieux échanges nocturnes. Il avait bonne mine. Il se rendait au bureau avec plaisir. Cette expérience lui en apportait la confirmation : ceux qui prétendent que le sexe est un élément important dans la vie ont raison.

À l'hôtel particulier, la vie se déroulait paisiblement. Mark et sa femme étaient invités et invitaient souvent. Des extras s'occupaient de tout. Curaçao choisissait toujours lui-même le traiteur. Adrienne n'osait pas dire à son père qu'elle était allergique au parfum des lis, qui revenaient périodiquement en fonction de l'abonnement pris chez le fleuriste. L'humeur joyeuse de son mari la laissait perplexe. Mark, rassuré sur ses talents de « tombeur », portait dorénavant un regard attentif sur les femmes. Un jour d'été, il prit dans ses bras une Américaine de passage qu'il avait rencontrée alors qu'elle trempait ses pieds dans l'eau d'une fontaine. Les hôtels étant complets, il avait invité la fille de Long Island dans sa Mercedes à air conditionné, cadeau du beau-père. « Ça me rappelle mes jeunes années », avait dit l'Américaine en soupirant d'aise sur la banquette arrière.

*

Mark venait d'ouvrir le troisième flacon d'alcool que contenait le réfrigérateur de sa chambre. « Sale mélange », pensa-t-il, morose. L'image de l'enterrement avait laissé place à une visite imaginaire dans une clinique privée. Adrienne, bardée de tuyaux, murmurait : « Je suis restée vivante pour toi ! »

*

Le drame s'était déclenché le jour où, couché près d'Adrienne, il avait constaté sa première défaillance physique. Le muscle dont dépendait le bonheur d'Adrienne ne participait plus au jeu. Le cerveau de Mark et son sexe téléguidé faisaient grève. Il avait beau imaginer, à la place de la fluide blonde qui était sa femme, de somptueuses Noires, des métisses éclaboussantes de tempérament : rien à faire. Il tenta d'évoquer l'étudiante en communication, sans plus de succès. La blondeur d'Adrienne lui ôtait ses moyens. Désemparé, après cinq semaines de lutte inutile, il se rendit chez un médecin qu'il connaissait depuis longtemps. « À trente-cinq ans, prendre un médicament ? Je ne vous le conseille pas. Vous êtes un cérébral. Votre sexe fonctionne selon votre mental. Vos pulsions naissent dans vos cellules grises. » Le docteur, après l'avoir longuement interrogé, avait conclu avec une compassion toute masculine : « Votre subconscient refuse votre épouse légitime. Vous devriez changer de femme, ou même d'existence. Surtout si vous me dites que ça marche avec d'autres ! Vous n'avez d'autre choix que de divorcer et de ne plus jamais vous remarier. Il n'est pas exclu que l'institution du mariage vous paralyse. »

Adrienne le consolait, mais elle finit par lui dire, après deux mois de patiente souffrance et de frustration, vraie ou feinte, ce qu'il redoutait : « Il me semble que tu m'aimes moins qu'avant. – Cette difficulté n'a aucune relation avec l'amour que je ressens pour toi, avait-il protesté. Il s'agit d'un problème mécanique. Le sexe n'est qu'un muscle, un muscle peut avoir une soudaine... – Paralysie ? Ça peut durer longtemps ? Il faut aller consulter... » Elle prononça le nom d'un médecin très connu. « Quelle est sa spécialité, à ce toubib ? demanda Mark, réticent. – Urologue ou sexologue ou spécialiste des couples, je ne sais pas très bien. Une amie m'avait parlé de lui. On n'aura jamais d'enfant si ça continue comme ça... Papa attend son héritier. » Quand ils se parlaient ainsi, durant de longues soirées vides, ils ressemblaient aux voyageurs assis sur une banquette dans une gare de province, attendant le train. Mark imaginait Curaçao en chef de gare, avec son sifflet : « Alors, ce petit enfant ? »

Il fallait surtout éviter la rencontre avec le médecin aussi connu que mondain. Il s'arrangerait, sans trahir le secret médical, pour alerter le beau-père, avec qui il jouait au golf. D'ailleurs, le secret était relatif. Adrienne se chargea de répandre la nouvelle de « son drame ». Elle ne manqua pas de raconter à ses amies qu'il y avait un problème dans son couple. « Couple », « nous », « notre », autant de mots qui faisaient des ravages dans l'esprit de Mark. Il joua alors l'agressivité pour se défendre. Il expliqua qu'il n'était pas un « mâle » destiné à féconder. « Je suis un compagnon de vie, pas un étalon. »

Adrienne, que ses soucis rendaient de plus en plus

frêle et maigre, énumérait des arguments peu aphrodi-siaques : « Papa a une grosse fortune. Il donnera tout à nos enfants. Je suis sa fille unique. Sans un enfant de moi, que fera-t-il de tant d'argent ? Il attend nos enfants, répétait-elle. Au moins un, ça le fera patienter. »

Il avait le trac, Mark, il commençait même à déserter le lit. Un jour enfin, après une soirée exceptionnelle où Adrienne avait évoqué un incident de sa vie passée, il se sentit de nouveau émoustillé ! Elle venait de racon-ter une fête d'étudiantes, près de Londres. Il fallait se choisir un déguisement aussi éloigné que possible de son aspect habituel. « J'avais une perruque noire, des lentilles qui me faisaient les yeux noirs, du fond de teint sur tout le corps. Grâce aux astuces d'un institut de beauté, j'ai eu les lèvres gonflées, sans silicone, juste pour quelques heures. Ah ! J'ai eu du succès ! » Les yeux fermés, Mark prit sa femme et put la pénétrer. La chance aide ainsi parfois les victimes du mariage : Adrienne annonça, quelques semaines plus tard, qu'elle était enceinte. Les neuf mois de grossesse appa-raissaient comme une vraie aubaine, car il ne fallait pas secouer le fœtus. Mark connut la gloire et une paix provisoire – une sorte d'armistice. Ses parents vou-laient venir de Montpellier, embrasser le couple et le féliciter. Mark les en avait dissuadés, leur demandant un peu de patience. Quand le bébé fut ramené de la clinique, déjà accaparé par sa nurse et installé dans l'hôtel particulier, Mark refusa de retomber dans l'es-clavage sexuel et de subir la fatigue de tentatives infructueuses. Il prit la chambre destinée aux invités et, quelques mois plus tard, décida d'exposer la situation à Arnold Curaçao. Face à cet homme dont la prestance était impressionnante, il avait l'impression d'être au bord d'un gouffre où il risquait de tomber la tête la première. Une locution populaire lui traversa l'esprit : « Prendre le taureau par les cornes. » « Olé ! » se dit-il, et il annonça la nouvelle.

— Ça ne marche plus entre votre fille et moi. Je n'y peux rien. Je suis devenu impuissant. C'est aussi pénible pour moi que pour elle. Je ne vois aucune autre issue que le divorce.

Ces phrases rapidement prononcées le soulagèrent.

— Je suis au courant de vos difficultés. Adrienne m'a tout raconté, répondit calmement Curaçao. Une fille aimante se confie à son père, Mark. J'ai déjà réfléchi avec elle. Vous allez quitter le domicile conjugal. Vous partirez quand vous voudrez. Je vous procurerai la location d'un appartement convenable pour un loyer raisonnable ; je veux dire, pour vous tout seul.

Mark, crispé, attendait la suite. Tout semblait trop facile. Le beau-père esquissa un sourire réconfortant et se mit à énumérer ses conditions d'une voix paisible :

— Vous ne demanderez pas de pension alimentaire. Vous ne garderez pas la direction de l'affaire américaine. Je vous trouverai une place.

Mark le détesta pour cette formule : « une place ». Il n'était pas encore un homme à tout faire, un sans-papiers juste toléré, ni un grand chien mouillé recueilli sous la pluie.

— Vous aurez un salaire honnête, ajouta Curaçao.

Mark bondit.

— Vous avez tort de prendre ce ton méprisant ! J'ai des qualifications ; j'avais une vie, un métier, un travail, avant de connaître votre fille.

Curaçao l'interrompit :

— Mais vous n'avez aucune expérience du travail à l'étranger. Vous êtes un de ces redoutables hexagonaux qui, avec leur bac plus 4 ou plus 5, se croient les rois de la piste. Vous n'êtes que le produit d'études médiocres. Bref, je ne veux pas m'énerver. Ma fille aura la garde de l'enfant, ça va de soi. Vous bénéficierez d'un droit de visite, de plus en plus réduit parce que votre vie privée ne sera pas sans taches.

— Si je divorce, je serai un homme libre.

— Libre ? hurla Curaçao.

Il avait littéralement explosé. Sa colère était aussi effrayante que surprenante, pareille à une lame de fond. Comme s'il venait d'ouvrir un robinet, un flot de haine se déversa de lui et il jeta au visage de Mark tout ce qu'il pensait.

— Libre ? Croyez-moi, vos aventures auront des limites. Sinon, plus d'enfant. Vous osez prétendre que ma fille, la plus belle fille d'Europe, vous rend impuissant ? Mon vieux, vous payerez cher cette déclaration. L'enfant sera complètement à nous ! Je vous liquiderai de cette terre. Je ne veux plus que vous existiez. J'ai entendu raconter sur vous une histoire de fille. J'ai fait la sourde oreille pour ne pas chagriner Adrienne. Peut-être seulement des ragots, qu'importe ! Sachez que vous n'avez été qu'un caprice pour Adrienne ! Mon petit-fils est à nous pour toujours. Dès que j'aurai la preuve que vous avez eu – ou auriez eu – une aventure, je saisirai l'occasion de vous attaquer, j'interviendrai pour que mon petit-fils porte le nom de sa mère ! Il sera Daniel Curaçao. Fini, Daniel Robin !

Mark perdit pied. Il n'existe pas de parapluie contre la foudre.

— Vous étiez si calme, vous parliez d'un accord... Pourquoi changez-vous de ton ? Qu'est-ce que j'ai fait ?

Il éleva la voix – il fallait bien montrer un peu d'agressivité :

— Qu'est-ce que vous croyez ? Vous ne pourrez pas nier que l'enfant est à moi. Daniel est mon fils. Vous voulez un test ADN ? Faisons-le ! Que vous l'acceptiez ou non, ma paternité est certaine, aussi bien biologique que juridique.

Curaçao se retenait de bondir. Mark le regarda, pensif. Ce redoutable beau-père lui semblait aussi ridicule que l'ogre du dessin animé *Schreck*. L'homme d'affaires martela chaque mot :

— Daniel est le fils de ma fille.

Mark répondit, presque détendu tant il était sûr de ses droits :

— Daniel est notre fils. J'ai autant de droits qu'Adrienne sur mon fils. Je demanderai évidemment la garde partagée.

Soudain, les mots se bousculèrent dans la bouche de Curaçao ; ce n'était plus le fondateur d'un empire, mais une Kalachnikov parlante qui, au lieu de balles, lançait des rafales de mots.

— La garde partagée ? Sans blague ! Vous le mettrez où, cet enfant ? Vous voulez le priver d'un hôtel particulier, d'une nurse, d'un parc, de sports d'hiver à Courchevel ou à Aspen, d'étés au bord d'une mer chaude, d'hivers au soleil ? On vous a fait goûter à ce luxe, à mes frais ! Pour vous, c'est fini ; pour l'enfant, ce confort doit rester assuré.

Curaçao criait maintenant :

— Je peux vous transformer en clochard. Une fois SDF, on verra si vous réclamerez encore la présence de Daniel.

Mark contempla son futur ex-beau-père. S'il faisait des crises pareilles, il lui suffirait d'un léger excès de tension pour rester un jour muet au milieu d'une phrase. Daniel, dont il aurait un jour la garde complète, serait à son tour un riche héritier, avec une mère enfin sans défense. Il ferait un deuxième tour du monde avec Daniel. Il choisirait des hôtels quatre étoiles, dont il n'enverrait la note à personne. Il serait enfin indépendant de ces gens.

Les discussions, d'une violence extrême, finirent par aboutir à un accord : le beau-père céda devant la loi qui garantissait les droits du père. À la demande d'Adrienne, plus conciliante, Mark n'avait pas renoncé aux services de l'agence de voyages où les entreprises de Curaçao avaient leurs habitudes. « Accepte l'aide de papa, c'est dans l'intérêt de Daniel. »

196

On lui proposa tantôt Disneyworld, tantôt Ocean-world à San Diego. Voyage payé aller-retour, hôtel de luxe garanti. Il n'avait qu'à obéir, sous peine de se voir présenter des certificats médicaux signés de grands noms : l'enfant serait « particulièrement » fatigué, en-rhumé. Mark n'avait d'autre choix que se plier aux « demandes » de la mère.

Plus la laisse se resserrait, plus il haïssait Adrienne ; et plus Adrienne reconnaissait son échec, plus elle le haïssait. Chacun était prisonnier de l'autre. Adrienne ne lui avait-elle pas dit : « Si tu mourais, je n'aurais plus de problème de droit de visite » ? À son tour, il avait osé rêver de sa mort à elle. Ainsi se déroulait leur histoire, jusqu'à cette troisième tentative de suicide. Ah, si seulement, cette fois, elle avait réussi !

*

Mark embrassa Daniel, revint s'allonger sur son lit, dans sa chambre, et réfléchit. Il fallait qu'il s'en sorte, qu'il s'échappe du piège qui le tenait. Cette avocate rencontrée par hasard pouvait peut-être l'aider... Sauf si, par malheur, elle était – parce que femme – solidaire de l'autre femme... Depuis l'appel du service de sécu-rité, il était dans l'incertitude totale. Quelqu'un, un intime d'Adrienne, avait pu venir à l'hôtel particulier, la trouver inconsciente et la faire transporter dans un hôpital. L'alcool embrumait l'esprit de Mark. Il raison-nait comme il pouvait, il s'amusait même avec quelques boutades. Si Adrienne était morte, il commanderait la couronne mortuaire chez le fleuriste du beau-père et à ses frais : une couronne de lis. Adrienne n'éternuerait plus mais, au moins, il agacerait les deux Curaçao en même temps, et ce serait déjà ça.

CHAPITRE 21

Daniel s'assit dans son lit, guettant les bruits, le silence. Son père devait enfin dormir. Il se leva et, pieds nus sur la moquette épaisse, s'approcha de sa valise. En arrivant, Mark l'avait ouverte et le cadenas, avec sa petite clef, était resté accroché à la poignée du bagage.

Dans la valise était cachée la sacoche secrète offerte par Papy, complice de tous les jeux et farces. Selon lui, il fallait développer l'intelligence de l'enfant. Arnold Curaçao comparait son petit-fils à un diamant brut qu'il faut tailler, et il espérait disposer d'assez de temps pour l'éduquer et l'endurcir. Il avait besoin d'un héritier capable de dominer un jour l'empire qu'il avait créé.

Il le dirigeait assisté de quatre personnes. Sur ces quatre personnes, il possédait des dossiers complets. Leur origine, leur famille, leur environnement proche et lointain, le « pedigree » de leur femme, le prénom de leurs enfants : tout y était. Il avait fait vérifier chaque détail et ses collaborateurs n'avaient pas de secret pour lui.

La naissance de son petit-fils l'avait comblé. En quelque sorte, il se sentait récompensé de la discipline qu'il s'était imposée. Depuis la mort de sa femme – sortie de sa vie de manière aussi impersonnelle qu'elle y était entrée – depuis ce deuil, il avait eu quelques maîtresses choyées, bien payées, surtout choisies avec prudence. Un homme dans sa position pouvait toujours faire l'objet d'un chantage. Son petit-fils n'avait jamais rencontré de personne douteuse chez Papy. Lorsqu'il séjournait chez lui, avenue Foch, il s'en occupait en partie lui-même. Nanny, qui accompagnait l'enfant, se transformait en conseillère pour les questions pratiques.

Curaçao, dont chaque minute de la vie quotidienne était chronométrée, devenait injoignable lorsqu'il avait la charge de son petit-fils. La charge ? Le bonheur, plutôt, de s'occuper de l'intelligence naissante de l'enfant. Il fallait toute la force de conviction de Nanny pour lui faire accepter que Daniel avance à quatre pattes. « Il rampe, mon petit-fils ? Faites en sorte qu'il se tienne debout ! » Nanny lui avait expliqué que c'était dans l'ordre de la nature et que même, si elle le soutenait, le petit garçon n'avait pas encore les jambes assez solides, ni un système d'équilibre assez consolidé pour marcher tout seul. Curaçao avait éprouvé un sentiment d'angoisse : et si l'enfant était paresseux ? Mais, au fil des mois, ses contacts avec le petit se développaient. Dès qu'il eut trois ans, Daniel devint enfin un interlocuteur valable. L'enfant en avait quatre quand son grand-père lui apprit le maniement du téléphone portable, un modèle exclusif. Daniel comprit rapidement le pouvoir de ce téléphone et son importance. « Il ne faut jamais dire à papa que tu as ça ! Est-ce qu'il regarde à l'intérieur de ta valise quand vous partez en vacances ? – Non, avait répondu l'enfant. Sauf pour chercher le loup... » Quel tourment pour Curaçao, ces vacances avec le père imposées par la loi ! Son ex-gendre semblait s'occuper de l'enfant d'une manière satisfaisante, mais Curaçao restait en lui-même fixé sur ses positions. Il ne cessait de réfléchir à la même question : quelle solution trouver pour que le gendre disparaisse de leur vie ?

À l'hôtel Sacher, on n'entendait que quelques bruits venus de l'extérieur. Le petit garçon, aux aguets, constata le silence qui régnait du côté de la chambre de son père. Il prit dans la valise la sacoche secrète et l'ouvrit. Il y trouva son téléphone, l'examina avec satisfaction, puis, selon les instructions, apprises, effleura la touche « on » et l'écran s'éclaira. Papy lui-même lui avait appris à reconnaître les chiffres de un à dix. Mais, pour plus de sécurité, l'enfant s'orientait à l'aide des couleurs. Papy était le rouge, maman le bleu. « Mon téléphone est directement relié au tien, avait dit Papy. Tu peux m'appeler quels que soient le jour, l'heure ou le pays, tu me trouveras toujours. Ce téléphone est dans une poche près de mon cœur. Je dors avec lui quand tu n'es pas avec moi. »

Avant chaque départ en vacances, Adrienne vérifiait l'état de l'appareil et expliquait à Daniel les manipulations indispensables. « Ton téléphone marche pendant trois jours, ensuite tu dois le charger. Regarde, la petite ligne noire doit être continue. Tu as une fiche qui entre dans cette prise, regarde bien, mon ange, cette prise, tu peux la placer comme tu veux, il y aura toujours un côté qui correspondra à l'endroit où tu seras. Attention à tes petits doigts ! Si jamais ton père change d'hôtel ou de ville, s'il te dit : "On va ailleurs", tu nous préviens. »

Le téléphone était assez petit pour se glisser dans son blouson – que maman avait commandé chez un couturier pour enfants, avec une poche à l'intérieur. Le fil et la prise étaient cachés dans le ventre d'un clown en tissu. Papy avait dit : « Si je t'appelle, tu sentiras le bruit sur ta peau. Zzz ! Ça voudra dire que Papy ou ta maman t'appellent. Alors tu te cacheras et tu pousseras le bouton rouge ou le bleu. »

Ce soir, Daniel voulait parler à Papy. Il s'assit sur la moquette. La ligne noire sur le cadran était bien à sa place. Il appuya sur le bouton rouge, entendit une frêle sonnerie. Comment aurait-il pu savoir que Papy présidait une réunion loin de l'Europe ? Il perçut le grésillement, comme si une petite main chatouillait son cœur. Son petit-fils l'appelait. Il se leva et s'adressa aux participants : « Je vous prie de m'excuser. Je dois vous quitter quelques minutes. Continuez sans moi. »

D'un pas vif, il sortit de la salle de conférences située dans une étincelante tour commerciale, s'enferma dans une pièce proche et porta le téléphone à son oreille.

— Daniel ?

— Papy ?

La voix de l'enfant venait de loin. Curaçao se rappela une phrase d'Adrienne. Quand l'enfant avait bougé pour la première fois dans son ventre, qu'elle en avait ressenti le frôlement, elle avait dit : « J'ai un oiseau dans le ventre, papa. » Entendre la voix de Daniel réveilla en lui un amour démesuré pour sa fille qui, malgré la défaillance morale et physique de son mari, avait pu lui donner cet enfant.

— Je t'écoute, Daniel. Tout va bien ?

— Oui.

— Vous êtes à Vienne, n'est-ce pas ?

— Ça s'appelle comme ça. Papa croit que tu ne le sais pas.

Avec quel bonheur Curaçao aurait répondu : « Ton père est un idiot ! Il croit qu'on peut m'échapper. » Mais il se retint, on lui avait trop rebattu les oreilles avec le « respect » de l'image du père, qu'il ne faut surtout pas « démolir ».

— C'est la nuit, Daniel ?

— Oui.

— Pourquoi tu ne dors pas ?

— Je ne sais pas.

Curaçao brûlait d'impatience, mais il devait prendre garde à ne pas effaroucher l'enfant. Même si cet appel n'était qu'un caprice, il ne s'agissait pas d'intimider le petit.

— Où est ton papa ?

— À côté.

L'enfant regarda le rai de lumière qui éclairait le bas de la porte. Papa dormait avec la lumière allumée.

— Vous avez une suite ?

— Je suis dans une chambre. J'ai la télévision. Papa aussi, mais il ne la regarde pas.

— Tu es en bonne santé ?

— Oui. Il y a une dame.

— Quelle dame ? s'écria Curaçao, soudain empli d'espoir.

« Ça y est ! On le tient. Moralement. On a la preuve que le père ose recevoir une femme dans la chambre voisine de celle de son fils ! Qu'il ne peut pas passer trois jours sans une bonne femme. »

— Quelle dame ?

— Elle m'a embrassé.

Daniel surveillait la porte de la chambre. Si son père, peut-être réveillé, entrait, il serait fâché à cause du téléphone.

— Qui est cette dame ? répéta le grand-père de Daniel.

— Elle m'a ramené chez papa.

— Comment, « ramené chez papa » ?

Curaçao fit appel à sa fameuse discipline : « Du calme ! Surtout ne pas brusquer l'enfant. »

— Je suis sorti.

— D'où ?

— De ma chambre. J'ai oublié le numéro. Il y a beaucoup de chambres ici. Tout est rouge.

— Et ton père ?

— Il dormait.

— Où ?

— À côté.

— Il dormait ? En plein jour ?

— Oui. Avec un journal.

— C'était quand ? Hier ?

L'enfant hésita. Papy demandait toujours trop de choses à la fois.

— J'étais dans le couloir. La dame est venue.

Curaçao savait que son diamant n'était pas encore bien taillé. Lui qui avait l'habitude des rapports concis, des précisions rigoureuses, il était obligé de respecter le rythme de son petit-fils, ses bribes de phrases.

— Et alors ?

Ne pas s'emballer.

— Elle t'a parlé ? Qu'est-ce qu'elle t'a dit ?

— Elle a demandé : où est ta maman ? J'ai dit : à Paris.

— C'est très bien. Papa connaît cette dame ?

L'enfant resta muet. Curaçao enchaîna :

— Tu t'amuses ?

— Non.

— Vous avez fait une excursion ?

— La dame m'a acheté une barbe à papa, près du manège.

— Quel manège ?

— Au parc. J'étais sur un petit cheval.

— La dame était avec vous ?

— Oui. On va rentrer quand, Papy ? Je m'ennuie. Je n'ai pas mes jouets. Il n'y a que la télé. Je n'ai pas vu maman avant de partir.

Curaçao trépignait sur place.

— Tu n'as pas vu ta mère avant de partir ? Ce n'est pas ta mère qui t'a confié à ton père quand il est venu te chercher ?

— Non. Maman n'est pas descendue.

— Alors, c'est Nanny ?

— Non, Nanny était à l'hôpital.

— Qui a ouvert la porte ?

— Elle était pas fermée.

Curaçao avait envie de rugir.

— Pas fermée ? Et l'alarme ?

— Il n'y avait pas d'alarme.

Curaçao était hors de lui. Il avait suffi qu'il passe cinq jours à l'étranger et tout marchait à l'envers. Qu'est-ce qu'elle avait, sa fille, qu'est-ce qu'elle avait, ce jour-là, à dormir, sans doute vaseuse à cause d'un calmant, au lieu de surveiller le départ de l'enfant ?

— Je vais appeler ta mère tout de suite.

— Oui. Où tu es, Papy ?

— Loin de la France.

— Tu reviens quand ?

— Très vite. Quand tu seras à Paris, je serai à Paris.

— Papy ? Tu pourrais m'acheter un cheval qui tourne ?

— Comme sur un manège ?

— Oui. Mais un vrai. Comme au manège.

— Tu auras un vrai cheval si tu veux. Je vais faire restaurer la maison de Haute-Provence. Là-bas, tu auras un vrai cheval.

— Un vrai cheval ?

— Un petit cheval. Un poney.

— Ça tourne aussi ?

— Si tu le fais tourner.

Daniel cherchait par tous les moyens à retenir son grand-père au téléphone.

— La dame était gentille, elle m'a donné un croissant.

— Quand ?

— Au petit déjeuner.

— Parce que vous étiez au petit déjeuner aussi avec la dame ?

— Oui. Elle était là, ce soir aussi.

— Elle ne vous quitte pas !

— Non.

— Vous êtes avec la dame depuis votre arrivée ? Elle était dans l'avion avec vous ?

— Je ne sais pas.

— Mais tu l'as rencontrée où ?

— À l'hôtel.

— Où, à l'hôtel ?

— Dans le couloir, quand j'étais perdu.

— Parce que tu étais perdu, seul dans l'hôtel, dans un couloir ?

— Mais oui, j'ai dit quand papa dormait. Papy, je peux appeler mon cheval « Dragon » ?

— Ce n'est pas très aimable, comme nom. Tu es où, maintenant ?

— Sur le tapis, avec le téléphone.

— Papa ne peut pas t'entendre ?

— Sais pas. Je parle pas fort.

— Il n'a pas vu ton téléphone ?

— Non. Je vais appeler maman. Le bouton bleu.

— Moi aussi, je vais appeler ta maman. Je t'assure, elle va m'entendre ! Elle devait te confier elle-même à ton père, s'assurer que tout allait bien.

Curaçao s'obligea à se taire. Il ne fallait pas inquiéter Daniel.

— Papy ? Je remets le téléphone dans la valise.

— D'accord, mais ne me laisse pas sans nouvelles.

— Papa arrive.

L'enfant eut le temps de glisser le téléphone dans sa sacoche secrète qu'il camoufla dans la valise, sous un pyjama, et il était immobile lorsque la porte s'ouvrit.

— Tu parles tout seul ? demanda Mark. Qu'est-ce que tu as ?

— Rien.

— Tu fais quoi, avec cette valise ?

— Je cherchais un mouchoir.

— Tu as des Kleenex tant que tu veux dans la salle de bains, à côté.

Mark avait tendance à traiter le petit garçon comme

un adulte qui devait tout savoir, tout comprendre, et surtout ne pas l'encombrer. Il aimait son fils, mais ne savait pas ce comment le rendre heureux quand il en avait la garde. Le divorce avait tout bouleversé. Le pauvre petit rythme familial, les jeux du soir et les baisers nocturnes quand il rentrait tard. Mark avait tout perdu.

Il s'approcha de Daniel.

— Tu veux venir dans mon lit pour que je te raconte une histoire ?

— Non, dit l'enfant. Non. Je vais jouer.

— Il vaudrait mieux que tu dormes. Demain, on va faire une grande excursion.

— Où ?

— On va voir les magnifiques chevaux blancs qui dansent. Des chevaux pour les touristes.

L'enfant dit soudain :

— Papy va m'acheter un petit cheval.

— Mais c'est tout ce qui nous manque, dit Mark, un petit cheval ! On va le mettre aussi à Neuilly ?

— Non, chez lui, dans le Midi.

— Papy t'a dit ça quand ?

Dans certaines circonstances, un enfant comprend tout seul, de lui-même, la nécessité d'un mensonge. Daniel fit semblant de réfléchir.

— Je ne sais pas quand il l'a dit, Papy.

Il venait de faire son entrée dans le monde hypocrite des grandes personnes.

— Va dormir, dépêche-toi. Tu ne joues plus.

L'autorité de Mark parut faire effet. Daniel se coucha et tira la légère couverture jusqu'à son nez. On ne voyait plus que ses yeux.

— Ça va ? dit Mark, un peu incertain. Ça va ? Tu vas dormir maintenant ?

— Oui.

Mark disparut dans sa chambre, s'allongea et prit

son livre, *La Psychologie de l'enfant,* une de ces innombrables vulgarisations bourrées de « conseils ».

*

À Paris, rentré dans la chambre de service, Thierry réfléchissait. Pas si minable, d'ailleurs, cette chambre. Mais, dès qu'il aurait l'argent espéré, il choisirait un hôtel confortable. De toute façon, si un jour il disposait d'une masse de billets, Fanny lui trouverait une place dans son lit, avec peut-être la copine en prime.

Préoccupé par l'opération d'envergure à laquelle il se préparait, il analysa une fois de plus la situation. Le jeu s'annonçait serré, mais au bout, la récompense était importante. Avec l'argent que l'avocate lui donnerait, il aurait enfin la belle vie.

À son bracelet-montre, il était 2 heures du matin. S'il réveillait l'avocate, la surprenait en plein sommeil, elle serait peut-être plus vulnérable que dans la journée, où elle retrouverait sa sérénité, son élégance innée, sa légère autorité qui provoquait tellement Thierry. « Je l'aurai, cette bonne femme, se dit-il. Tout le monde a un point faible, tout le monde. Elle, elle en a plusieurs. Si elle ne m'obéit pas, je la liquide aux yeux de sa belle société, si riche et si hypocrite. Elle casque ou elle crève, à commencer par sa réputation ! » Intègre ? Peut-être. Mais un jour cette intégrité avait eu une faille. Son amour pour le Sud-Américain l'avait secouée, la fameuse avocate ! Aussi arrogant que sûr de son affaire, Thierry avait tiré du paquet de lettres et de documents la photo où Clara posait près de la piscine avec son amant. Joli couple, belle photo à vendre !

Il n'avait pas l'intention de faire chanter Clara pendant des années. Il lui suffisait d'une somme importante d'un seul coup. Cent mille euros. Il sonnait bien, ce chiffre rond...

Il avait obtenu, par le service des renseignements

pour l'étranger, le numéro de téléphone de l'hôtel Sacher. Il appela le service de réservation :

— Voulez-vous me passer la chambre de maître Martin ?

— Ne quittez pas, on vous a mal dirigé. Je vous passe le standard.

Il raccrocha et réfléchit. Clara était donc à l'hôtel. Il hésita un moment : s'il retournait dans l'appartement principal ? Il pourrait s'asseoir devant le bureau de Clara et lui dire : « J'appelle de ton bureau, avec ton téléphone. Je tiens ton écouteur, je peux toucher à n'importe lequel de tes papiers qui s'étalent devant moi. » Mais il ne voulait pas provoquer trop le destin. Il ne savait pas non plus s'il y avait un système d'enregistrement sur le téléphone. Il avait entendu parler de ces appareils informatisés. Ce n'était sans doute pas le cas ici, mais mieux valait y aller mollo. Après une longue réflexion, il composa le numéro de l'hôtel Sacher sur son téléphone portable. Cette fois, il ne s'égara pas au service des réservations, mais demanda directement la chambre de maître Martin. Une voix claire répondit et le brancha aussitôt sur la correspondante demandée.

Dès qu'il entendit la sonnerie retentir à l'autre bout de la ligne, sa gorge se serra de nervosité et une crampe lui noua le ventre.

*

Clara ne dormait pas encore, préoccupée par cet enfant et son père que le hasard lui avait fait rencontrer. Combien de difficultés l'attendaient si elle ne prenait pas la décision de se dégager ! Non, il ne fallait pas qu'elle se laisse embarquer dans cette étrange affaire, où selon elle, il y avait dans les propos de Robin autant de fantasme que d'éventuelle vérité. Quand la sonnerie du téléphone retentit, elle hocha la tête : « Ah, ce Mark ! Il se cramponne, décidément ! Le standard pourrait sans doute me déconnecter du réseau intérieur. »

Elle saisit l'écouteur et dit :

— Vous voulez vraiment faire de ma vie un enfer ?

— À qui tu parles ? demanda une voix qu'elle reconnut aussitôt.

C'était celle de Thierry.

— Tu n'es pas seule ? J'ai un enfer de rechange à ta disposition.

Clara était sidérée :

— Thierry ? Comment as-tu eu mon numéro de téléphone ?

— Je suis l'homme de toutes les surprises, dit-il, et ce n'est qu'un début ! D'ailleurs, ma belle avocate, tu ne sembles pas t'ennuyer. Tu n'es donc pas partie seule pour Vienne ?

— Et si j'avais une vie secrète ? dit-elle.

Thierry sauta sur l'occasion.

— Une vie secrète ? Celle de Buenos Aires, peut-être ?

Elle se raidit.

— Tu parles de quoi ?

— De qui ? De Raoul. Vous êtes bien jolis au bord de la piscine. J'ai la photo, je la...

— Qui te l'a donnée ?

— Je suis entré dans ton sacro-saint appartement par la chambre de bonne.

Clara resta quelques secondes sans voix, puis demanda :

— Tu as la clef de cette pièce ?

— Tu m'as jeté dehors par la porte principale, je suis rentré par la porte de service. Grâce à la concierge.

— Elle va perdre sa place.

— Du tout, répliqua Thierry. Elle est en sécurité. Selon l'accord que je vais concocter avec toi, maître.

Le jeune homme, le téléphone coincé entre l'oreille

gauche et l'épaule, jubilait. Sa gorge se desserrait, la crampe lâchait son ventre. Il se sentait fort et intelligent. Oui, ce qui l'éblouissait le plus en cet instant, c'était sa propre intelligence. Depuis l'adolescence, on lui avait assez répété qu'il était peu doué, incapable d'intuition, paresseux, juste bon à gagner sa vie grâce à son beau corps. On se servait de ses abdominaux pour lancer un parfum ou de ses épaules pour présenter un vêtement. Mais là, il tenait sa revanche. Il se mit donc à expliquer à la célèbre avocate comment les documents qu'il avait en sa possession pouvaient ruiner une si belle carrière.

Le cœur de Clara battait très fort. De temps en temps, elle couvrait le combiné pour que son souffle précipité ne la trahisse pas.

— Tu m'as volé, dit-elle.

Furieux, il reconnut ce ton, ce fameux ton empreint à la fois de douceur et de mépris qui, dès le début de leur liaison, l'avait humilié. De crainte que cette conversation ne soit enregistrée, il prit de grandes précautions de langage.

— Tu m'as expliqué au début de notre vie commune que tu possédais cette chambre avec accès à la cuisine. Et que si tu devais loger quelqu'un dans cette pièce, il lui suffirait d'ouvrir la porte pour se faire un café à la cuisine. Tu n'aurais jamais laissé mourir de soif un invité logé ici ! Tu l'as dit... Je t'ai bien entendue.

— C'est vrai, dit-elle, mais je ne vois toujours pas ce que tu veux.

Thierry perdit son sang-froid et déversa soudain sa colère sur Clara.

— Le dossier qui te concerne, Clara, je l'ai. J'ai ton corps, ton ventre, la preuve de ton profond égoïsme. Toi, qui défends si fort la cause des enfants et leur sécurité, tu étais la maîtresse d'un de tes clients. Grâce à toi, il a obtenu la garde exclusive de son enfant. Et toi, enceinte de lui, tu as subi un avortement en Angleterre.

Elle avait l'impression d'être passée sous les roues d'un camion et abandonnée sur le bord de la route, à peine vivante.

— Que veux-tu exactement ? demanda-t-elle d'une voix atone.

— De l'argent. J'ai en main tes photos et les résultats de tes différents examens. Plus une cassette. On y voit les premiers mouvements du fœtus dont tu t'es débarrassée. Et aussi les photos de l'homme qui t'a laissée tomber.

Une douleur très vive transperça Clara : la honte. L'idée même des mains de ce type fouillant dans ses papiers, dans son passé, quelle humiliation ! Elle se sentait exhibée sur la place publique comme sur la table d'examen d'un gynécologue. Instinctivement, elle serra les jambes et tira sa couverture jusqu'au menton. À toute vitesse, elle envisagea sa défense. En avait-elle, une défense ? Comment survivrait-elle à cette attaque, plus grave qu'une agression à main armée ? Son intimité sacrée était déchiquetée. Sa main, crispée, engourdie, sentait à peine le téléphone.

— Tu es ignoble.

Thierry exultait. Il tenait enfin à sa merci cette femme tellement hautaine. Il lui répliqua – étonné de sa propre faconde – qu'elle ne le trouvait pas « ignoble » lorsqu'elle acceptait de coucher avec lui. Clara tenta de protester :

— À l'époque, je voyais en toi un jeune homme qui cherchait sa voie, si beau...

Il l'interrompit :

— Tu m'as appris que les timides deviennent agressifs et les faibles, méchants. Imagine que tu as en face de toi un timide faible. Donc devenu agressif et méchant. Capable de tout.

— Tu veux quoi au juste ? répéta-t-elle.

— De l'argent.

— Combien ?

— Je ne veux pas de rente, mais une grosse somme en une seule fois. J'ai jeté un coup d'œil à tes relevés bancaires. Pas mal. Ce que je te propose, ce n'est ni du vol ni un chantage, mais le prix de la rupture avec un jeune homme dont tu as brisé la vie. La toute petite confiance qu'il avait en lui, tu l'as cassée parce que tu as réduit ce garçon au statut d'un clandestin qu'on peut à tout moment expulser du pays. Tu m'as miné, avec ton mépris. Même dans les castings, je n'ai plus confiance en moi.

— Combien ? demanda-t-elle.

Elle pensa au minibar. Il lui fallait un peu d'eau. Le plus rapidement possible, un peu d'eau.

— Cent mille euros. Six cent cinquante mille francs. Je veux vider tes comptes, c'est tout. Enfin, les comptes dont j'ai vu les relevés. Je ne te demande pas tout. Tu as sans doute de l'argent noir. Je te le laisse.

— Et après ? Tu feras quoi ? demanda-t-elle.

— Je veux acheter un bateau.

— Tu iras où avec ton bateau ?

— Dans les mers chaudes. À propos, j'ai failli oublier : en plus du prix du bateau, il me faut aussi de l'argent pour tenir un an ou deux. Les documents « empruntés », je te les rendrai au moment même où tu me payeras.

— Quelle garantie que tu ne recommenceras pas le même cirque plus tard ?

— Tu auras les originaux ! Et ma parole !

— Comment as-tu obtenu ces renseignements ?

— Au cours d'une présentation de mode, j'ai rencontré un collègue qui a séjourné dans la ville où règne ton ex-type, en Amérique du Sud. On parlait beaucoup là-bas de la belle avocate française et du procès qu'elle allait sûrement gagner par son astuce. Évidemment, quand j'ai compris qu'il s'agissait de toi, je l'ai fait parler. Selon les informations et les rumeurs qui circulaient, tu aurais utilisé des arguments ignobles pour enlever l'enfant à sa mère française.

Thierry se sentait sûr de lui dans cette chambre de service. Il se tenait droit, la tête haute. Il serrait dans ses mains le téléphone portable d'une manière presque amoureuse.

Clara avoua :

— Pour une surprise, c'est une surprise.

— Ah, dit Thierry, ton sang-froid, ton fameux sang-froid ! La femme forte. Eh bien, si tu refuses, ta réputation est foutue, je te le garantis. Fini, la clientèle chic.

— Personne ne s'intéresse à une histoire d'avortement.

— C'est ce que tu crois. Tu oublies une chose. La mère à qui on a enlevé son enfant s'est suicidée. Déprime ou non ? Qu'importe. Sa mort est inscrite sur ton ardoise. Tu en es responsable. Elle est morte de chagrin à cause de toi.

— Bien, Thierry. Tu as fait des progrès, reconnut Clara. Je t'appellerai sur ton téléphone portable pour te dire par quel vol je rentre et où on se rencontrera.

— En tout cas, pas chez toi, déclara Thierry. Le restaurant, pas loin de ton appartement, tu te souviens ? Au coin de la rue bordée d'arbres. On a dîné là-bas, un soir.

— C'était un dîner d'amoureux, si je me rappelle bien, dit-elle. Ça a changé, je veux dire ton comportement.

— C'est ça. On se verra là-bas dès que tu auras l'argent.

Il ajouta :

— Franchement, je n'aurais pas cru que tu prendrais si bien cette affaire. Mais tu sauras à l'avenir qu'il ne faut pas pousser à bout les faibles et les timides. Ciao, Clara.

Assise dans son lit, les deux mains pressées sur sa poitrine, Clara se balançait d'avant en arrière, d'un mouvement mécanique, pour calmer sa tension. Elle se leva, prit deux quarts d'eau minérale dans le minibar. Elle but lentement, gorgée par gorgée, et regarda la pendule : 4 heures. À 6 heures, elle appellerait son oncle. Il saurait l'aider.

Les minutes s'éternisaient. Les paroles de Thierry la brûlaient, elle en était malade de honte. Elle, qui avait su garder ses distances, même au lit, avec ce type ramassé chez des amis, elle se trouvait mise à nu, exhibée, clouée au pilori. Le fait d'avoir été congédiée par le Sud-Américain en tant qu'avocate et maîtresse occasionnelle la gênait moins que l'affaire de l'avortement.

Dès qu'il fut l'heure, elle commanda un café noir au « room service », prit une douche et s'habilla. À 6 h 45, elle quitta l'hôtel, en survêtement de sport et baskets. Il n'y avait que peu de passants dans la rue qu'elle avait prise : cette fameuse Kärtnerstrasse ressemblait, à cette heure matinale, à l'avenue paumée d'une ville de province au lendemain d'une fête.

Quand elle avait décidé de faire cette escapade à Vienne, elle avait pensé louer une voiture, aller à Schönbrunn parcourir le domaine des Habsbourg. Tôt le matin, le parc immense du Versailles autrichien était un vrai bonheur. Elle aurait voulu y marcher, s'imprégner du jaune des murs. Comme un oiseau qui se nettoie les ailes dans une flaque d'eau, elle se serait plongée dans cette couleur soleil.

Elle se dirigea vers la Kleeblattgasse en luttant contre les larmes. Parfois, elle courait presque – on devait la prendre pour une sportive matinale.

215

Il lui fallut une vingtaine de minutes pour arriver devant l'immeuble, où elle sonna deux fois. Elle entendit aussitôt, par l'interphone, la voix de l'oncle Simon :

— Oui, qui est là ?

— Clara. Si je te dérange, je ne monte pas.

— Bien sûr que tu montes. Je t'ouvre.

Le bruit de la porte. Elle poussa le battant qui se referma tout seul derrière elle. Elle grimpa les marches deux à deux. L'oncle, bien habillé – chemise impeccable, pantalon repassé, ceinture soigneusement attachée, rasé de près, lunettes brillantes – l'attendait sur le palier :

— Tu t'es souvenue que je suis un matinal incorrigible ? dit-il. Tant mieux. Qu'est-ce qui t'arrive ?

Vulnérable, assoiffée de tendresse, elle fit un pas vers lui. L'oncle comprit le geste et la serra contre sa poitrine.

— Pleure, dit-il, pleure. Tu as les larmes difficiles. Déjà, enfant, tu étais si réservée, tu avais le chagrin sec.

En larmes, la tête sur l'épaule de l'oncle, elle constata, presque étonnée, qu'il était grand et sécurisant.

— Je fais bêtise sur bêtise, bégaya-t-elle. Je me laisse coincer, blouser. Je joue le rôle d'une avocate importante et je ne suis qu'une bonne femme idiote. Je me crois futée, astucieuse et je suis piégée, cette fois par un deuxième salaud.

— Je veux bien servir de père de rechange, dit Simon, mais, à l'intérieur, nous serons mieux.

Elle entra, il referma la porte. Elle se dirigea vers la cuisine, s'assit et se moucha.

— Avant de te dire la raison de ma visite, Simon, je veux le savoir.

— Que veux-tu savoir ?

Il la regarda, attentif. Il n'avait pas imaginé qu'elle puisse être le sujet d'une émotion aussi violente. « On ne sait rien des êtres humains, pensa-t-il. Plus ils sont proches, plus ils sont mystérieux. »

Clara s'essuya le visage avec le dos de la main.

— Ce n'est vraiment pas la chose la plus importante, mais je dois te poser une question. Quand j'étais tout à fait enfant, chez toi...

Simon intervint :

— C'est quoi, « tout à fait enfant » ?

— Quand j'étais petite, oncle, vraiment petite, six ou sept ans, quand tu es devenu mon papa, un faux papa, lorsque mon père de Paris ne nous appelait même pas...

Simon se leva et marcha de long en large.

— Dans quelle plaie tu veux retourner quel couteau ?

Elle hoqueta :

— C'est important. J'étais triste, j'ai entendu du bruit. En sortant sur le palier, j'ai vu un clown monter l'escalier. Un vrai clown. Il allait à la fête de la fille, à l'étage au-dessus. C'était son anniversaire. Je voulais être à cet anniversaire. Timide ou pas, j'ai suivi le clown. Je suis montée, il était déjà à l'intérieur. J'ai sonné. C'est elle qui est venue à la porte, une petite fille comme moi : « Je peux venir ? » ai-je demandé. Elle m'a répondu : « Tu n'es pas invitée. Tu n'as pas une jolie robe. » Oncle, je te jure, je me souviens de la robe que je portais il y a trente ans, elle n'était pas belle, pas moche, elle était juste bon marché.

Elle pleurait, cherchant en tâtonnant la boîte de Kleenex que l'oncle avait posée sur la table.

— La petite fille qui m'a renvoyée doit avoir aujourd'hui trente-cinq ans, comme moi. Qu'est-elle devenue ?

— Elle n'a pas trente-cinq ans, dit l'oncle ; elle est morte il y a cinq ans.

Elle leva la tête et le regarda :

— Un accident ?

— Anorexie.

Clara, choquée, garda le silence et tenta de supporter la nouvelle.

— J'ai encore plus peur qu'avant, prononça-t-elle. Simon, j'ai peur d'une revanche du destin. Je ne veux aucune justice, moi, ni humaine ni divine. Je veux juste que ce redoutable destin m'oublie. Si je pense à ce que tu viens de me dire, je suis glacée.

Simon lui caressa le dos pour la calmer. Il se souvenait de la petite fille qui, jadis, préférait serrer les lèvres pour ne jamais avouer qu'elle était malheureuse.

— Calme-toi, Clara ; tu l'as connue, cette jeune femme, quand vous étiez enfants toutes les deux.

Clara était blême.

— Peut-être elle est morte à cause de moi ?

Simon prononça, presque agacé :

— Tu es trop émue. Qu'est-ce que tu as ? Pourquoi dis-tu une horreur pareille ?

— Oncle, fit-elle, je me connais. Je n'avais que cinq ans, elle aussi, mais je m'en souviens comme si c'était hier. Je vis avec des diapositives dans la tête. Il suffit d'un souvenir et l'image s'éclaire. Le lendemain de sa fête, on s'est rencontrées dans la cage d'escalier. Elle m'a lancé : « Tu n'as pas eu un morceau de mon gâteau d'anniversaire. Tu n'as rien eu parce que tu n'étais pas invitée. » J'ai eu une telle honte, oncle, que je lui ai répondu : « Tu mourras de faim, un jour. » Oncle, si elle était morte à cause de ce que je lui ai dit ? À cause de ce gâteau d'anniversaire ? Que m'arrivera-t-il, à moi, pour un avortement ?

L'oncle tenta de la calmer :

— Tes pensées sont en désordre, mais c'est ton égoïsme qui apparaît. Tu la regrettes, mais par rapport à toi. Tu éprouves des chagrins et des remords en vrac.

Clara continua :

— J'ai peur d'être rattrapée par le malheur. Pourtant, je crois que j'ai payé ma dette. J'ai aimé un homme qui m'a rejetée de sa vie, j'ai tué l'enfant qui serait pour moi un compagnon aujourd'hui, et un gigolo que j'ai installé dans mon appartement me fait chanter. Pour une avocate, le bilan est excellent ! Mais est-ce que c'est fini ?

L'oncle leva la main pour arrêter le flot de paroles.

— Tu me prends pour un voyant ? Je ne sais rien de ton avenir. L'avortement ? Tu as pris une décision, c'est ton affaire. La fille au-dessus ? Elle n'est pas morte à cause d'un gâteau d'anniversaire, elle est tombée malade, comme ça, d'une semaine à l'autre. Soudain, elle ne mangeait plus.

Clara protesta, presque affolée :

— Je lui ai porté malheur !

— Non. Écarte ce genre de pensées de ton esprit ! Quel rôle tu laisses alors à la volonté divine ?

— Je ne crois pas en Dieu, fit-elle, morne.

— Donc, tu prends tout sur toi, dit l'oncle. Tu es fière de ton libre arbitre ! Tu ne crois à aucune influence céleste ! Tu ne peux charger personne. Tu te considères comme une adulte libre ! Si athée que tu te croies, tu dois admettre la définition du Talmud de Babylone qui dit : « On est toujours responsable de ses actes, qu'on soit éveillé ou endormi. » De quoi tu as peur ?

— Du destin, répondit Clara. J'ai l'impression que, chaque fois, le destin veut me faire payer le mal que j'ai pu faire, même pour une erreur d'appréciation. J'ai déjà reçu plusieurs gifles. L'homme que j'ai mis à la porte me fait chanter. Il s'est introduit dans mon appartement et a volé des documents qui me concernent. Il me demande tout l'argent disponible que j'ai actuellement.

— Tu veux de l'argent ? demanda l'oncle.

— Pas du tout. Ce qu'il fait est immonde.

Simon leva les bras dans un geste désespéré.

— Il y a beaucoup de choses immondes ! Je regarde

la télévision, je lis les journaux, j'écoute les gens. L'immonde est devenu quotidien. C'est le merveilleux qui est rare. Je suis blindé. Tu peux me raconter ce que tu veux...

— Tu ne seras pas choqué ?

— Plus que maintenant ? Ce serait difficile. Mais ce que tu dis m'aide à comprendre l'ancienne petite fille.

Il voulut ajouter quelque chose, mais se retint. Et Clara révéla tout, depuis le début : l'homme d'Amérique du Sud, le procès pour lequel elle avait trouvé des astuces que seule une femme pouvait imaginer. Elle n'avait pas commis d'autre crime que d'avoir exercé son intelligence et son instinct – armes redoutables – contre une autre femme. Elle avait su deviner les points faibles de l'adversaire, elle les attendait ou même les provoquait. C'est elle qui avait conseillé de lancer deux détectives privés sur les traces de la femme. Pendant tout le procès, l'épouse, dont le mari voulait se débarrasser, avait été suivie : le moindre de ses gestes, de ses mots, avait été consigné, puis retourné contre elle pour prouver qu'elle n'était pas une bonne mère. Elle en était morte.

Clara se trouvait aujourd'hui misérable, ici, dans cette cuisine, devant l'oncle. Elle se justifiait devant elle-même plus que devant lui. Elle parlait d'elle comme s'il s'agissait d'une autre.

— La femme que j'étais, oncle, devait se montrer solidaire de son client.

Elle s'entendait parler de loin. Elle devenait comme spectatrice de sa propre vie.

Raoul, un grand type, robuste, sûr de lui, qui la baratinait : elle était la plus belle, la plus intelligente et la plus efficace de toutes les femmes qu'il avait connues. N'avait-elle pas toujours eu affaire à des hommes que son intelligence désarmait ? Lui riait, payait et la comblait de cadeaux. Elle avait connu trois étranges semaines, à deux heures de vol de Buenos Aires. Trois semaines vécues dans un monde irréel. Ils sortaient en Ferrari au milieu de gens pieds nus et d'enfants qui mendiaient. Elle avait vécu à la fois une vie de cauchemar et de conte de fées. Elle ne pouvait pas résister à cet homme qui, malgré ses comportements de rustre, provoquait chez elle plus de plaisir qu'elle n'en avait jamais connu auparavant.

L'oncle lui proposa encore du café.

— Oui, oncle. Tu me supportes toujours ?

— À peu près, oui ; mais tu peux m'épargner les détails concernant le sexe, dit-il. Franchement, c'est le cadet de mes soucis, en ce qui te concerne. Pour le reste, que dire ? Qui pouvait t'interdire, sur le plan purement juridique, d'avoir une liaison ?

— Si je n'avais pas mal agi envers l'ex-femme du Sud-Américain, je n'aurais rien à me reprocher. Mais je l'ai accusée. Le destin va me renvoyer cette mauvaise action en pleine figure. Ma douleur et ma honte seront la compensation à sa douleur et à sa honte à elle.

— Tu as fait quoi ? demanda l'oncle.

— J'ai avancé un fait non prouvé. J'ai créé une mauvaise atmosphère autour d'elle. J'ai vaguement entendu dire qu'elle avait eu une liaison avec un camarade d'université avant son mariage. Elle le revoyait en tant qu'ami. J'ai créé une sorte de nébuleuse d'incertitude, en suggérant un hypothétique adultère. Tout va me retomber sur la tête.

— La vie est compliquée pour les gens comme vous, toi et ta mère, commenta l'oncle. Il faut faire un choix : ou on se croit très fort, on se fiche de tout et on encaisse ; ou on imagine avec une certaine candeur, peut-être, que quelqu'un s'occupe de vous dans l'audelà. Les crises de ta mère ressemblaient aux tiennes. Elle s'adressait de graves reproches pour n'avoir pas respecté certaines fêtes ; au seuil de sa disparition, elle faisait encore semblant de ne pas être concernée par la religion, par aucune religion.

— Elle m'a volé le judaïsme, maman.

— Tu ne dois accuser personne. Tu avais la possibilité d'acquérir des connaissances. Elle a voulu que tu sois une femme libre, tu l'es. Tu n'es sous aucune autre influence que ton pessimisme. Ce qu'elle a fait, elle l'a sans doute fait pour te protéger, dit l'oncle. Ton entourage français et chrétien aurait pu être gêné par une mère et une fille qui se replient sur elles-mêmes à chaque fête. L'esprit du judaïsme est difficile à caser dans un système de religion totalement différent.

— Le résultat me semble pitoyable, dit-elle. Je suis de nulle part.

— Pourquoi, pitoyable ? Ta mère voulait t'élever hors de toute influence religieuse, de quelque côté que ce soit. Elle a réussi. Quant à ton maître-chanteur, si tu n'as aucune défense, tu dois payer, ça t'apprendra à être moins sotte à l'avenir. Il faut dire, Clara, que je ne t'imaginais pas comme une femme aussi passionnée, une femme qui se jette dans des amours déraisonnables. Tu es une héroïne à l'envers : d'un côté, une femme glacée, intelligente et déterminée. De l'autre...

Il se tut.

— Tu voulais encore dire quoi, Simon ?

— Je ne veux pas te blesser.

— Si, blesse-moi, on sera quittes.

— Il est peut-être temps que tu trouves ton équilibre, dit Simon. Quelle garantie as-tu dans la vie, si tu peux tomber amoureuse d'un individu qui t'a payée pour le représenter lors d'un procès ?

— Il était tellement séduisant, répondit Clara.

Simon s'impatienta :

— Alors, assume l'affaire.

Clara posa sa main sur celle de son oncle.

— Pourquoi n'aurais-je pas droit à l'amour fou, moi ? Pourquoi ?

— Parce que c'est un cliché, dit l'oncle. C'est trop lourd pour une femme que j'imagine exceptionnelle.

— Non, dit-elle, non. Je ne suis pas exceptionnelle. Je suis sortie des bras de cet homme, meurtrie, brûlée, déchirée parfois, insensible aux questions d'éthique. Quand j'ai eu cet enfant dans mon ventre, quand il m'a dit que ce ne serait...

— Qu'un enfant de plus en ce monde où il y a déjà tant de gosses malheureux, dit Simon. Une banalité.

— Il a ajouté autre chose.

— Quoi ?

— Je suis incapable de le répéter.

— Dans six mois, tu reviendras me le dire.

— Peut-être. Avec cet homme, j'ai été prise dans une tempête. Il ne ressemble à aucun être que j'aurais connu. Les dimensions du pays me grisaient. Il me semblait que j'étais déjà dans une sorte d'infini. Ces plaines à perte de vue, l'immensité... J'ai cru être aimée, mais je n'ai été qu'un élément dans le cours d'un procès. Dans ma vie personnelle, j'ai toujours été maladroite. La preuve, c'est l'individu que j'ai laissé entrer chez moi, celui qui me fait chanter. Il ne semblait pas dangereux. Je me suis trompée, une fois de plus. Il ne voulait que se servir de moi.

— Il faut te défendre mieux à l'avenir, dit l'oncle.

Il se leva.

— Enfant, tu aimais le sirop de fraise avec un peu de soda. J'en ai à la maison.

— J'en prendrai avec plaisir.

Elle sentit une bouffée d'émotion.

— Oncle, fit-elle, je manque de maturité.

L'oncle fit couler du sirop de fraise dans un grand verre.

— Deux doigts, trois doigts ?

— Trois.

— Tu aimais la boisson bien sucrée.

Il remplit le verre de soda et lui tendit, une fois de plus, une boîte de Kleenex...

— Essuie ton visage. Tu étais une belle petite fille, Clara.

Elle but son sirop à la fraise, consomma un grand nombre de mouchoirs en papier, et annonça à son oncle qu'elle allait rentrer à Paris plus tôt que prévu.

*

Elle revint au Sacher d'un pas rapide. Elle passa devant la réception et se dirigea vers la salle à manger. Les clients de l'hôtel allaient et venaient, portant des assiettes chargées de mets choisis au buffet. Elle prit une coupe, la remplit d'une salade de fruits et chercha du regard une table libre.

— Bonjour !

Daniel s'arrêta devant elle.

— Bonjour ! Tu étais où ?

— Je courais, dit-elle.

— Dans la rue ?

Le père apparut, vêtu d'un élégant ensemble de sport. Sa chemise au col ouvert était impeccable.

— Bonjour, maître, dit l'homme. Vous êtes sportive.

— Parfois, répondit-elle.

Dans l'éclairage cru de ce matin-là, tout ce qu'elle avait entendu la nuit passée semblait loin de la vie quotidienne. L'intérêt de l'enfant fut attiré par deux petites filles qui venaient d'arriver dans la salle à manger, dont l'atmosphère ouatée résonnait légèrement d'un murmure continu. Seul un Américain parlait d'une voix forte.

— Votre femme ? demanda Clara à Mark. Quelles nouvelles ? J'espère que vous pourrez bientôt vous réveiller de votre cauchemar.

— Je ne sais toujours rien, dit-il. Attention, Daniel peut nous entendre.

Daniel, qui avait renoncé à surveiller les deux petites filles, revint vers la table et prononça d'une voix claire :

— Papy va venir.

Mark Robin se pencha vers lui :

— Pourquoi tu dis que Papy va venir ?

L'enfant se rendit compte de sa maladresse. Il ne fallait pas trahir son téléphone. Il répéta pour se rassurer :

— Papy va venir.

— Papy ? demanda Clara.

— Le grand-père de Daniel, Arnold Curaçao.

— Curaçao ?

— Tiens, fit Mark, enfin quelqu'un qui ne connaît pas ce monsieur si puissant.

Clara avait déjà entendu ce nom.

— Le financier ?

— Si on veut. Il réussit tout. Il transformerait même un cimetière de voitures en mine d'or.

Les serveurs circulaient, déposant des théières sur les tables, ou du café.

— Si on s'asseyait ? proposa Mark. Ma table est là-bas.

Clara l'observait. En comparaison des complications provoquées par Thierry, ce Robin semblait transparent. Après avoir traversé les vrais ou les faux drames de la nuit, il se comportait avec un naturel désorientant. Ils s'installèrent en silence. Même Daniel avait son secret. « Surtout, ne le dis pas à papa, ou à maman ! » C'est ce qu'un enfant de parents divorcés entend le plus souvent. Clara venait d'avaler un bout de croissant, le serveur remplit leurs tasses de café. Daniel avait déjà eu son chocolat chaud. Clara annonça qu'elle rentrerait plus tôt que prévu à Paris.

— Ah bon, dit Mark.

Elle ne retrouvait rien de l'homme affolé de la veille. Jouait-il la comédie ? Vraisemblablement, parce qu'il ajouta, presque détendu :

— Je serai peut-être attendu à l'aéroport. Attendu, dans le mauvais sens du mot...

— Papa, dit Daniel, on rentre chez maman ?

— Bientôt. Tu veux m'apporter une tranche de pain grillé ?

L'enfant, heureux d'avoir une mission à accomplir, partit vers le buffet.

En l'absence de son fils, Mark put dire sans aucune émotion :

— Je suis affolé, mais ça ne se voit pas, n'est-ce pas ? Je suis affolé. J'ai toujours été piégé par cette famille. Si mon ex-beau-père veut en finir avec moi, il le fera. Quelqu'un a sorti ma femme de la maison.

Cette histoire ne concernait pas Clara. Elle dit machinalement :

— Si votre femme est vivante, vous vous en tirerez.

— Voilà ! cria l'enfant qui avait rapporté du buffet deux tranches de pain grillé.

— Merci, dit son père.

Il observa Clara. Elle était sans doute le modèle parfait de ce qu'on appelle une femme forte.

— Je vous le demande encore : accepteriez-vous de me défendre ?

Il avait posé cette question comme s'il avait prononcé : « Vous me passez le sel ? »

*

Clara se leva, consciente de retomber dans son défaut principal : ne pas savoir dire « non ».

— Nous verrons tout cela à Paris. Mon collaborateur pourrait sans doute vous être utile. Je ne désire plus m'occuper de divorces... de qui que ce soit.

Mark Robin se leva aussi.

— On va où, papa ?

— Je ne sais pas encore.

— Je voudrais rentrer à la maison. Je m'ennuie de maman.

Ils montèrent ensemble au premier étage. Clara se tourna vers eux :

— Je vous quitte. Je prends le vol de 14 h 30 pour Paris.

Les couloirs étaient déserts. Une femme de chambre apparut, tirant un lourd aspirateur.

— Papa, je voudrais aller chez maman.

L'enfant se tourna vers Clara, provocant :

— Maman est très belle.

Visiblement, il les défaisait.

— Bien, dit Mark, soudain emballé par son idée. Je crois qu'on va suivre votre exemple. S'il y a encore deux places dans le vol de 14 h 30, on part avec vous.

— Pas avec moi, dit Clara. Si vous prenez le même avion, c'est votre problème. Nous voyagerons peut-être sur le même vol, mais pas ensemble.

L'enfant tendit la main :

— La clef...

— Pas la peine. J'arrive... Allons !

Mark dit à Clara qu'il espérait la revoir à Paris. Devant l'enfant, ils s'exprimaient à mots couverts. Puis ils longèrent ensemble le couloir. Elle aurait voulu connaître l'opinion de l'oncle sur Mark. Fallait-il le défendre ou le laisser tomber ? Elle proposa de prendre le même taxi pour l'aéroport et d'aller saluer, avant de partir, son oncle Simon. Mark s'étonna de cette proposition, mais il lui semblait qu'en acceptant cette invitation, qui n'avait pour lui aucun intérêt, Clara serait peut-être dans de meilleures dispositions à son égard. Il restait des places sur le vol de 14 h 30. Ils se mirent d'accord pour se retrouver au salon de l'hôtel.

Daniel, profitant de l'agitation générale, du va-et-vient, des bagages à préparer, avait sorti le téléphone de la sacoche secrète ; il poussa le bouton rouge. Petite sonnerie grêle et puis, quelque part, cette voix rassurante, celle de grand-père :

— On rentre, Papy. Un avion part à 14 h 30. On va à Paris avec la dame. Tu reviens, Papy ?

Pour l'instant, Curaçao se trouvait à l'aéroport de Londres.

— Je serai à Paris en même temps que toi. Ne t'inquiète de rien. Vous prenez quelle compagnie ?

— La compagnie de 14 h 30.

*

Ils montèrent dans le taxi qui les attendait devant l'hôtel. Clara annonça :

— Nous allons à l'aéroport, mais nous passons d'abord par la Kleeblattgasse.

Le chauffeur se retourna :

— Et les valises ?

— Elles resteront dans le coffre de la voiture. Nous ne nous arrêterons pas longtemps.

— C'est une rue en sens unique, et il est interdit de stationner.

— C'est samedi, dit-elle. Juste quelques minutes.

L'enfant posait sur Clara son regard interrogateur. Lorsqu'ils descendirent du taxi, devant l'immeuble, elle lui expliqua :

— On va voir mon oncle. Il aime beaucoup les enfants. Il m'achetait des jouets quand j'étais petite.

CHAPITRE 22

Prévenu au téléphone de leur arrivée, l'oncle regardait par la fenêtre du côté de la rue, et il vit le taxi s'engager dans le premier petit tournant. Il dévala aussitôt l'étage, ralentit sur le pavage légèrement mouillé sous la porte cochère et sortit les accueillir sur le trottoir. D'un coup d'œil, il apprécia la personnalité de Robin et toucha la tête de l'enfant...

— Bienvenue ! Attendez, je m'organise. Je les connais, les taxis.

— Ne te fatigue pas, Simon, dit Clara.

Par la vitre baissée du taxi, l'oncle glissa des billets dans la main du chauffeur. Il lui conseilla d'ouvrir le coffre comme s'il chargeait des bagages, pour créer l'illusion d'une attente qui ne durerait que quelques minutes.

— Si vous avez une contravention, je vous la rembourserai. Je m'appelle Lévy. J'habite au premier étage. Il y a une seule porte sur le palier.

— Bien, monsieur, dit le chauffeur. Bien.

L'oncle se retourna vers les visiteurs.

— Montez donc.

Il les précéda dans la cage d'escalier, puis ils passèrent dans l'appartement, accueillis par l'odeur du café.

— Il me reste un tas de petits gâteaux d'hier, dit l'oncle.

— Permettez-moi de me présenter, dit Mark. Je

m'appelle Mark Robin. J'ai connu votre nièce à l'hôtel Sacher. Et voici mon fils, Daniel.

Daniel tendit la main au monsieur. Auprès de lui, il se sentait en sécurité. Il n'aurait pas su expliquer pourquoi. Dans vingt ans, ce moment lui reviendrait à l'esprit.

L'oncle les fit asseoir à la table de la salle à manger. Daniel s'efforçait d'être poli ; dans cette curieuse ambiance, il se sentait détendu, mais il n'avait pas envie de gâteaux, il avait mangé trop de pains aux raisins à l'hôtel. Son attention fut attirée par des objets en bois, posés sur le rebord de la cheminée.

— Tu peux te promener dans l'appartement, dit l'oncle.

Daniel parcourut une pièce après l'autre, trouva le bureau et dit :

— Tu mets des livres devant la fenêtre ?

— Oui.

L'oncle expliqua qu'il avait de plus en plus de livres.

— Si je veux garder un peu de place pour vivre, il faut les caser quelque part.

— Pourquoi tu as beaucoup de livres ? demanda l'enfant.

Le professeur pointa son index sur sa tempe argentée, couverte d'un fin duvet de cheveux blancs :

— Il n'y en a pas assez là-dedans. Je dois compléter – comme je peux – mon manque de connaissances.

Il se retourna vers Mark.

— Est-ce que cet enfant a entendu parler des dessins préhistoriques ? J'ai un album magnifique à lui montrer.

— Des dessins préhistoriques ? Il est encore jeune pour s'intéresser aux grottes de Lascaux.

— Je peux aller au petit endroit ? demanda Daniel.

— Au bout du couloir à droite, tu verras une porte, dit l'oncle.

L'enfant partit aussitôt.

Simon s'adressa à Mark :

— Je crois que vous avez fait la connaissance de ma nièce récemment.

— Avant-hier. Elle a rencontré mon fils dans un couloir...

Clara l'interrompit :

— J'ai déjà tout raconté à mon oncle.

Mark trouvait la visite inutile. Il avait envie de partir. Il prononça :

— Merci de nous avoir reçus. Mais nous avons un avion à prendre.

L'oncle fit un geste :

— Vous avez le temps. Le samedi midi, il y a peu de monde sur la route de l'aéroport. Vous faites quoi, dans la vie, monsieur Robin ?

— Je suis ingénieur chimiste.

— Métier intéressant, surtout quand on est confronté aux problèmes écologiques.

— Sans doute, répondit Mark, vous avez raison.

Entre-temps, l'enfant avait trouvé la porte étroite des w-c. Les murs du cabinet étaient aussi couverts de bibliothèques en bois blanc. Daniel vérifia que la porte était bien fermée, prit le téléphone et appuya sur le bouton rouge.

— Papy ? dit-il après trois ronronnements émis par l'autre appareil.

— Allô Daniel ? Je t'écoute.

— Tu es où, Papy ? demanda-t-il.

— À l'embarquement, à Londres. Et toi ?

— Chez l'oncle où la dame nous a amenés.

— De mieux en mieux ! Tu parles d'où ?

— Je suis aux w-c.

Dans le téléphone résonnèrent des mots anglais. Un haut-parleur appelait à l'embarquement immédiat. La respiration du grand-père était oppressée.

— Écoute-moi ! Tout ce que je possède au monde

est à toi. Il faut que tu sois solide et que tu aides maman.

— Papy, viens, Papy.

Daniel ne s'intéressait pas aux dernières volontés de Curaçao. Il n'était qu'un enfant.

— Je dois débrancher mon téléphone. Au revoir, mon trésor, dit Papy. Je serai dans la journée à Paris, près de toi.

— Je veux maman.

— Justement.

La conversation fut coupée. Daniel ferma son téléphone, le remit dans sa poche et, pour la vraisemblance, voulut se laver les mains dans une cuvette en pierre surmontée d'un robinet trop haut placé pour lui. Il entrouvrit la porte et cria :

— L'eau veut pas couler.

Clara le rejoignit, tourna le robinet. Daniel regarda la serviette attachée à un crochet fixé au mur, puis la toucha avec précaution.

C'était un enfant de luxe, habitué au brillant, au propre, au neuf. Dans son univers, le blanc était vraiment blanc, le jaune vraiment jaune, les cuvettes impeccables, les w-c absorbaient même le bruit de l'eau. Certains répandaient un parfum qui effaçait toute trace malpropre laissée par un être humain.

Clara perçut un son indéfinissable, une sorte de bourdonnement léger.

— Qu'est-ce que c'est ? demanda-t-elle en se penchant vers l'enfant qui glissa instinctivement sa petite main sous son blouson.

— Un jouet.

En tâtonnant, il débrancha le téléphone. Puis, suivant Clara, il revint vers l'oncle qui réfléchissait sur Mark : moyen, mais pas méchant. Un homme quelconque, dans le désarroi.

Clara commençait à en avoir assez de cette aventure, de l'enfant qui louait la beauté de sa mère, du père criminel ou simplement maladroit. L'oncle se tourna vers elle :

— Je voudrais te dire un mot en tête à tête.

Mark se leva et dit à Daniel :

— On va descendre et attendre dans le taxi.

— D'accord, acquiesça l'enfant, heureux de partir.

Il s'arrêta devant Clara :

— Tu viens, après ?

— Oui.

Quand Mark et Daniel eurent quitté l'appartement, l'oncle Simon dit à Clara :

— Attention, il faut que tu regardes devant toi, ne te retourne pas sans cesse, essaie de créer quelque chose qui ressemblerait...

— ... à une famille ? dit Clara. Pour répéter l'erreur de ma mère ? Non. Je veux vivre seule. Ma carrière, je l'ai réussie. Ma vie privée, je l'ai toujours ratée.

L'oncle insista :

— J'ai réfléchi. Le plus important, c'est de désarmer le maquereau. Il faut te défendre. Tu as quelqu'un à Paris qui peut t'aider ?

— Un confident, un de mes collaborateurs.

Soudain, elle demanda :

— Tu penses quoi, de ce Mark Robin ?

— Rien. C'est bon signe. Je pourrais en penser du mal. Tu les déniches où, ces hommes étranges ? Un Sud-Américain qui se fiche de toi, un maquereau que tu héberges et qui te fait chanter, un être anodin comme ce Mark que tu voudrais sans doute protéger... Si tu n'avais pas rencontré cet enfant dans le couloir, tu aurais fait quoi de ton séjour ?

— Aujourd'hui, je serais à Schönbrunn.

— Es-tu sûre qu'en sortant dans le couloir de l'hôtel, tu ne cherchais pas un moyen de rompre ta solitude par n'importe quel moyen ?

— J'avais l'impression d'un moment de creux, c'est vrai.

— Les creux, ce n'est pas une bonne affaire de les remplir avec des médiocres.

— Mark est un médiocre ?

— Non. Mais pas un excellent choix pour toi. Il a tellement peur. Peur de quoi ? Laisse-les partir. Reste un jour de plus.

— Je pense à l'enfant.

— Tu n'es pas assistante sociale.

— Ce petit garçon a l'âge qu'aurait mon fils.

— Ne parle plus de cette affaire. Il faut en terminer. Dès maintenant. Allez, on t'attend en bas. Shalom. Shalom, Clara.

Il lui donna l'accolade. Machinalement, elle se mit à compter les marches du premier étage au rez-de-chaussée. Elle se sentait heureuse : enfin dans la rue ! Le soleil était déjà chaud.

CHAPITRE 23

Clara occupait un siège côté couloir au deuxième rang et Mark, son fils auprès de lui, se trouvait plus loin. Mais Daniel ne tarda pas à rejoindre Clara. Le fauteuil à côté d'elle étant vide, il s'y installa et essaya d'attacher la ceinture.

— Tu ne veux pas rester à côté de ton papa ?

— Non, dit-il en se tournant avec intérêt vers l'avocate. Tu veux me raconter une histoire ?

— Non, répondit-elle exaspérée. Combien de fois tu m'as déjà demandé une histoire ? Je t'ai toujours répondu non ! Je ne sais pas raconter d'histoires.

L'enfant lui jeta un regard réprobateur. Clara fit un effort pour se montrer plus agréable.

— Tu es un gentil petit garçon, mais je n'ai pas la patience, tu vois ? Où est ton loup ?

— Chez papa, dit l'enfant. Mais il ne raconte pas d'histoires, le loup !

Dans son sac à main, Clara prit un agenda électronique. Daniel se pencha vers elle et lui murmura :

— L'avion va tomber si tu fais ça.

Elle n'en pouvait plus. Elle rangea l'objet qui n'était même pas enclenché. Elle n'était décidément pas adaptée aux enfants. Ce petit garçon de cinq ans connaissait trop bien les appareils.

— J'ai un ordinateur, continua Daniel. Papy me l'a donné.

« C'est à se cogner la tête contre un mur, pensa Clara. Ce gosse ne dort pas sans un morceau de tissu attaché à une tête de loup, mais il a un ordinateur. »

Elle prit ostensiblement un journal acheté à l'aéroport et le déploya. Le père apparut à son tour.

— Il vous dérange ?

— Non, non, assura-t-elle, pas du tout. Dès qu'il s'ennuiera, il retrouvera sa place auprès de vous.

— Je peux rester ? demanda l'enfant.

— Reste, répondit-elle, reste.

C'était toujours comme ça ! Les gosses couraient après elle pour s'accrocher à sa main, les chats hostiles au monde humain venaient se frotter contre ses jambes, surtout si elle portait un pantalon noir, et les chiens la fêtaient avec une surexcitation amoureuse. Une seule fois, à part le petit chien new-yorkais qu'elle n'avait pas pris, elle avait failli succomber au fameux chien chinois à la peau plissée, au regard savant, à la laideur étrange, en quelque sorte une extrême beauté. « Il demande beaucoup de soins, madame, lui avait-on dit à l'élevage. Il faut qu'on lui donne du temps. » Elle s'était enfuie aussitôt. Le temps ? Elle se le refusait à elle-même pour ne pas se sentir traquée. Son père, sévère et détaché de toute sensibilité – pour se protéger –, lui avait dit un jour : « Tu vis avec un compteur dans la tête ! Ce n'est pas bon de se coucher et de se lever avec des dates et des heures imprimées dans le cerveau. »

Elle soupira. Il y avait peu de monde dans la business class. Une hôtesse lui demanda si le petit voulait s'amuser – elle proposa quelques jouets en plastique. Elle obtint un refus poli. Daniel tourna la tête vers le hublot et prononça, peiné :

— Mon Papy sait raconter des histoires.

— Si tu aimes tellement les histoires, il faut que tu saches lire, mais bien lire. Tu demanderas à ton père une montagne de livres et tu liras.

Sans attendre de réponse, elle chercha les pages économiques du journal. Les pages étaient jaunes, si bien que tout le monde pouvait voir qu'elle était intelligente et concernée par l'époque.

— J'ai un secret, déclara Daniel d'un air soucieux.

Il ne comprenait pas le manque d'intérêt que sa voisine de siège lui manifestait. L'indifférence le marginalisait. Il avait envie de révéler à cette dame ce qu'il gardait dans sa poche. Elle répondit machinalement :

— Un petit garçon comme toi n'a pas de secrets.

— Si, fit-il, et il sortit le petit téléphone portable de la poche intérieure de son blouson. Regarde ! Le bouton rouge, c'est papy, le bouton bleu, c'est maman.

Clara constata, plutôt dégoûtée, que ses théories se justifiaient : les adultes entraînaient de plus en plus les enfants dans leurs combines.

— Pourquoi ce téléphone est un secret ?

— Parce que.

— Qui te l'a donné ?

— Papy. Maman a peur quand je pars avec papa.

— Mais c'est ton papa, dit Clara, qui détesta aussitôt son ton édifiant. Ton papa t'aime très fort, ajouta-t-elle.

— Ouais, dit l'enfant, ouais.

Il prononça d'un air hautain :

— La psy dit ça.

— La psy ?

— La psy dit que tout le monde m'aime. Nanny aussi m'aime.

— Bien sûr, affirma Clara. Je t'aime aussi.

Elle sentait l'enfant nerveux. Malgré l'argent et le monde qui l'entourait, Daniel était angoissé. « Sûrement, pensa-t-elle, à cause de la bataille entre la mère et le père. » Elle ne croyait pas au récit de Mark. Ses descriptions de la femme inconsciente dans son lit, qui dix minutes plus tard, au retour de son mari, avait ouvert les yeux, était absurde. Peut-être avait-il inventé ce faux drame pour éveiller l'intérêt de l'avocate ? Cette Adrienne si embêtante préférait sans doute dormir tard dans la matinée pour ne pas assister au départ de Mark et de l'enfant. Mais pour quelle raison la nurse aurait-elle laissé l'enfant seul, et la porte ouverte ? « Je croyais que Madame allait descendre, dirait plus tard Nanny. Je ne pouvais plus attendre, j'avais rendez-vous pour un scanner. Avant de partir, je suis montée sur le palier du premier étage et j'ai dit d'une voix forte : Je pars, Madame. Monsieur n'est pas encore là, je laisse la porte entrouverte. » La première chose qu'on lui demanderait, serait : « Vous a-t-elle répondu ? – Je ne sais pas, elle a la voix faible. » Clara réfléchit. Il fallait écarter toutes ces pensées, elle ne défendrait pas cet homme.

Après de longues minutes de silence, le plateau-repas et les « Voulez-vous encore du café ? » répétés, le commandant annonça la descente vers Paris et demanda qu'on attache les ceintures.

— Pour l'atterrissage, tu ne voudrais pas retourner près de ton papa ?

— Je reste ici, dit Daniel.

*

La porte de l'avion s'ouvrit sur un couloir interminable chevauchant des niveaux différents, qui reliait l'appareil à la salle des arrivées, et au comptoir de réception des bagages. En dehors du personnel habituel qui filtrait et aidait les premiers pas des passagers, deux hommes attendaient, en compagnie d'une petite femme inquiète portant un badge. Daniel, sans lui avoir demandé son avis, marchait à côté de Clara. En franchissant le seuil de la cabine il s'écria :

— Nanny ! Nanny !

Il s'élança et se jeta dans les bras de la nurse. Les deux hommes les encadrèrent aussitôt.

— Où est ton papa ? demandèrent-ils presque en même temps.

— Dans l'avion.

Clara regardait la scène, étonnée.

— Vous êtes qui ?

— Des amis de M. Robin, répondit l'un des hommes. Avancez, madame.

Ils durent s'écarter pour ne pas gêner des passagers qui quittaient l'appareil. Mark apparut et les deux hommes le prirent de chaque côté par un bras.

— Vous êtes bien M. Robin ?

— Oui, dit-il. Lâchez-moi !

Le plus mince des hommes sourit.

— Nous ne sommes là que pour faciliter votre sortie.

— Qui êtes-vous ?

— Curaçao désire vous parler, c'est urgent. Une limousine vous attend.

Mark voulut résister, mais il était tenu par des mains très solides.

— Dans l'intérêt de votre enfant, ne faites pas de scandale, lui dit-on.

— Où est mon fils ?

— En sécurité.

Le petit garçon était déjà loin dans le couloir, dans ce gros tuyau qui digérait et évacuait la foule. La nurse le tenait par la main, suivie d'une femme robuste, sans doute garde du corps. Daniel se retourna et cria :

— Papa ? Tu viens ?

Mais la foule les sépara. Nanny le pressait d'accélérer. La femme qui les accompagnait faisait écran derrière eux. Robin voulut se précipiter pour rejoindre l'enfant, mais en fut empêché. Les deux hommes le tenaient si serré qu'ils semblaient le porter.

Clara, stupéfaite, avait regardé la scène, puis elle suivit le groupe. Ce qui se passait sous ses yeux ressemblait à un rapt en douceur. Curaçao avait envoyé ses hommes chercher son gendre. Il lui avait fallu sans doute une raison indiscutable pour obtenir que l'aéroport et la police autorisent cette intervention. Il devait être très puissant, ce Curaçao, pour arriver à ce résultat. Mais cet acte prouvait-il qu'il y avait eu un drame et qu'Adrienne était morte ou dans le coma ? Quelles étaient les motivations de Curaçao pour vouloir résoudre le conflit, sinon l'homicide involontaire commis par son ex-gendre, d'une manière aussi illégale ? Avait-il peur d'un scandale ?

En quelques minutes, Clara se trouva coupée du lien fragile qui s'était établi entre elle et l'enfant. Bientôt, Daniel et Mark disparurent comme s'ils n'avaient jamais existé.

Quelle était l'adresse de Robin ? De son appartement ? Le numéro de son téléphone portable ? Quelle était l'adresse de Curaçao ? Elle pourrait le trouver facilement à son bureau place Vendôme. Mais elle ne ferait aucune démarche en direction de cette famille dont les membres se dévoraient entre eux. Le père et le fils sortaient de sa vie, tant mieux ! Pourtant, ce « tant mieux » sonnait faux !

Elle ? Elle n'était qu'une rencontre de hasard dans un hôtel. Mark connaissait son nom. Une avocate, on la retrouve toujours. Elle déboucha dans l'immense salle de bagages de Roissy, le numéro du tapis sur lequel arrivaient les valises en provenance de Vienne était indiqué, elle prit un chariot, regarda les valises défiler, prit la sienne et la malmena exprès en la jetant sur la petite plate-forme roulante. Mais poussée par un instinct, et par la curiosité aussi – conséquence de la scène de l'enlèvement de Robin –, elle attendit la fin de la livraison. Il restait sur le tapis une valise et un sac de voyage. Tous les passagers de l'avion étaient déjà partis vers la sortie. Ayant fait un demi-tour en cheminant lentement, la valise revenait vers elle. Elle vérifia l'étiquette accrochée à la poignée : elle portait le nom de Robin et son adresse, une rue près de la porte Dauphine. Sur le sac de voyage, l'inscription signalait l'adresse d'un hôtel et un nom américain. Prendre la valise de Robin ? Ce seul geste l'entraînerait dans des complications plus qu'ennuyeuses ! Elle pensa juste, avec un malin plaisir, que le loup était peut-être dans ce bagage. Le gosse ferait tout un chambardement pour récupérer ce loup. Elle quitta l'aéroport.

Dans le taxi qui l'emmenait chez elle, sa rancune à l'égard de Mme Alvarez augmentait. Elle réfléchit. Devait-elle se plaindre du comportement de la concierge au syndic de l'immeuble ? Qui serait ridicule ? Mieux valait ne pas répandre l'affaire ! La célèbre avocate vire un type qui vivait à ses crochets. La concierge a pitié de l'individu chassé par sa maîtresse, lui prête la clef de la chambre de service. Misérable histoire. Les commentaires se multiplieraient autour d'elle, les potins, les rumeurs propagées par Mme Alvarez. Il valait mieux se taire.

Le taxi s'arrêta devant l'immeuble. Le chauffeur lui proposa de porter sa valise jusqu'à l'ascenseur.

— C'est très aimable, dit-elle. Mais non, merci.

Elle entra sous l'élégante porte cochère. À droite, se trouvait la loge de Mme Alvarez, qui semblait, en cet après-midi de samedi, déserte. Elle frappa à la porte vitrée sans provoquer de mouvement à l'intérieur. La concierge devait être sortie avec ses enfants, ou partie à la campagne.

Clara atteignit le sixième étage, ouvrit sa porte et entra dans l'appartement. L'atmosphère n'était plus celle d'avant. Chaque bouffée d'air pesait. Elle déposa sa valise dans l'entrée. Elle attendit quelques secondes, avec l'impression qu'on la regardait. La présence détestée de Thierry était presque palpable. Elle alla à la cuisine. Elle vit sa machine à expressos allumée, la ferma et soupira : « Elle est peut-être grillée, morte elle aussi. » En s'injuriant mentalement, elle regarda la porte de la chambre de service, camouflée de chaque côté par une paroi mobile. Pour bien montrer la maladresse de l'installation, Thierry avait déplacé la paroi en contreplaqué qu'il avait laissée appuyée contre les placards qui occupaient tout un mur. Elle entra dans la petite pièce voisine où la mise en scène du contreplaqué était la même. Quel enfantillage d'avoir imaginé qu'il suffit de masquer une porte pour la faire oublier ! Une odeur de nourriture rance traînait : elle nota dans une corbeille près des w-c des papiers d'emballage usagés.

Elle revint sur ses pas, referma la porte communicante et décida, après une courte hésitation, d'aller voir l'état de son bureau. Elle n'avait qu'une crainte : que ses archives soient dévastées, les dossiers jetés par terre. Elle se sentirait encore plus humiliée. Le premier coup d'œil fut faussement rassurant. Thierry, prudent, avait laissé la porte des archives fermée, mais n'avait pas rebranché l'alarme. Avant de s'y aventurer, elle examina son bureau.

Le meuble n'était pas endommagé, mais sur la surface d'acajou foncé, chaque objet avait été déplacé. Exprès. Thierry avait sans doute voulu démontrer qu'il aurait pu sinon tout casser, en tout cas abîmer ses objets personnels. Une photo encadrée avait souffert. Elle représentait Clara à huit ans avec sa mère. Thierry avait écrit au crayon-feutre sur la photo : « C'est bien, d'aimer sa maman. » Clara avait le négatif, elle pourrait faire faire un autre tirage.

Elle prit en main ce qu'elle appelait son trésor le plus précieux : la pendule transparente. Les rouages entrelacés tournaient inlassablement. Elle la replaça doucement. Puis elle entra dans la pièce aux archives. Elle aperçut aussitôt les portes des armoires de soubassement entrebâillées. Elle s'agenouilla et commença à vérifier les dossiers. Il manquait celui qui renfermait l'enveloppe contenant les documents de l'épisode sud-américain. Ses dossiers marqués « factures-impôts » étaient bouleversés. Thierry avait dû les sortir, les regarder et remettre les feuilles en vrac. Elle chercha un album de photos, étroit, élégant, couvert en vert foncé. C'était la seule fois dans sa vie qu'elle avait voulu conserver son passé sous forme de photos. L'album avait été vidé. Plus rien de Raoul, aucune trace de la somptueuse maison. Toutes les photos où elle posait avec Raoul : emportées !

Elle sortit et s'installa derrière son bureau, feuilleta brutalement et avec dégoût son carnet d'adresses. Elle n'avait pas marqué le numéro du téléphone portable d'Henri. Il était au bureau. Elle prit alors celui de l'appartement de son collaborateur et dicta un message sur le répondeur : « Henri, c'est moi, Clara, j'ai une urgence ! Je dois vous parler. Si vous entendez cette demande de secours, appelez-moi. Je n'ai pas votre numéro de portable. Je suis chez moi... et j'attends ! Merci d'avance. » Quelques petites notes volantes étaient tombées par terre. Thierry avait laissé des traces de ses recherches, peut-être exprès pour la provoquer.

Elle composa alors le numéro de Simon. Elle croyait pouvoir reprendre la conversation où elle l'avait abandonnée un peu plus tôt. Il décrocha à la deuxième sonnerie.

— Tu es déjà à Paris ? demanda-t-il avec un intérêt un peu forcé.

— Je veux te remercier pour ton accueil, dit Clara. J'espère que l'idée imbécile de t'amener ce père et cet enfant ne t'a pas dérangé. Nous prenions le même taxi pour l'aéroport...

— Tu n'as pas à te justifier, ma maison est ouverte ! Tu voulais me les présenter parce que tu ne sais pas ce que tu penses d'eux. Tu as introduit chez moi un homme angoissé et un enfant qui s'ennuyait. Ils souffraient plus que moi.

— Bref, dit-elle, je voudrais juste te raconter ce qui est arrivé ensuite à l'aéroport.

Elle se tut, renonçant aussitôt à s'expliquer. Il était impossible de raconter à l'oncle que Mark Robin avait été pratiquement enlevé sous ses yeux. Ce qu'elle avait vu, ce qu'elle avait vécu, lui paraissait irréel. Comment raconter cela à l'oncle ?

— Qu'est-ce qui est arrivé ?

— Je me suis trouvée séparée d'eux d'une manière bizarre, mais ça n'a pas d'intérêt. Si j'en parle, c'est que le petit garçon était sympa.

Avec une pointe d'agacement, l'oncle demanda :

— Le petit garçon, quoi, le petit garçon ?

— Le divorce de ses parents va le faire souffrir.

— Tu me fais rire, Clara. Tu vis de divorces et soudain tu renonces. Tant mieux ou tant pis, c'est ton problème ! Mais ne t'attache pas à ce gosse, tu le regretteras. Tu vas aimer dans le vide !

— Je vais aimer dans le vide ? répéta-t-elle. Pourquoi tu me dis ça ?

L'oncle continua, impitoyable :

— Il n'y a rien de plus dangereux que d'aimer un enfant. Il comprend très rapidement son pouvoir. Tu lui donnes ton temps, tes belles années. Tu crois que ses visites chez toi seront inoubliables. Mais non, il disparaîtra vite de ton existence.

Clara ne comprenait pas la colère, même tamisée, de Simon. Que signifiait cette vieille rancune qui sortait par bouffées de cet homme ?

— Qu'est-ce que j'ai fait ? Tu étais si doux avec moi, si compréhensif...

Il l'interrompit :

— J'ai cru que je pouvais oublier.

— Oublier quoi ?

— Avec ta mère, tu es partie de Vienne pour Paris. Tu n'es revenue que deux fois. Je m'attendrissais sur la nièce réfugiée chez ce brave oncle de Vienne. Je me sentais parfois indispensable. Quand on sort d'un camp à peine vivant, on est heureux d'être indispensable à quelqu'un ! Dès que ton père daignait t'apercevoir à Paris, tous les six mois, puisqu'il t'invitait à déjeuner deux fois par an, tu me laissais tomber comme un vieux gant. Pas un appel, pas une carte ! Si je n'avais pas eu mes amis, ici à Vienne, une pauvre petite galerie de survivants, je me serais cru mort. Tu envoyais par l'intermédiaire d'un fleuriste des bouquets sur la tombe de ta mère. Je les ai vues, ces fleurs.

— Mais, Simon, dit-elle, qu'est-ce qui s'est passé depuis quarante-huit heures ? On était si bien ensemble.

— Bien ? répéta l'oncle. C'est tout ? Bien ? Tu as eu une enfance difficile, et je m'apprêtais à te redevenir indispensable. Tu avais besoin de moi, une fois de plus ! Mais qu'est-ce que j'ai dû entendre ? D'abord, tu me parles d'un avortement, ensuite d'un maître chanteur, puis tu m'amènes deux pantins, père et fils. Tu ne m'as rien demandé de ma vie à moi. Rien. Comment je me portais, si j'avais la possibilité de quitter Vienne de temps à autre ? Mes écrits ? Je t'ai parlé d'un manuscrit mort, tu ne m'as même pas dit : commences-en un autre. Tu m'as traité comme un infirmier dans un hôpital. Service psychologique. Pourtant je t'ai vue pleurer et j'ai pensé : Tiens ! Elle devient un être humain.

Accablée par ces paroles, Clara chercha un terrain d'entente.

— Oncle, je suis triste. J'ai raté ce voyage, mais je croyais que nos relations étaient comme avant.

En parlant, Simon jouait avec un cendrier vide. Il attendait un professeur de mathématiques polonais, un fumeur. Un homme délicieux, seul au monde, qui lui apportait des théories et des fruits.

— Le vrai problème, continua-t-il, c'est que tu n'es pas douée pour les contacts. Tu es comme ta mère, tu cherches à être malheureuse. Tu utilises tes relations dans la mesure de tes besoins et ensuite, tu repousses les gens, ou bien ils se rendent compte de tes faiblesses et de ton égoïsme. Et tu restes seule. Tu aimes vite, tu abandonnes, et après...

— Arrête, s'il te plaît ! demanda Clara. Si tu savais comme tout cela me fait mal.

L'oncle ne l'écouta pas :

— Si tu veux que je sois ce qu'on appelle un interlocuteur, il faut me tenir au courant de ta vie et ne pas te souvenir de moi juste en cas de besoin.

Elle entendit un signal sur sa ligne. Quelqu'un cherchait à lui parler. Elle ne savait comment quitter l'oncle et commit la maladresse de lui dire :

— Je dois raccrocher, on m'appelle !

— Tu viens d'arriver à Paris, on est samedi et quelqu'un t'appelle déjà ?

Désespérée, elle pensa qu'elle ne se sortirait pas de ses maladresses. « C'est la faute des astres », pensa-t-elle en se moquant d'elle-même.

— J'ai envoyé un message à l'un de mes collaborateurs, celui en qui je peux avoir confiance, le seul qui puisse m'aider dans l'affaire de chantage.

L'oncle émit un grognement.

— Donc, tu m'as téléphoné pour passer le temps en attendant l'appel ? Tu as saisi l'occasion de ne pas perdre quelques minutes.

— Oncle...

Pour s'empêcher de prononcer des mots irrémédiables, il raccrocha après une dernière phrase :

— Je te souhaite une bonne soirée !

Simon retomba dans sa solitude près du téléphone. Il regrettait déjà son explosion. L'entrée était encombrée de deux caisses. Un ami venait de lui prêter des documents nécessaires pour ses travaux. Il n'avait même pas pu raconter à Clara, dont c'était sans doute le cadet des soucis, le sujet d'un texte sur lequel il travaillait pour un éditeur local. Il ne lui avait montré que le manuscrit abandonné, ce qu'il appelait : le symbole. Il aurait aimé évoquer avec elle ce qui le préoccupait, l'essentiel de ses derniers cours de philosophie : la mutation de l'homme par rapport à la vie actuelle. Le confort, la sécurité n'atrophient-ils pas le cerveau ? Il aurait aimé avoir l'avis de Clara sur ce sujet. Il détestait le manque de manières et de cœur de sa nièce, son absence de culture et d'humanité. Il réfléchit, alla vers son coffre-fort, l'ouvrit, prit le manuscrit numéro deux, le déposa sur la table de la cuisine et tira d'un paquet fraîchement ouvert une feuille toute blanche, où il inscrivit la date, l'heure et deux phrases : « L'être humain non persécuté, à force de vivre dans une confortable routine, devient psychopathe et sombre au moindre heurt dans la dépression. »

*

Clara, ayant coupé la conversation avec Simon, put entendre la voix de son collaborateur.

— Henri à l'appareil !

Elle s'exclama :

— Bonheur ! C'est une chance inouïe ! Où êtes-vous ? J'avais tellement peur que vous n'interrogiez pas votre répondeur ! Je n'ai jamais été aussi pressée de recevoir un coup de fil.

Henri répondit, joyeux :

— Écouter le répondeur ? Ce n'est qu'un réflexe, même pas un hasard ! J'étais chez des amis. J'ai composé mon numéro par une sorte d'automatisme. Je vous écoute. Qu'est-ce qui vous arrive ?

Clara remarqua un ton différent dans la voix de ce collaborateur toujours aux petits soins, qui s'adressait habituellement à elle d'une voix si douce que parfois elle croyait avoir un problème d'audition. Ce soir, il était loin d'elle, entouré d'amis, sûr de lui.

— Henri, dit Clara, j'ai besoin de votre aide.

— Quand ?

— Maintenant. Dans une heure. Dans deux heures.

— Évidemment, je suis à votre disposition, répondit Henri. Mais si je n'avais pas interrogé mon répondeur ?

Clara se trouvait dans une situation insolite. Elle, toujours distante, n'était plus une femme qui commandait. Elle sollicitait.

— Vous êtes un des rares hommes qui ne manquent pas d'instinct ! Vous avez une grande finesse de perception, et des pressentiments.

— Merci, dit-il, soudain très calme.

Il était enfin apprécié, reconnu, ses qualités mises en évidence.

— Si c'est important, souffla-t-il, j'arrive.

— Infiniment, dit-elle.

Pour le combler, l'éblouir, l'utiliser ensuite, elle était capable de jouer la grande scène de séduction. Elle s'imagina sur une scène, vêtue de noir. Elle ne savait pas si elle chantait ou parlait, mais elle tendait la main vers l'unique spectateur d'une salle vide : Henri. « Sans vous, spectateur et ami, je serais perdue ! » Elle cherchait comment relater cette histoire détestable qui risquait de la démolir aux yeux de l'homme qu'on appelait son « bras droit ». Elle allait perdre la face, obligée de se montrer dans sa petite et triste vérité. Mais, sans Henri, elle fermerait le bureau. Il lui fallait à la fois garder son image de chef d'entreprise et obtenir son aide pour se défendre du scandale qui la menaçait.

— Venez, dit-elle.

— Évidemment, répliqua Henri. Vous pouvez me dire juste un mot du problème ?

— Pas au téléphone.

— Vous avez raison, dit Henri, mais il faut que je prévienne mes amis. La maîtresse de maison est vietna-

248

mienne, elle a accroché des lampions partout dans le jardin. Son mari, mon meilleur ami, prépare un barbecue.

Lampions. Vietnamienne. Toute la grâce du monde en deux mots. Clara se sentait soudain comme un mastodonte, lourde et carrée. Elle jeta un coup d'œil sur ses chaussures à talons plats : à côté d'une Asiatique qui prépare une fête, elle n'était que l'Occidentale sportive à grands pieds.

— Henri, ce doit être beau, magnifique même. Je suis navrée d'insister pour vous faire quitter cette fête. Mais je vous en prie, revenez vite. Je suis dans un sale pétrin ! J'aimerais vous retrouver chez vous.

— Chez moi ? dit Henri. Pourquoi chez moi ? Ce serait avec plaisir, mais...

Il se rassura : avant de partir, il avait tout rangé. C'était un homme qui rangeait. Il pensa à son flacon de café en poudre oublié dans un placard depuis des mois. « Est-ce que je trouverai une épicerie ouverte à Rambouillet pour acheter du café ? »

— Oui, dit-il. J'arrive. Mais pourquoi chez moi ?

— Je ne me sens plus en sécurité dans mon appartement.

— Êtes-vous menacée ?

— En quelque sorte. Je dois sortir d'ici.

— Vous connaissez mon adresse, Clara ?

— Seulement le quartier.

— Vous avez de quoi écrire ?

— Oui.

Il dicta le nom de la rue, puis continua :

— Il y a un premier code sur la vieille porte d'entrée. Vous longerez un couloir. Au bout, vous trouverez une porte latérale avec un autre code. Marquez-le aussi.

— Oui.

Penchée sur son bureau, comme une écolière soucieuse de plaire à la maîtresse, elle inscrivit des chiffres ronds, des lettres lisibles avec un marqueur rouge, sur une grande feuille.

— J'ai besoin d'à peu près une heure pour revenir. Il n'y a pas encore tellement de circulation.

Henri regarda autour de lui. Il y avait une table dressée près d'un arbre. Sa délicieuse hôtesse s'inclina délicatement en se tournant vers lui, réflexe ancestral. Henri lui fit un signe, puis conclut dans le téléphone portable :

— J'arrive !

*

Clara raccrocha, prit le papier où étaient notés les codes. Elle n'était plus pressée. Henri revenait, c'était l'essentiel. Elle retourna à la cuisine, tenta de refermer la porte communiquant avec la chambre de service. Elle appellerait demain Caron, le serrurier. Elle ne supportait plus son appartement. Dans l'entrée, elle jeta un coup d'œil sur sa valise fermée, reprit son sac à main et, de retour à son bureau, fouilla dans son carnet d'adresses parmi des notes, de petits papiers collés. Un jour, elle avait indiqué un hôtel à l'un de ses clients de province. Elle retrouva le numéro, appela l'établissement et demanda si une chambre était libre pour ce soir et peut-être le lendemain. D'abord, une femme lui répondit que l'hôtel était complet. Mais elle laissa place à un homme qui lui assura deux nuits, pas plus. « Ensuite, on est complet ! »

— Je vous donne le numéro de ma carte American Express ?

— On ne prend pas de carte ici. Votre nom ?

— Voilà...

Quel nom annoncer ? Elle n'habitait pas loin de cet hôtel, et un quartier, c'est comme un village. Alors elle annonça le nom de jeune fille de sa mère.

— Clara Lévy.

— Vous l'écrivez comment ?

Elle épela.

— L-é-v-y, avec un y.

— Vous venez à quelle heure ?

— Dès que je peux.

— Si vous n'êtes pas là avant 19 heures, je disposerai de la chambre.

— Merci, fit-elle, je ferai en sorte que vous ne la donniez à personne.

Ayant raccroché, elle prit un grand sac de voyage d'une élégance provocante. Elle y mit un pyjama, des affaires de toilette, et même un livre qu'elle avait toujours sous la main, un texte qu'elle consommait par passages : *Revoir Freud*, d'Erich Fromm – « Pour une autre approche en psychanalyse ». « Je ne suis pas approchée, mais assommée, se dit-elle. Le père Fromm ferait bien de m'expliquer. » Elle passa dans la salle de bains en désordre. Elle ne supportait pas l'idée que Thierry ait pu passer en revue ses affaires les plus intimes. Elle demanda un taxi. On le lui promit, elle descendit et attendit sept minutes devant l'immeuble. Énervée, elle rappela le central sur son téléphone portable. Une voix indifférente à ses problèmes déclara que, le samedi, il y avait peu de véhicules. Le chauffeur avait dû changer d'avis. Clara pouvait envoyer une réclamation par fax.

Elle marcha une centaine de mètres. Il était 6 heures de l'après-midi. Le quartier chic était désert. Elle finit par se diriger vers la station de taxis située près de l'Hôpital américain.

Quatre véhicules y étaient en attente. Elle prit le premier et donna l'adresse de l'hôtel, niché dans une petite rue du côté populaire de Neuilly. Elle s'annonça au comptoir où planait une odeur de cendrier fraîchement vidé.

— Je vous laisse mon sac de voyage. Je remplis la fiche ?

— Signez seulement, dit la femme derrière le comptoir.

Elle s'exécuta et signa C. Lévy.

— Vous voulez la clef ?

— Non, merci, à mon retour.

Elle sortit de l'hôtel, reprit place dans le taxi qui l'attendait et donna l'adresse d'Henri.

Le chauffeur demanda :

— C'est bien, cet hôtel ?

Elle n'avait pas envie de parler.

— Je ne sais pas ! Pas encore.

— J'amène ici des clients. La dernière fois...

Elle coupa court :

— Je vous serais reconnaissante si vous ne me racontiez rien !

Le chauffeur se tut, froissé. Les bonnes femmes devenaient impossibles. Au moins, celle-ci ne fumait pas. Il arrêta le taxi dans une rue étroite et triste d'Auteuil. L'immeuble de cinq étages était quelconque. Elle repéra le tableau du code, tapota les touches, ouvrit la première porte ; puis elle longea un couloir et au bout, dans l'obscurité, découvrit le second tableau. Il fallait pousser le battant coincé. Elle monta dans l'étroite cage d'escalier jusqu'au quatrième, sonna à la porte. Henri n'était pas encore arrivé.

Dans l'appartement voisin, un enfant pleurait, puis faisait rouler un objet en plastique sur le carrelage. Le bruit aigu irrita Clara : un objet pareil devrait être interdit à la vente. Elle s'appuya d'abord contre le mur, puis s'assit sur le tapis-brosse et réfléchit. « Mon orgueil en prend un coup », se dit-elle.

Henri arriva une vingtaine de minutes plus tard, se confondant en excuses, rose d'émotion de voir sa patronne assise sur le tapis, devant sa porte. Il fit un geste pour l'aider à se relever. Elle sourit :

— Merci. J'ai encore un peu de ressort.

Dans l'appartement, après avoir traversé un vesti-

252

bule pas plus spacieux que l'intérieur d'un grand ascenseur, ils gagnèrent le salon, chargé de photos. Elle n'avait jamais vu autant de photos de famille, exposées dans des cadres modestes ou accrochées aux murs. Elle apprécia d'un signe de tête :

— Vous aimez les photos...

Henri balaya d'un geste les pans de murs et les meubles colonisés par les images.

— La famille ! Des tantes, des oncles, des cousins, maman et papa. Là, les grands-parents, jeunes et vieux. Je suis très famille, dit-il. Chez nous, on reste fidèle aux liens. Revenez une seconde dans l'entrée.

L'espace déjà étroit était rétréci des deux côtés par des placards hauts de deux mètres cinquante, précisa Henri, qui contenaient des rayons surchargés d'albums.

— Un jour, quand vous aurez plus de temps, je vous les montrerai. Mes parents avaient une propriété dans le Loiret... J'ai aussi appris à pêcher, là-bas. Il y a des tas de photos. On en aurait pour des heures...

— Quel plaisir, une si grande famille ! constata Clara. Elle m'intéresse beaucoup, votre famille. Je verrai les photos quand nous aurons un moment de détente. Actuellement, je suis exténuée à force de tension, je veux dire, de stress.

— Je brûle aussi d'impatience de savoir ce qui se passe, dit Henri. Voulez-vous un café ? demanda-t-il.

— J'accepte le café, dit Clara et, de crainte de voir apparaître les napperons en dentelle que devait posséder Henri, cadeau de sa famille, elle proposa d'aller à la cuisine.

— Elle n'est pas très belle, fit Henri. Il faudrait que je la fasse aménager.

La petite pièce témoignait de décennies d'usure. Un réfrigérateur émettait un bruit agressif, s'arrêtait parfois, puis repartait à l'attaque. Henri posa une casserole sur les flammes vacillantes d'une cuisinière à gaz et prit du Nescafé dans un flacon, puis passa discrètement une éponge, qu'il venait de mouiller sous le robinet, sur la table en Formica.

— Je vais me servir, dit Clara en détachant avec sa cuillère quelques morceaux de poudre coagulée.

— Je ne prends que du lait chaud le matin, expliqua Henri en guise d'excuse.

L'idée même du lait chaud révulsait Clara, mais elle sourit. La moindre manifestation de réticence aurait pu blesser Henri. Assis tous les deux sur des chaises en plastique, ils assistèrent à une rencontre de pigeons, qui faisaient « grou-grou » sur le bord extérieur de la fenêtre. « Mais tout vaut mieux que le salon avec les photos », pensa Clara. Elle constata que l'être humain serait toujours une source de surprises. Henri, le très brillant juriste, au flair inouï, vivait dans un cadre centenaire. Et ça lui allait bien, ce chez-lui !

— Qu'est-ce que je peux faire pour vous ? demanda-t-il enfin.

Il avait débouché une petite bouteille de jus de poire et en dégustait lentement quelques gouttes dans un verre épais. Lui ne prenait pas de café. « Des palpitations », avait-il dit, et, avec un geste désarmant, il avait montré son cœur.

Clara exposa les événements. Pénible exercice, qui l'obligeait à se dévoiler, à se montrer telle qu'elle était : une femme blessée, une femme trompée, une femme sotte aussi. Elle avait abandonné son attitude hautaine, renoncé à sauver les apparences. Bref, Thierry, qu'elle désignait comme « un ami devenu trop proche », voulait la faire chanter. Henri s'émut. Cette femme rare, unique, pouvait donc se trouver exposée à ce genre de difficulté ? Belle, avocate, sûre d'elle. Il croyait à peine à ce qu'il entendait.

Elle répéta, gênée :

— Donc, ce Thierry qui était – utilisons le mot qui convient, même s'il me gêne – mon amant, mon homme décor, m'a volée.

Elle tenta d'expliquer la présence de ce jeune homme dans son appartement. « Vous savez, quand on n'a pas la chance d'avoir une famille nombreuse comme vous, on est vulnérable. » Elle avait l'impression de se dédoubler. Il y avait Clara qui parlait et Clara qui attendait de l'aide de son collaborateur. Cet homme qui lui rendait des services, qui faisait parfaitement son métier d'avocat, était là, disponible. Elle savait depuis longtemps qu'il éprouvait pour elle une attirance à peine dissimulée.

Clara craignait le prix à payer pour ses faiblesses. Serait-elle un jour comme la plupart des femmes qui acceptent des concessions ? Elles veulent d'abord le grand amour, l'amour unique ; mais mouchées par le destin, elles se mettent à réfléchir. Elles découvrent à côté d'elles un homme qui représente la sécurité, toujours là pour les écouter, les comprendre. L'homme saint-bernard existait : en l'occurrence, pour elle, c'était Henri. Elle voulut se révolter contre cet instinct séculaire. Pourquoi diable fallait-il tout de suite associer un homme à l'hypothèse d'une vie intime ? Dans cette cuisine, elle prit sa décision : « Je vivrai seule, et basta. L'affaire est réglée. »

Elle voulait s'empêcher de s'attacher à l'aspect physique d'Henri. Mais plus elle s'efforçait de rester neutre, plus des détails éveillaient son attention. Henri était surtout rassurant. Ses lunettes, propres aujourd'hui – ce n'était pas toujours le cas –, brillaient. Ses cheveux étaient parsemés de petites touches blanches. Quarante-trois ans, célibataire, excellent avocat : un homme à prendre sinon au lit, en tout cas comme associé. Il fallait qu'elle joue sur les deux tableaux, qu'elle utilise les services d'Henri en exploitant l'attirance qu'elle provoquait, mais rester libre. Ne jamais risquer d'être incommodée par lui.

— Henri, comme vous travaillez avec moi depuis

longtemps, vous étiez sans doute au courant de l'affaire sud-américaine.

— Bien sûr, dit-il.

Il faisait attention à chaque mot qu'il allait prononcer. Il avait l'impression d'avoir en main une pièce précieuse, un objet convoité par un collectionneur, un fragment du temple d'Angkor qu'on aurait volé pour lui. Cette femme inaccessible avait besoin de lui.

Henri répondit avec beaucoup de douceur et comprit pour la première fois de son existence qu'il était fait pour ce genre de conversation, tout en nuances.

— À l'époque, j'ai pris quelques précautions. En quelque sorte, des réserves pour l'avenir.

— Quoi ? demanda Clara, à la fois étonnée et inquiète. Je ne vois pas à quoi vous faites allusion.

Henri continua délicatement.

— Vous aviez fait suivre la future ex-femme du Sud-Américain. Il y avait deux détectives, dont un rouquin.

Elle répondit, presque hostile :

— Mais pourquoi faut-il reparler de cette affaire ?

— Parce que j'ai gardé des relations avec le rouquin. Je l'ai utilisé ultérieurement en le payant de ma poche.

— Vous voulez dire quoi, Henri ?

— Clara, fit-il, j'ai supporté le Sud-Américain...

Son prénom prononcé avec tant de naturel équivalait à une prise de possession. Clara recula sa chaise en plastique, dont les pieds en métal fragile bougeaient de manière inquiétante.

— Vous l'avez supporté ? Ça veut dire quoi ?

— Je n'ai pas été jaloux de lui. Il était riche, il était beau, il était arrogant. Il avait une belle voiture de sport. Il se fichait qu'on en égratigne la carrosserie. C'était un homme séduisant pour ceux qui aiment ce genre-là...

— Et alors ?

— À l'époque, quand vous avez connu ce Raoul de...

Il prononça le nom impressionnant sans l'ombre d'une faute.

— Je l'ai accepté. J'ai admis que vous ayez un homme aussi spectaculaire dans votre vie. Il était digne de vous, de votre standing. J'étais pourtant persuadé que votre aventure avec lui ne pourrait pas durer. Il était clair qu'il vous utilisait.

Clara était saisie.

— Comment avez-vous pu imaginer qu'il m'utilisait ?

— Parce que vous étiez une brillante avocate et parce que, amoureuse de lui, vous m'avez fait faire des choses qui, quoique dans la légalité, étaient quand même des sales trucs. Voilà. Alors, j'ai compris le problème. Évidemment, je ne pouvais pas savoir qu'il y avait eu cet incident...

Clara, voulant trancher dans le vif, demanda :

— Vous voulez parler de l'avortement ?

— Je ne le savais pas. Vous venez de me le dire.

— C'est la base du chantage auquel je suis exposée. Mais continuez... Je vais de surprise en surprise.

— Pardonnez-moi, je ne vous ai jamais posé la question. Mais après la rupture avec Raoul... Thierry est entré dans votre vie...

— Alors qu'est-ce qui s'est passé ? demanda Clara.

— Il y a encore un peu de poudre de café dans le bocal, vous en voulez ?

— Non.

— J'ai un autre jus de poire dans le frigo...

— Non, mais parlez donc !

— Voilà, dit Henri.

Il s'épongea le front. Il transpirait de nervosité.

— Voilà. J'ai pu accepter – mentalement – qu'une femme aussi éblouissante que vous ait ce Sud-Américain dans sa vie. Mais pas ce gigolo, cette espèce de play-boy sans allure. C'était pas le jet-set, c'était le jet-soute.

Un bruit bizarre intervint. Les deux pigeons se faisaient des courbettes et émettaient des grous-grous arrogants.

— Ils s'aiment, dit Henri. Ils n'ont pas peur de nous.

— Continuez !

— Donc, quand ce Thierry est entré dans votre vie, j'ai engagé le rouquin, celui que vous avez utilisé vous-même, pour faire une enquête sur ce type.

— Vous avez fait ça ? Une enquête ?

Elle ne savait pas si elle devait être indignée ou reconnaissante.

— Oui, dit Henri, épanoui, sûr de son succès. J'ai fait constituer un dossier sur votre Thierry. Je peux vous annoncer que j'ai tout en main pour que vous puissiez l'écarter de votre vie, récupérer votre enveloppe et démolir ce salaud.

— Henri, dit-elle, parlez donc ! Qu'avez-vous fait ? Et, qu'a-t-il fait, lui ?

— Lui, des basses manœuvres, dit-il.

Il était heureux de sauver cette femme extraordinaire, mais trop facile à piéger. Il n'aurait jamais pensé que maître Martin puisse avoir autant de faiblesses et qu'il pourrait se montrer aussi utile !

Henri prit un ton confidentiel.

— Résultat, j'ai le dossier qui concerne votre Thierry.

— Ne dites pas « votre » !

— Pardonnez-moi : ce Thierry.

— Qu'est-ce qu'il y a dans le dossier ?

— Des choses qui vous auraient rendue malheureuse et qui vont, je l'espère, vous dégoûter de lui pour toujours !

— Vous avez payé le détective ?

— C'est un petit cadeau que je vous offre.

— Ça a dû coûter cher ?

— Oui, mais qu'importe !

— Je vais vous rembourser, dit-elle. Qu'est-ce qu'on lui reproche ?

— Il faut que vous étudiiez les documents. Que vous évitiez un scandale. Sachez que, selon toute vraisemblance, vous allez pouvoir récupérer les documents volés. Sauf s'il les a déjà mis en circulation. Si on lui propose plus que la somme qu'il vous a demandée, le danger est extrême. Nous avons, selon moi, peu de temps pour intervenir. Il faut le trouver et conclure un accord. J'ai l'adresse de sa copine.

Clara avait envie de disparaître.

— De sa copine ?

— Bien sûr. Une belle petite blonde. Ce Thierry la retrouve souvent. Ses « castings » se déroulaient dans le lit de la jeune femme, apprentie comédienne elle-même.

Henri se trouvait séduisant, fort. Surtout, ne pas montrer d'amour pour cette femme. Il ne fallait pas gâcher cette merveilleuse situation où il apparaissait comme le sauveur, sans aucune arrière-pensée.

— Henri, dit Clara, vous savez tout cela depuis quand ?

— Presque un an.

— Pourquoi ne pas m'avoir prévenue ?

— Vous m'auriez envoyé au diable.

— Quelle était votre raison d'agir ainsi ?

— La jalousie, répondit Henri. J'ai une certaine affection pour vous. J'ai dû m'incliner devant le Sud-Américain, mais le maquereau parisien m'a meurtri.

— Vous ne m'auriez rien dit si je ne vous avais pas appelé au secours ?

— Non, j'attendais.

Elle se leva, prit une bouteille d'eau dans le Frigidaire et remplit un verre, puis demanda à Henri de retourner au salon. Il fallait qu'elle bouge, qu'elle se déplace. L'intrusion de son adjoint dans sa vie privée allait peut-être la sauver, mais que c'était désagréable !

— Henri, dit-elle en faisant semblant de regarder attentivement les photos.

Elle voulait réfléchir, gagner du temps. Savoir aussi comment retrouver un jour son autorité après ses échecs successifs.

— Cette dame, c'est votre maman ?

— Ma tante, dit Henri. Je vous ai dit que nous sommes une famille nombreuse.

Clara saisit l'occasion de se justifier, ce qu'elle détestait le plus.

— Vous avez de la chance, Henri. Moi, j'ai été privée de tout cela. Alors, je suis facile à coincer. D'ailleurs, je dois vous tenir au courant : j'ai rencontré à Vienne un homme et son fils. Le gosse était mignon, et l'homme est l'ex-gendre d'un nommé Curaçao.

— Il avait épousé la fille Curaçao ?

— Bien sûr.

— Arnold Curaçao est l'un des grands pouvoirs de la finance internationale. Tous ceux qui suivent un peu les mouvements de capitaux le connaissent.

— J'ai vaguement entendu parler de lui, dit Clara. Il est souvent cité dans Forbes. Mais, pour le reste, il ne m'intéresse pas vraiment.

Henri était ravi. Il savait des choses sur Curaçao.

— C'est l'homme qui le premier a proposé des forages en Alaska ! Sa demande a été rejetée. Il a des intérêts dans le pétrole d'Arabie Saoudite. Il collectionne des sociétés comme d'autres des sous-verres. À propos, vous savez que j'en ai quelques-uns, de ces sous-verres ? On trouve ces cartons ronds en Europe, surtout en Autriche et en Allemagne. Partout où on consomme beaucoup de bière. Je ne voyage plus autant qu'à l'époque de l'université. Pour revenir à Curaçao, il représente des milliards. Il vend et achète aussi des métaux et des diamants. Où que vous alliez, s'il y a une entreprise mondiale importante, il en fait sans doute partie.

— Il n'est pas exclu que nous défendions son ex-gendre, commenta Clara, pensive.

— Qui paye pour le gendre ? demanda Henri.

— Il a des économies, je suppose. Espérons-le !

— Vous ne pourriez pas plutôt représenter Cura-çao ? demanda Henri. Il faut dire qu'il n'a que des avocats vedettes, les plus grands. Vous pourriez tra-vailler avec eux en équipe. Vous me laisseriez notre cabinet !

— Je rêve de sociétés, dit Clara, rien que de sociétés. Plus aucun couple avec son amour devenu haine. Un jour, un type genre Curaçao me découvrira et m'engagera ! Alors notre cabinet sera à vous !

Henri était tout émoustillé.

— Alors ? Quel est le problème du gendre ?

— Il m'a raconté une histoire absurde. C'est-à-dire, l'histoire serait absurde s'il ne s'agissait pas d'une situation d'après divorce où on s'entre-tue pour la garde d'un enfant. Il a trouvé sa femme vaseuse quand il est allé chercher son fils. Inconsciente. Genre sui-cide. Il n'a pas appelé le Samu.

— Si elle est morte, on peut peut-être évoquer l'ho-micide involontaire ? demanda Henri tristement. Les événements de ce genre ne méritent pas plus de trois lignes dans un journal... Un bon petit meurtre dans cette société chic pourrait faire beaucoup de bruit... et de blé.

— Henri, vous m'épatez ! dit Clara. Je ne vous ai jamais vu aussi – comment dire ? – décontracté.

— C'est le nom de Curaçao qui me stimule. J'ai entendu tant de rumeurs sur lui. Un vrai plaisir !

— Je veux savoir, dit Clara.

Elle eut une mine de chat, ravie de cette distraction inattendue.

Henri s'installa dans son histoire. Il avait envie de

toucher la main de Clara. Cette main semblait à la fois proche et lointaine. Il était timide, Henri. Et si elle retirait sa main, ses rêves s'écrouleraient comme des châteaux de cartes. Le rêve d'avoir un jour Clara à lui. Aujourd'hui, il ne pouvait la tenir qu'avec ses histoires. Les femmes adorent ceux qui savent des petits secrets passionnants sur quelqu'un qui passe sa vie à les cacher.

— Curaçao a toujours sa mère, expliqua Henri. Elle l'engueule comme s'il était encore un gosse. Elle vit près de Caracas. C'est une maîtresse femme qui n'accepte pas un sou de son fils. Elle vit de ses rentes. De rien, en somme ! Un jour, elle a refusé de prendre une limousine avec chauffeur que son fils lui avait envoyée. Pour rentrer au centre-ville, elle a préféré un de ces autobus qui vous sortent les tripes tellement ils vous secouent. Que voulez-vous, c'est l'Amérique du Sud.

Les souvenirs remontaient en Clara. Raoul, l'amour passionné, la Ferrari, les grands rires, l'infini.

— Pourquoi elle est fâchée, cette mère, demanda Clara, au lieu d'être heureuse ?

Henri se fit un plaisir d'expliquer :

— Elle l'a dit à une voisine qui l'a répété aux journaux locaux : « Quand on frime comme Arnold, on finit un jour ou l'autre en prison. Et j'aime pas ça ! »

Clara était interloquée : Curaçao n'était donc pas un riche héritier ?

— Pas du tout, fit Henri, aussi fier de la vie de cet homme que s'il s'était agi de la sienne. Rien du tout, il n'avait rien du tout. Il a commencé à la Bourse de Londres, où il vidait la corbeille à papiers. Et après... On ne retrace pas la trajectoire d'une fusée. Cours du soir, cours du jour. Ensuite toujours à l'extrême limite du légal. Doué de l'instinct de savoir ce qu'il faut vendre ou acheter. Une seule fois, un journaliste a réussi à interviewer la mère. En parlant de son fils qui figurait déjà sur la liste des plus grosses fortunes des États-Unis, elle a dit : « C'est un drôle de garnement. »

— Je serais curieuse de la connaître, dit Clara.

Puis elle ajouta :

— Mon arme contre Thierry..., vous me le donnerez quand, ce dossier ? J'ai rendez-vous avec lui lundi pour le payer.

— Vous l'aurez demain. Si vous êtes sûre de récupérer tous les documents, continua Henri, je vous conseille de payer et de laisser courir. Si un jour il y a espoir d'entrer dans le cercle de Curaçao, il faut éviter un scandale. Il déteste les scandales. Il a, paraît-il, toujours payé pour acheter le silence. Partout.

— Alors, dit Clara, nous demanderons des dommages et intérêts pour Mark Robin. Trop malmené, à mon goût.

— Vous voulez l'argent de Curaçao ? s'exclama Henri. Vous aurez plus sûrement une couronne pour votre cercueil. De grâce, Clara, si vous voulez bien m'écouter, soyez prudente, Curaçao est une bombe atomique.

CHAPITRE 24

Le même après-midi, à peine une heure après le départ forcé de Roissy, la limousine noire de Curaçao s'arrêtait devant un somptueux immeuble de l'avenue Foch. Deux hommes en descendirent, le chauffeur ouvrit la portière arrière. Le troisième, crispé, fut tiré dehors.

Les trois hommes entrèrent par la grande porte et empruntèrent l'allée intérieure traversant une cour qui servait aussi de parking aux propriétaires du luxueux bâtiment.

— C'est un rapt ! répéta Mark. Vous n'avez pas le droit !

L'un des hommes répondit :

— Il n'y a rien d'illégal, monsieur Robin. Nous vous conduisons chez votre ex-beau-père. Il vous a invité, il a même envoyé une voiture avec chauffeur à l'aéroport. Peut-on rêver meilleur accueil ?

Il donna un coup dans le dos de Robin, qui se trouva précipité vers l'ascenseur. Au cinquième étage, la porte de l'appartement était entrouverte. Un maître d'hôtel en veste blanche les attendait sur le seuil et annonça, impassible : « M. Curaçao attend M. Robin dans son bureau. » Mark, encadré par ses deux gardes du corps, suivit le maître d'hôtel.

Robin pénétra dans une pièce octogonale, de taille

impressionnante. Arnold Curaçao se leva et s'approcha en tendant la main :

— Merci d'être venu aussi rapidement.

Robin vivait un cauchemar. Curaçao le faisait participer malgré lui à une mise en scène savamment organisée.

— Prenez place, dit l'homme d'affaires en désignant un canapé où il s'assit près de Robin.

Il jouait avec Mark comme un fauve qui, avant de la déchiqueter, s'offre le plaisir de secouer, de mordiller sa victime.

— Vous êtes sûrement impatient d'avoir des nouvelles de votre ex-femme ?

Curaçao n'aurait pas eu cette attitude si Adrienne était dans le coma ou morte, pensa Robin. Il prononça difficilement le prénom de son ex-beau-père :

— Arnold, je voudrais que vous soyez plus direct. J'aimerais savoir ce qui se passe. Lorsque j'ai quitté la maison, jeudi matin, Adrienne somnolait.

Curaçao répéta d'une voix douce :

— Somnolait ? Racontez-moi ce fameux matin ! Vous êtes allé chercher mon petit-fils pour partir, sans avoir indiqué votre destination. Ce fait qui l'angoissait était déjà suffisant pour que ma fille avale une dangereuse quantité de calmants.

— Cessez de vous moquer de moi, dit Robin. Depuis que je la connais, elle n'a cessé de consommer les calmants et les amphétamines en alternance.

— Me moquer ? Quand il s'agit de la vie de ma fille !

Il se pencha vers Mark :

— Les cassettes vidéo des caméras de surveillance de l'hôtel particulier sont en ma possession. Ne perdons pas de temps avec vos mensonges. Nous allons les regarder ensemble, ces films. Le spectacle est intéressant. Sur chaque film, apparaissent l'heure et la date de la séquence.

266

Il tapota des touches sur un clavier. Les stores descendirent doucement le long des fenêtres et un grand écran, jusqu'ici camouflé par un paravent chinois, apparut.

— Cette installation semble être de style ancien. Mais, détrompez-vous, ce décor est un trompe-l'œil. L'équipement – aussi bien la caméra que le projecteur commandés par un ordinateur central – est le produit le plus évolué de la technologie actuelle. À la demande chaque image peut être analysée par un scanner. Les détails apparaissent comme sous une loupe.

Il était hallucinant, pour Robin, de voir ces scènes successives dont il était l'un des figurants : Daniel au milieu du hall, près de ses grande et petite valises. Il regarde souvent vers l'étage. Ensuite, il saute sur un pied et fait le tour des deux valises. Mark entre dans la maison par la porte légèrement entrebâillée. Le dialogue est enregistré : « Bonjour, Daniel. – Papa ! » Accolade. « Où est Nanny ? – À l'hôpital. – Où est maman ? – Elle dort. »

— Perfectionné, n'est-ce pas ? commenta Curaçao. Rien n'échappe aux micros ni aux caméras...

Robin se voit sur l'écran. Il monte jusqu'au palier du premier étage, jusqu'à la porte de ce qu'on appelait la « chambre conjugale ». Il y entre. Son dos est en gros plan. La silhouette masque le lit. Curaçao explique en modulant le zoom puissant.

— Regardez les comprimés éparpillés près du lit, et les deux flacons sur la table de chevet. Vous vous penchez sur Adrienne et vous la masquez à la caméra.

— Où est Adrienne ? demanda Mark. Je veux savoir comment elle va ! Je veux voir mon fils !

— Vous n'avez droit à rien. En cas de tragédie, votre premier départ de la maison, quand vous l'avez laissée inanimée sans appeler au secours, permettrait de vous faire inculper pour homicide involontaire. Ou non-assistance à personne en danger. Regardez. Vous descendez maintenant au rez-de-chaussée. Deux fois vous vous arrêtez sur les marches et vous regardez en arrière.

Il continue :

— Vous êtes en bas. Vous prenez l'enfant par la main. Vous sortez avec lui. Les caméras extérieures vous suivent. Vous vous installez avec Daniel dans le taxi.

Il se leva et s'approcha du grand écran.

— Le véhicule démarre. Je vais faire un déroulement accéléré, dit Curaçao, parce que, pendant dix minutes, il n'y a aucun mouvement dans la maison. Là ! Patience. Maintenant on y est. L'allée, la vision globale de la rue devant le portail. Le voilà, votre taxi est de retour. Vous le quittez. Inconscient du danger auquel vous l'exposez, vous laissez l'enfant dans le taxi. Vous êtes devant la maison. Vous constatez que la porte principale s'est refermée. Vous allez vers la cuisine. Je reconnais la faille de l'installation : aucune alarme de ce côté, ni caméras.

Il soupira.

— J'imagine que vous voulez quelque chose ?

— Un café, dit Mark qui saisit l'occasion pour prononcer quelques mots : Arnold, quelqu'un a refermé la porte d'entrée après mon premier départ. En dehors d'Adrienne dans son lit et de Nanny absente, il y avait donc quelqu'un dans la maison ?

Curaçao venait de donner un ordre par téléphone, puis il se tourna vers Mark.

— Mais non. Vous n'aviez pas calé le battant, vous vouliez qu'il se referme sur votre femme peut-être mourante...

— Elle n'était pas mourante, dit Mark, c'est faux. Assommée par les médicaments, oui, mais pas mourante !

Un maître d'hôtel venait de déposer un plateau avec le café sur une table. Curaçao pointa du doigt l'écran.

— La caméra extérieure est sur le taxi. Vous n'avez pas eu peur que l'enfant soit enlevé ? Vous savez ce qu'il vaut, cet enfant ?

Robin intervint :

— Je n'ai pas pensé à ce genre d'horreur ! C'était un chauffeur de taxi parfait... Il s'agissait de quelques minutes d'attente.

— Bien sûr, dit Curaçao, aussi parfait que vous, le taxi.

Il éleva la voix.

— Vous saviez quoi, à propos de ce taxi ? Hein ? il n'avait qu'à démarrer...

— Vous inventez des hypothèses pour m'accabler.

Curaçao l'interrompit :

— Attendez, notre projection se déroule en temps réel. Regardez, vous revenez. Ayant contourné la maison, vous êtes une fois de plus dans le hall, arrivé côté cuisine. Vous remontez à l'étage. Vous passez devant la chambre d'Adrienne et vous vous dirigez vers celle de Daniel. Vous y entrez et vous en sortez, le loup à la main. Peut-être travaillé quand même par le remords, en revenant par ce couloir, vous pénétrez dans la pièce d'Adrienne. Une fois de plus, vous êtes près du lit – regardez bien –, une fois de plus, vous semblez la contempler et vous ne faites rien. Vous laissez Adrienne sans secours et vous quittez la maison. Vous reprenez votre place dans le taxi et vous partez.

— Vous avez décidé quoi ? demanda Robin. Pour tenter de me faire inculper, il faudrait qu'Adrienne soit morte !

— Vous n'avez rien à dire pour le moment, trancha Curaçao. Vous regardez et vous écoutez. Nous allons conclure un accord, et vous n'aurez pas grand-chose à exiger !

— Vous voulez quoi, exactement ? demanda Robin. M'enlever mon fils ?

— En quelque sorte, vous liquider, vous faire disparaître de notre existence. Oublié, Mark Robin. Ne plus jamais être perturbé par vous ni moralement, ni physiquement. Vous renoncerez à l'exercice de vos droits paternels. Ensuite vous reconnaîtrez par écrit que vous auriez laissé mourir ma fille pour en être débarrassé et garder l'enfant pour vous.

— Ce sont vos histoires, dit Robin. Je ne suis ni meilleur ni pire qu'un autre père.

— Bien sûr que si. Et il vous arrive de vous laisser guider par vos instincts. Avez-vous la moindre idée de ce dont héritera Daniel ?

— Non, dit Mark, non.

— C'est un enfant, dit Curaçao, qui même en cas de catastrophe mondiale, vaudrait sept milliards de dollars. Il ne serait pas désagréable de devenir son tuteur légal !

— Permettez-moi de vous faire une remarque : vous n'êtes pas encore mort ! Ni Adrienne...

Curaçao bondit :

— Qu'en savez-vous ?

— Arnold, vous divaguez ! Même si vous m'envoyiez en prison, mon fils aurait le droit de me rendre visite.

— C'est beau, un papa en vêtements rayés au parloir ! s'exclama Curaçao. Ne vous fatiguez pas ! Je vous ferai céder.

Il décrocha le combiné du téléphone intérieur et, après quelques secondes d'attente, dit d'une voix douce :

— Mon trésor, mon ange, aurais-tu la force d'apercevoir l'homme qui voulait ta mort ?

Robin se sentit allégé d'un poids immense. Curaçao parlait sûrement à Adrienne. « Quel salaud, ce type, pensa-t-il, de vouloir me torturer en me tenant dans l'incertitude. »

— Elle est vivante ! s'exclama-t-il.

— Oui, dit Curaçao, mais dans quel état ! Venez.

Mark suivit son ex-beau-père à travers l'immense appartement. Devant l'entrée se tenaient deux gardes du corps. Curaçao frappa à une porte au bout d'un couloir, puis l'entrouvrit.

Dans la chambre aux rideaux bleu ciel à demi fermés, le soleil ne peut plus se faufiler. Sur la table de chevet, une lampe avec un abat-jour en soie bleu ciel. Près du lit, dans un fauteuil, une infirmière modèle ; petite, elle porte un uniforme chic. Sur son tablier blanc, une montre est attachée à un ruban terminé par un nœud. Dans le lit, recouvert d'une couverture légère, en soie bleu ciel aussi, est couchée Adrienne, très pâle. Mark s'approche d'elle, il a l'impression qu'elle a les yeux maquillés. « Ce n'est pas possible ! » pense-t-il.

— Pas trop près ! dit Curaçao.

Deux éléments au même instant suscitent l'intérêt et la méfiance de Mark. En se penchant légèrement sur Adrienne pour lui murmurer des mots d'encouragement, il a la confirmation qu'il y a du rimmel sur ses cils et que le contour de ses yeux est souligné de fard. Il a la certitude d'un traquenard. Mais lequel ? Veut-on prouver à l'aide des films qu'il a laissé sa femme apparemment inconsciente, sans aucune aide ? Serait-ce suffisant pour l'inculper ? Pourrait-il dire que de sa part ce comportement n'était qu'inattention, indifférence ? Qu'Adrienne était une habituée des somnifères ?

Adrienne l'interpelle d'une voix éteinte :

— Mark, je savais que tu me détestais. Mais je n'imaginais pas que tu puisses vouloir ma mort.

— Tu semblais dormir.

— J'ai ouvert les yeux et je t'ai demandé de l'aide. J'ai murmuré « au secours ».

— Si c'est vrai, je n'ai pas dû t'entendre, dit-il.

En se penchant sur Adrienne, il l'avait cachée aux caméras. Personne ne pourrait prouver qu'elle avait appelé au secours.

— Si tu étais consciente, pourquoi tu n'as pas appelé quelqu'un après mon départ ?

— Je ne retrouvais pas mon téléphone portable.

Curaçao intervint.

— Vous osez suggérer qu'elle devait demander secours à quelqu'un d'autre que vous ? Vous avez retiré la fiche du téléphone principal de la prise. Même si elle avait réussi à prendre le combiné, il n'y avait plus de ligne !

— Je n'ai pas fait ça ! s'écria Robin. Je veux parler à mon avocate.

— Vous avez une avocate ? Comment elle s'appelle ? demanda Curaçao, qui répéta, ironique : Une avocate ?

— Maître Clara Martin.

— Ah ! dit Curaçao. Il y a quelques années on a beaucoup parlé d'elle. Une spécialiste en divorces. Il y a eu des rumeurs autour d'elle et d'un Sud-Américain... Si vous ne l'avez pas engagée pour régler votre divorce avec Adrienne, c'est qu'elle n'est certainement pas dans vos prix. Elle a la réputation d'être aussi chère qu'efficace.

— Je veux parler à Clara Martin, répéta Robin.

Puis il ajouta :

— Où est mon fils ?

— Sauvé de ce drame, dit Curaçao. Avec sa nurse, en sécurité.

— Je veux l'embrasser !

— Non, dit Curaçao. Il doit s'habituer à ne plus vous voir. Nous lui avons dit que vous étiez convoqué à une réunion importante et que vous avez quitté Paris.

Robin protesta :

— Je n'accepte pas qu'on vole mon fils !

— Mon pauvre ami, dit Curaçao, vous n'êtes pas de taille à lutter avec nous.

Il fallut trois quarts d'heure de recherches à Mark

Robin pour trouver le numéro de téléphone portable de Clara.

*

Dans sa chambre d'hôtel, Clara regardait le tout petit écran de la télévision lorsque son téléphone portable se mit à sonner. Elle y lut un numéro qu'elle ne connaissait pas. Elle qui avait l'impression d'être sur une planète déserte, entendit avec plaisir la voix de Mark Robin.

— Bonjour, dit-il. Je vous ai retrouvée. Quelle chance ! Je suis Mark, le type impossible de l'hôtel Sacher.

— J'aurais presque reconnu votre voix, dit-elle. Alors, l'agonie de votre femme ?

— Elle est vivante !

— C'est parfait, dit Clara. Vous m'avez cherchée pour me dire ça ?

— Oh non ! répondit-il. Je suis en difficulté. Acceptez-vous de m'aider ?

Son instinct d'avocate prit le dessus : ne pas lâcher une affaire pareille. Elle avait eu beau jurer il y avait encore vingt-quatre heures, qu'elle ne voulait plus de ces gens impossibles qui s'entre-déchiraient, ce soir, dans ce minable hôtel, elle envisageait la possibilité d'approcher le fameux Curaçao.

— À certaines conditions, oui, dit-elle. J'ai des exigences de maniaque. Je suis maniaque. Je sens quand on me ment. Alors, si vous acceptez de me dire la vérité...

Mark se mit à parler très rapidement. Soudain distraite, elle ne l'écoutait presque plus. Elle repensa à sa phrase si légère : « Je sens quand on me ment. » Elle n'avait rien senti du tout avec son Sud-Américain. Mais Dieu sait qu'il mentait bien ! Il mentait bien, il embrassait bien, il dansait bien !

— Vous m'entendez, maître Martin ?

— Bien sûr ! répondit-elle.

— Alors, vous venez ? J'ai demandé à Arnold Curaçao s'il acceptait de vous rencontrer.

— Le rencontrer, lui, votre adversaire ?

Curaçao avait dû prendre le combiné des mains de Mark. Elle entendit une voix chaleureuse, sans l'ombre d'un accent. « D'où diable sort ce mec ? » se demanda Clara.

— Madame, dit Curaçao, je serais ravi de vous recevoir. Je considère que je suis fort dans cette affaire, je tiens tellement de preuves contre votre éventuel client que vous ne pourrez en aucun cas faire quoi que ce soit légalement.

— Ce que vous dites, monsieur Curaçao, fit-elle, n'est ni logique ni légal.

— Si j'étais psycho-rigide et trop légaliste, je ne serais jamais arrivé au point où je suis, dit Curaçao. Je vous propose une petite réunion informelle. Cette affaire sera très rapidement liquidée. Comme je connais vos exigences et les finances de mon ex-gendre, vous n'aurez qu'à m'envoyer votre note d'honoraires.

« Quelle ordure ! pensa Clara. Il veut déjà m'acheter par téléphone. Je suis moins que rien pour lui ! Une bricole juridique. »

— Votre plaisanterie de mauvais goût, monsieur Curaçao, ne me fait pas sourire.

Elle jeta un coup d'œil à sa montre.

— Dans une demi-heure, je serai chez vous.

Curaçao lui indiqua l'adresse. Un maître d'hôtel l'attendrait devant l'immeuble.

*

Clara appela aussitôt Henri pour qu'il arrête les recherches auprès des hôpitaux et à la préfecture.

— Henri, il n'y a pas eu de suicide ! La fille de Curaçao est vivante. Je vais rejoindre notre futur client Mark Robin chez son beau-père. Notez l'adresse. Allez au bureau chercher les jurisprudences les plus anciennes concernant les refus d'aide à personne en danger. Regardez aussi sur Internet et dans les conventions internationales. Cherchez les jugements qui concernent les homicides involontaires les plus récents.

Henri demanda, énervé :

— Vous avez besoin de tout cela pour quand ?

— Au fur et à mesure que vous trouvez des éléments, il faut me les communiquer. Mais faites vite ! Appelez le stagiaire. L'autre stagiaire aussi, qui n'est venu qu'une seule fois, retrouvez-le ! Sortez-moi la secrétaire de ses tricots et de ses chats, tout le monde doit s'y mettre.

— Quoi ? dit Henri.

Clara éleva voix :

— Je dois défendre un type soupçonné d'avoir aidé sa femme à mourir. Il l'aurait empêchée de demander de l'aide en cachant le téléphone portable et en démolissant l'autre, l'appareil fixe. Le gosse dont tout le monde veut la garde vaut un fric fou.

— Ah bon ! dit Henri. Tout cela pour ce soir ?

— Non, vous avez jusqu'à demain matin !

— Vous êtes généreuse ! Comptez sur moi !

*

Bientôt Clara se trouva avenue Foch, dans le salon octogonal de l'appartement d'Arnold Curaçao. Le maître d'hôtel lui proposa une boisson qu'elle refusa et, après quelques minutes d'attente, il conduisit Clara au fumoir où Mark marchait de long en large. Il faillit se précipiter vers elle, mais se retint à temps. Ce n'était pas le style de Clara, les accolades.

— Bonjour, dit-elle. On se revoit plus vite que prévu !

Robin jeta un coup d'œil aux murs, mit l'index devant ses lèvres pour signaler qu'ils étaient peut-être écoutés. Clara haussa les épaules et prononça d'une voix assez forte :

— Dites la vérité. Ça fera gagner du temps.

Elle écrivit sur une feuille sortie de son sac : « Pas d'allusion à notre rencontre à Vienne. »

Mark fit « oui » de la tête et déclara à voix haute :

— Je désire être défendu par vous. Mon affaire actuelle est la conséquence d'un divorce. Son prolongement. Il s'agit de la garde de l'enfant que j'ai eu avec Adrienne Curaçao. Le père et la fille veulent me priver de cette garde, et même du droit de visite. Pour m'interdire de voir mon fils, ils seraient capables de m'accuser d'avoir délibérément laissé mourir ma femme.

Clara fit un signe de la tête. Elle était d'accord avec le style adopté par Mark. Tout en écoutant son récit, en le comparant mentalement à ce qu'il lui avait déjà dit à Vienne, elle promenait son regard dans la pièce. Pas de caméras visibles, sans doute des micros. Une cafetière était posée sur la petite table du milieu, ainsi qu'un plateau de mini-sandwichs. Elle se souvint qu'elle n'avait rien mangé depuis le matin.

— Je ne peux pas sortir d'ici, continua Mark. Je ne crois pas.

— Bien sûr que si ! dit-elle. On ne retient pas facilement quelqu'un de force. Nous partirons ensemble. Vous avez une possibilité de l'appeler, votre ex-beau-père ?

— Je dois m'adresser au maître d'hôtel.

— Tout cela est très chic, observa Clara. J'espère qu'aucun bouton ne manque à la veste de ce maître d'hôtel, j'en serais offusquée.

Soudain elle découvrit une petite caméra fixée dans un coin du plafond, derrière un ange en stuc. À côté de la tête de l'ange, l'objectif tournant surveillait la pièce. Clara s'adressa à l'appareil :

— Si vous nous regardez sur un écran intérieur, sachez que je serais ravie de faire votre connaissance, monsieur Curaçao. Jouer au méchant de James Bond est ridicule. Si par hasard vous avez sur les genoux un grand chat blanc que vous caressez, inspiré par Hitchcock, posez-le par terre et venez nous rejoindre.

Il n'y eut pas de réponse. Mark susurra :

— Vous croyez qu'il a vu la feuille ?

— Je ne crois pas, mais qu'importe !

Mark poursuivit son récit :

— Selon Curaçao, je risque d'être accusé de non-assistance à personne en danger, ou même d'homicide involontaire. À mon deuxième passage, mon ex-femme, les yeux entrouverts, aurait murmuré « Aide-moi » et je ne l'aurais pas écoutée.

— L'avez-vous entendu, cet appel ?

Mark fit un geste vague :

— Je ne sais pas. Ses lèvres bougeaient, elle me regardait. Comédie ou vérité ? Je n'en sais rien.

Clara se versa du café et grignota un tout petit sandwich, délicat. Son client se trouvait dans une situation peu confortable, comme elle. D'un côté, Mark, piégé ; de l'autre, elle, menacée de scandale par Thierry. Il fallait qu'elle se débarrasse de ces piranhas qui grouillaient autour d'elle, tout en dépannant ce type démuni d'arguments de défense.

À cet instant, la porte s'ouvrit. La silhouette qui se tenait dans l'embrasure était impressionnante. Un lustre de cristal illuminait la pièce derrière lui.

— Vous êtes maître Clara Martin ? demanda l'homme en s'approchant d'elle.

— Et vous, Arnold Curaçao ?

— Sans l'ombre d'un doute.

Il éleva légèrement la main tendue de Clara, esquissa un baisemain, puis désigna un siège.

— J'ai apprécié votre plaisanterie à propos du chat. Diversion, n'est-ce pas ?

Clara répliqua :

— Heureusement que nous avons tous deux le sens de l'humour. Quand j'ai entendu au téléphone vos bêtises, qui frôlaient d'ailleurs l'injure sur les honoraires que vous voudriez me régler vous-même, j'ai préféré sourire.

— Cher maître, reprit Curaçao, je ne mets pas une seconde vos qualités en doute, mais vous aurez beaucoup de difficultés pour tirer Mark Robin de cette affaire.

— S'il y a une affaire, dit-elle, car ce n'est pas encore si sûr ! Pour le moment, considérez-moi comme l'amie de M. Robin, sa conseillère. Vous m'avez aimablement invitée pour que nous bavardions. Il me semble, monsieur Curaçao, que votre intérêt, c'est que cette affaire reste dans une discrétion totale.

— Madame, dit Curaçao, ne vous donnez pas la peine d'improviser une plaidoirie, nous n'arriverons sans doute jamais devant un tribunal. Le fait que nous nous rencontrions ici est peut-être un handicap pour vous et votre client. Et si je vous avais invitée pour vous neutraliser ?

Clara, profondément agacée par l'attitude de l'homme d'affaires, se sentait dénigrée.

— Monsieur Curaçao, depuis mon enfance je déteste l'histoire du pot de fer et du pot de terre. Mais vous n'êtes pas tout à fait un pot de fer et je ne suis pas tout à fait un pot de terre. Le résultat de la collision n'est pas prévisible. Inutile de jouer, monsieur Curaçao : ça fait mafia, ça fait parrain, ce n'est pas votre style, du moins je le crois.

— Non, dit Arnold, non. En effet, mais je hais cet homme.

Du menton il désignait Mark, qui réagit :

— Vous m'avez choisi pour m'offrir à votre fille.

Curaçao fronça les sourcils et entreprit de développer sa théorie sur la spontanéité des sentiments, puis précisa la liberté totale qu'il avait accordée à sa fille. L'amour qu'elle éprouvait pour Mark et aussi le bonheur fragile des premiers temps de leur mariage. Mark semblait le gendre idéal, facile à orienter dans sa vie professionnelle, habitué aux efforts qu'exigeait son travail de chimiste. Consciencieux.

— Vous avez plu à ma fille, c'est pourquoi je vous ai accueilli sans conditions préalables. Sauf, ajouta-t-il, la clause de séparation des biens. Ce n'était pas difficile : vous n'aviez rien.

Mark riposta en insistant sur le fait qu'Adrienne n'était pas à une tentative de suicide près et qu'en définitive, s'il se sentait dans son tort, il ne se considérait pas une seconde comme un criminel. Pour terminer son pauvre discours, il déclara :

— Nous allons partir, maintenant. Mon avocat sera à la disposition des vôtres.

Clara intervint :

— Pour le moment, il n'y a pas de plainte, donc pas de litige.

— Nous verrons, dit Curaçao. Vous ne connaissez pas encore les détails de leur défunt mariage.

Il s'adressa à Mark :

— Je ne vous retiens pas. L'appartement que vous habitez, je le connais ; les codes, je les connais ; votre situation financière, au centime près, je la connais, et votre avocate aussi, je la connais depuis... – il regarda sa montre-bracelet – une demi-heure.

Il se tourna vers Clara :

— En tout cas, je suis ravi d'avoir fait votre connaissance, madame.

Leurs regards se rencontrèrent. Cet homme était-il séduisant, repoussant, agressif ou fascinant ? En tout cas, intéressant. Quel que fût le chaos, l'esprit de synthèse de Clara remettait toujours les pièces d'un puzzle à leur place. Ce Curaçao était-il originaire du lieu dont il portait le nom ? Peu probable, mais pas exclu. Peut-être une lointaine relation familiale, ou une coïncidence ? Arnold Curaçao avait le type européen, le teint légèrement hâlé. « Un joueur de golf », présuma Clara.

Elle pensa vaguement qu'il lui suffirait d'être nommée conseillère d'une ou deux sociétés appartenant à cet homme pour oublier ses couples divorcés et devenir une avocate d'affaires internationale. Son fantasme était là, devant elle : un homme à la puissance économique presque planétaire. Et elle devait, hélas, s'occuper d'une misérable affaire de haine, provoquée par la lutte pour garder un enfant. Curaçao avait des mains soignées, aucune chevalière de mauvais goût, une montre sans doute hors de portée du commun des mortels. L'ovale de son visage était net. Mince, grand, élégant, il dominait aussi physiquement. « Il a la chance, malgré son argent, d'être attirant, pensa Clara. Veuf ? C'était pire que d'être marié. Il avait la liberté de choix à chaque instant. Ce ne sont pas les belles filles qui manquent ! » pensa-t-elle. Aurait-elle voulu – même inconsciemment – se placer sur l'échiquier de cet homme, elle partait perdante. Elle avait perçu le regard de Curaçao. Un regard qui englobait, auquel aucun détail n'échappait. Clara se félicitait d'avoir mis des chaussures italiennes très fines. Elle ne se sentait pas belle, mais élégante et intelligente, c'était déjà ça.

*

Mark et Clara se retrouvèrent bientôt dehors. Ils prirent un taxi. Clara expliqua le programme des prochaines heures :

— Je vous ramène pour l'instant à l'hôtel où j'ai pris une chambre. Nous allons parler tranquillement.

Mark, préoccupé, ne l'écoutait guère.

— Vous allez connaître mon associé, continua-t-elle.

Mark suivait une idée qui le tourmentait. Tassé sur la banquette arrière du taxi, il s'embarqua dans une explication confuse :

— Je n'ai pas pu prendre ma valise à Roissy, elle est restée sur le tapis roulant.

— Figurez-vous qu'en attendant la mienne, je l'ai remarquée. Mais je n'avais aucune raison de la prendre. Je ne savais même pas si je vous reverrais.

— Il faut aller la chercher, dit Robin. Dans cette valise, il y a un paquet. Dans le paquet, un flacon. Il faut absolument récupérer ma valise dès ce soir, dit-il d'un ton pressant.

— Tout est fermé à Roissy. Votre flacon attendra demain matin. Si vous avez besoin d'un calmant, je vous en donnerai.

Ce type sans cesse sur les nerfs l'agaçait. Elle avait l'impression que la bataille avec Curaçao allait être difficile. Cette histoire de « non-assistance à personne en danger » était embarrassante, mais elle imaginait déjà vaguement une parade. Elle n'avait pas le temps de s'occuper des flacons de Mark.

— Le flacon, répétait-il. J'ai la certitude que ce flacon peut nous aider.

— Nous allons récupérer votre valise, dit Clara. Je ne sais pas ce que vous attendez de votre flacon, mais je vous aiderai. Nous ferons appel à un détective privé. Il ira à Roissy – je ne sais pas ce qu'il pourra obtenir à 23 heures –, en tout cas demain, dès 6 heures, il y sera. Vous allez d'abord me dire ce qu'il y a dans ce flacon auquel vous tenez tellement.

— Peut-être une preuve.

Clara, soudain intéressée, appela Henri et lui demanda d'organiser la récupération du bagage.

— Payez au rouquin triple tarif, mais il nous faut cette valise. Ça va aller, dit-elle à Mark, vous aurez votre flacon.

CHAPITRE 25

L'employé de nuit, à l'hôtel, n'avait jamais connu un tel remue-ménage. Mme Clara Lévy était arrivée en compagnie d'un homme fatigué qui visiblement se laissait diriger. Elle lui avait dit : « On monte au deuxième étage, dans ma chambre. » Elle paraissait plutôt autoritaire. Avant de s'engager dans la cage d'escalier, elle avait posé un billet de vingt euros sur le comptoir à l'intention du concierge. « Pour le dérangement, avait-elle dit. J'attends encore quelqu'un. Nous ne ferons pas de bruit. » Un quart d'heure plus tard, un troisième homme les avait rejoints dans la chambre louée par cette femme plutôt insolite par rapport à la clientèle habituelle de l'établissement.

Lorsqu'ils furent tous ensemble, Henri, reconnu enfin comme un élément indispensable dans l'existence de Clara, était rayonnant. Mark reprenait confiance. L'équipe constituée autour de lui paraissait solide.

Henri glissa dans le sac de Clara le dossier de Thierry.

— Vous aurez de quoi lire plus tard.

Il ajouta que, selon ses informations, le jeune homme habitait un immeuble du dix-huitième arrondissement.

— Si vous voulez envoyer quelqu'un lui donner une raclée, je peux vous fournir l'adresse précise.

— Votre plaisanterie n'est pas du meilleur goût, répondit Clara qui ajouta après une courte réflexion : J'ai peut-être une autre idée... Mais calmez-vous. Vous allez faire peur à notre Mark Robin.

— Je déborde, dit Henri. Je n'y peux rien, je suis comme la mousse de la bière, je déborde ! Je trouve notre métier exaltant. Comme nous le pratiquons, il réunit cinq corporations : psychanalystes, flics, manipulateurs de lois et de jurisprudences, justiciers et infirmiers. Nous donnons une image complète de l'asile qu'est devenue notre belle société.

Pour réconforter Mark qui les écoutait, désorienté, elle dit :

— Mon associé – vous pouvez l'appeler Henri – est un homme d'une rare énergie. Et il a beaucoup d'humour. Ça aide, par moments.

Mark la rassura :

— Je n'ai aucune inquiétude, je me sens presque détendu en sa présence.

Décidément, c'était la nuit de toutes les magies pour Henri. Ses yeux brillaient. Grâce à ce maquereau de Thierry, il connaissait la gloire. Il se tourna vers Mark :

— Vous, *the* client ! Écoutez-moi ! Vous pouvez dormir tranquille. Nous sommes là !

— Pourquoi me parle-t-il comme ça ? demanda Robin à Clara. Il se moque de moi ?

— Mais non, il ne se moque de personne. C'est un cyclothymique. Tantôt il vous mord, tantôt il vous embrasse. Vous êtes aujourd'hui du bon côté : embrassé.

— Avez-vous envoyé quelqu'un à Roissy ? demanda Mark pour la troisième fois. Je vous assure que ce bagage est d'une importance capitale.

Henri lui tapa dans le dos. Il estimait avoir déjà sa place parmi les grands. Il débita très vite :

— Ne vous inquiétez pas, vous l'aurez, votre valise.

Mais il nous faut le reçu. Sans numéro, pas de valise. Il doit être agrafé à votre billet d'avion.

Robin se souvint d'avoir glissé le petit carton quelque part dans une poche. Pourquoi l'avait-il détaché du billet ? Mystère. Mais il avait la certitude d'avoir voulu mettre ce récépissé en sécurité.

Henri déployait tout son zèle.

— Tâtez, cherchez, fouillez, lui dit-il. C'est à ce carton que votre valise est suspendue, le flacon en prime. Car il paraît que vous êtes à la recherche d'un flacon. La potion magique ?

Mark se tourna vers Clara.

— Je crois qu'il a un vrai problème, votre collaborateur ! Il est si...

Il n'osa pas finir sa phrase. Le destin de la valise dépendait de cet homme. Il ne fallait pas l'agacer, ni le froisser.

— Il est heureux, tout simplement, dit Clara, soudain de mauvaise humeur. Avant de vous occuper de ses états d'âme, cherchez ce putain de numéro.

Il y avait quatre poches extérieures sur la veste de Mark et deux à l'intérieur, dans la doublure.

— Rien.

Henri faillit tapoter la fesse de Mark, mais il se contenta de désigner du doigt :

— Et ici ?

En effet, une petite poche boutonnée était à moitié cachée par la ceinture. Mark l'ouvrit et sortit le ticket.

— Je l'ai !

— Ça va, dit Clara. Vous voyez, si on reste calme, on trouve tout !

Henri tournait le ticket entre deux doigts.

— Il ne faut pas le perdre, dit-il d'un ton provocant.

Il fit disparaître le ticket dans la manche de sa veste :

— Tour de magie !

Mais, devant le visage figé du client et les sourcils

froncés de Clara, il fit ressortir le ticket dans le creux de sa main et déclara d'un ton plus calme :

— Le revoilà... J'ai toujours voulu faire concurrence à David Copperfield, la star de Las Vegas...

— Henri, prononça Clara, vous nous tuez !

Henri posa le ticket contre ses lèvres et fit semblant d'y déposer un baiser.

— Avec ça, le rouquin va récupérer la valise demain matin. Il sera à Roissy dès 6 heures, je vous le garantis.

*

Après leur départ et l'échange des différents numéros de portables, Clara se coucha. Elle se sentait collante : l'eau de la douche n'était ni chaude, ni froide, mais d'une tiédeur poisseuse. Elle se glissa sous la couverture usée. Le drap dégageait une forte odeur de désinfectant. L'oreiller était un de ces objets en matière synthétique qui résiste à toute tentative de se modeler selon les besoins d'une nuque fatiguée. Elle ouvrit le dossier de Thierry, commença à l'étudier, et n'éteignit la lumière que vers 3 heures.

Le lendemain matin, un employé, qui ne parlait aucune langue connue, ne put donc répondre aux questions de Clara, mais lui apporta sur un plateau miteux, dans un pot de métal rayé, un café, un petit pain rassis et un carré de beurre qui même à travers le papier d'aluminium sentait le rance, un pot de lait bizarre, une cuillère et un couteau. Elle appela le standard :

— Bonjour. On m'a déposé un plateau alors que je n'ai rien demandé.

— Compris dans le prix de la chambre, répondit une voix enfumée. Vous n'avez qu'à le laisser.

Clara se lava les dents en prenant l'eau dans le creux de sa paume, s'habilla, puis, le téléphone portable serré dans la main droite comme une arme, sortit de l'hôtel pour se précipiter dans le premier bistrot ouvert. Installée dans un coin, sur une banquette recouverte de plastique rouge râpé, elle demanda deux doubles expressos et une corbeille de croissants.

— Vous attendez quelqu'un ? interrogea le garçon.

— Bien sûr ! déclara-t-elle. Mais si je suis plaquée, je ferai seule un sort à tous vos croissants !

Transformant la table en bureau, elle étala son carnet d'adresses, son agenda électronique, et commença à téléphoner. Son ancien carnet d'adresses ? Elle le considéra avec dégoût. Elle n'avait pas encore pris le temps d'enregistrer les numéros inscrits n'importe comment. Avec ce carnet qui vomissait de temps à autre un amas de Post-it, elle avait l'impression de transporter une poubelle... Bref, pensa-t-elle, ce n'est pas mon problème principal.

Elle appela Curaçao sur sa ligne directe. L'homme l'accueillit plutôt poliment, mais il parlait si bas qu'elle l'entendait à peine. Il ne devait pas être seul. Clara lui annonça qu'elle allait lui proposer un arrangement.

— Je ne ferai aucun compromis, dit l'homme d'affaires, mais, par courtoisie, je vous écouterai.

*

Le lendemain à 15 heures Clara et Mark arrivèrent ensemble au rendez-vous. Robin semblait moins désemparé que la veille : il avait récupéré sa valise.

— Pour le rouquin, dit Henri, vous aurez une note à part, à payer en espèces. Il a dû arroser des employés pour qu'on le laisse entrer dans les réserves où ils entassent les bagages oubliés ou perdus lors des transits.

Curaçao constata que Mark paraissait presque combatif. « L'effet Clara Martin », pensa-t-il.

— Bienvenue chez moi, dit-il. Je n'ai pas beaucoup de temps, mais je vous écouterai avec attention.

Clara demanda d'un ton légèrement insidieux :

— Monsieur Curaçao, voulez-vous avoir l'amabilité de faire projeter le premier film, puis la seconde de vos cassettes de sécurité ?

— Je n'en ai que des copies, répondit Curaçao, les originaux sont chez l'huissier que j'ai fait venir hier.

— Vous avez des copies ? répéta Clara. C'est déjà ça. J'ai oublié l'huissier.

— Vous avez plutôt fait semblant... pour me tester.

— Peut-être, dit Clara.

Curaçao quitta la pièce, puis quelques minutes plus tard, revint en souriant avec les films.

— J'ai gardé mon équipement de projection au complet. Vous allez pouvoir admirer la performance technique de mes appareils.

Il pianota sur le clavier de la télécommande. Aussitôt les stores du salon descendirent sur les fenêtres et l'écran caché par le paravent chinois réapparut. La projection commença dans un silence complet.

Le premier film reproduisait tous les mouvements de Mark depuis le moment où il était entré dans la maison chercher Daniel. De temps en temps, à la demande de Clara, Curaçao arrêtait la projection.

— Monsieur, pour quelle raison la porte d'entrée d'une maison aussi bien protégée était-elle ouverte ?

— Entrouverte, rectifia l'homme d'affaires. Mon gendre n'en avait plus les clefs.

— Dans votre somptueuse maison, il n'y avait donc personne pour surveiller l'enfant, lui assurer une présence jusqu'à l'arrivée de Mark Robin ?

— Ma fille était couchée dans sa chambre, l'enfant attendait.

— Il était très sage, précisa Mark. Quand je suis arrivé, il se tenait debout entre la petite et la grande valise, il regardait la porte.

— Vous donnerez votre version plus tard, monsieur Robin, rétorqua Clara, qui se tourna vers Curaçao :

Pour que votre fille semble inconsciente, ou le soit vraiment, il fallait de vingt à quarante minutes, le temps que les comprimés produisent leur effet, en admettant qu'il s'agisse juste de somnifères. Si son père était arrivé en retard, l'enfant serait resté seul dans le hall. Il aurait pu s'ennuyer, sortir, traverser l'allée en courant et se retrouver dans la rue.

— Mais non, protesta Curaçao, le petit savait que son père venait.

— Oui, monsieur, mais j'aimerais quand même avoir une idée de l'heure exacte d'arrivée de Robin. Si nous nous arrêtons sur l'image où on le voit entrer dans le hall, nous pouvons lire la date et l'heure à la minute près.

— Oui, dit Curaçao. Pourquoi pas ?

Sur le grand écran apparut Mark : il pénétrait dans le hall, embrassait l'enfant, la voix de Daniel était bien audible : « Il faut pas déranger maman. Maman dort. »

— Je reviens sur ce fait et j'insiste. Une maison aussi bien gardée pouvait-elle rester, même pour peu de temps, sans aucune protection ? La nurse n'était pas venue ce matin-là. Elle devait subir un examen à l'hôpital. Votre fille lui avait donné la permission de s'absenter.

— Alors, c'est sans doute la cuisinière qui devait ouvrir, dit Curaçao.

— Il n'y avait plus de cuisinière à demeure depuis trois mois. C'est ce que m'a dit M. Robin, je crois ?

Mark souligna le fait que Nanny était maintenant la seule employée, avec une femme de ménage qui venait faire quelques heures quand elle avait besoin d'argent. Curaçao s'impatienta.

— Pas la peine de couper les cheveux en quatre, cher maître. Il n'y a eu aucun changement dans les événements depuis hier. Ma fille avait laissé la porte entrouverte pour que Robin puisse entrer et emmener l'enfant. C'est tout !

— Je reviens sur la notion de responsabilité maternelle, dit Clara. Elle aurait donc absorbé ses médicaments après son retour dans sa chambre ?

— Bien sûr. Elle était désespérée.

— J'insiste. Elle n'a pas mesuré le danger à laisser l'enfant seul dans le hall, la porte entrebâillée.

— Lorsque quelqu'un veut se suicider, dit Curaçao, il ne se munit pas d'un chronomètre.

— Une mère est différente, monsieur, sauf si elle est psychiquement déséquilibrée. Une mère qui sombre dans l'inconscience en laissant un enfant de cinq ans seul dans le hall, la porte ouverte, est un être dangereux. Est-il raisonnable de confier la garde d'un enfant à une mère si peu fiable ?

La colère gagnait Curaçao, mais il se garda de s'emballer.

— Ma fille est une mère irréprochable, maître.

Clara laissa l'atmosphère se détendre, puis elle proposa :

— Reprenons au début.

Sur la première bobine, Mark montait à l'étage ; puis il redescendait et sortait avec l'enfant. La lourde porte d'entrée restait un moment entrebâillée, puis se refermait doucement. Sur l'image arrêtée, Clara crut déceler l'ombre d'une silhouette.

— Selon moi, dit-elle, quelqu'un est venu refermer la porte. Ce quelqu'un connaissait le champ de la caméra braquée sur cet angle et pouvait le contourner.

— Vous prenez vos désirs pour la réalité ! s'écria Curaçao. Je peux vous garantir qu'il n'y avait personne d'autre dans cette maison.

— Qu'en savez-vous ? Vous n'étiez même pas à Paris ! Monsieur Curaçao, si nous pouvons prouver que Mme ex-Robin ne se trouvait pas seule lors de sa tentative de suicide, vous ne pourrez pas accuser M. Robin de l'avoir abandonnée dans la maison, livrée à elle-même.

290

— Même si vous aviez raison, maître, c'est le résultat qui compte : l'abandon d'une femme inconsciente, aux tendances suicidaires reconnues. Je continue la projection ?

Clara répondit d'un ton agréable :

— Je vous en remercie. Nous sommes là pour cela. J'aurai peut-être quelques petites choses à vous signaler, certains détails qui risquent de vous intéresser.

Le film continua à défiler. Lorsque Mark pénétra pour la deuxième fois dans la chambre d'Adrienne, Clara réclama un nouvel arrêt sur image.

— Que cherchez-vous ? demanda Curaçao.

— Analysez, monsieur, ce que nous voyons ! Vous pouvez constater que Mark Robin se penche sur le lit. Sa tête masque la tête de votre fille. Aurait-elle ouvert les yeux ? Aurait-elle prononcé un mot ? Vous affirmez sans la moindre preuve. Si votre fille avait parlé à son mari...

Curaçao l'interrompit :

— C'est vous qui enfoncez votre client, maître.

Clara continua :

— Pas du tout. Regardez le bras gauche de Mark.

— Je regarde, et alors ?

— Observez la différence de taille avec l'autre. Veuillez faire fonctionner le zoom.

Curaçao concentra le focus sur l'image. En effet, le bras gauche de Mark semblait presque sortir de l'écran.

— Il fait un geste et sa main échappe à la caméra. Regardez bien. Son épaule gauche est plus basse que celle de droite. S'incline-t-il pour ramasser un objet ? Ou se penche-t-il légèrement en avant ? Qu'est-ce qu'il fait, M. Robin ?

— Il gratte le tapis de désespoir, tenta de plaisanter Arnold Curaçao.

Clara reprit :

— Mon client ramasse quelques-uns des comprimés éparpillés sur la moquette.

— Et alors ? dit Curaçao. C'est juste un réflexe. Quel intérêt...

— Revenons en arrière, si vous le voulez bien.

Mark sortit de l'image à reculons.

— Combien de flacons voyez-vous sur la table de chevet, monsieur Curaçao ?

— Deux, dit l'homme d'affaires, crispé.

Au fur et à mesure des projections et de leur répétition, de la dissection des images, l'affaire se compliquait. On assista à une deuxième arrivée de Mark et à un deuxième départ de la chambre à coucher. Une marche arrière fit ressortir Mark, puis il reparut. À son deuxième départ...

— Stop ! dit Clara. Regardez bien, monsieur Curaçao. Il y a combien de flacons sur la table de chevet ?

Curaçao était de plus en plus nerveux.

— Ne perdons pas notre temps, maître !

— Regardez. Serrez l'image de la table de chevet. Combien de flacons, monsieur Curaçao ?

— Un seul, reconnut-il, maussade.

— Si vous êtes pressé, vous pouvez arrêter la projection et ranger votre matériel. En cas de désaccord entre mon client et vous, les experts de la police judiciaire examineront ces films sur des écrans qui permettent d'agrandir à l'extrême le moindre détail.

— Madame Martin ! s'exclama Curaçao. Qui parle de police ?

Clara expliqua alors à Curaçao que les comprimés que Mark avait ramassés avaient été analysés.

— Et alors ? dit Curaçao. Je vous écoute.

Clara venait de prendre dans son sac à main, de la taille d'un porte-documents, une feuille qu'elle tendit à Curaçao.

— Les comprimés ? Du placebo. Ces comprimés ne contiennent aucun produit chimique. Un laboratoire – à ma disposition vingt-quatre heures sur vingt-quatre – m'a fait parvenir une première analyse : c'est du Mannitol compressé. Mon client, lorsque son bras semble s'allonger, prend l'un des flacons. Lors d'un prochain examen du film, quand votre attention sera plus concentrée, vous constaterez qu'en se penchant sur votre fille, Robin met une fraction de seconde la main droite dans sa poche. Il en sort un mouchoir avec lequel il saisit le flacon. Au moment où la caméra tourne – lorsqu'on voit le téléphone par terre –, il glisse le flacon dans sa poche. En partant pour Vienne, il l'emporte avec lui. Réflexe de chimiste. Sans doute devine-t-il la mise en scène. Il n'y croit pas, il la sent. Sur ce flacon, il y a vos empreintes. Hier, vous m'avez demandé si je fumais. J'ai dit non. D'une manière très naturelle, vous avez pris ce petit cendrier en argent et vous l'avez poussé de l'autre côté de la table.

Elle sortit de son sac la coupelle en argent.

— Le voilà. Vous l'avez touché, je l'ai pris – disons – par hasard, comme si j'avais confondu l'objet avec mon poudrier qui est de même taille, et en argent aussi. Je devais être distraite, hier. Il se trouve que, grâce à ma distraction, j'ai pu obtenir vos empreintes qui sont, selon le labo, les mêmes que celles qu'on trouve sur le flacon. Il y a aussi d'autres empreintes, sans doute celles d'Adrienne. Monsieur Curaçao, j'émets une hypothèse : si vous aviez fabriqué toute cette affaire pour priver mon client de la garde de son petit garçon ?

— Belle histoire, intervint Curaçao, l'idée n'est pas mauvaise. Mais vos prétendues preuves ne servent à rien. Elles ont été obtenues sans autorisation d'un juge et sans mandat de perquisition.

— Monsieur Curaçao, continua Clara imperturbable, vous avez été choqué par les deux tentatives de suicide de votre fille. Vous avez décidé de la libérer de la crainte que lui inspirait son ex-mari. Il fallait écarter définitivement Mark de l'existence d'Adrienne. Le meurtre ? Ce n'est pas votre style, le risque est trop grand. Le kidnapping de votre gendre ? Le résultat est tout à fait aléatoire. Il peut s'échapper ou mourir, on ne sait jamais. Un accident provoqué ? Risqué ! Nous vivons tous entourés de caméras. Elles sont camouflées, peut-être, mais elles font partie de notre siècle malade. La preuve : ce flacon. Sur une première image, on en voit deux, sur la suivante, un seul. Vous êtes tombé dans votre propre piège. Nous allons donc prouver que l'affaire a été montée de toutes pièces. Vous n'avez pas prévu que cet homme maladroit, timide, a l'instinct du chimiste, qu'il ne peut résister à ramasser des comprimés traînant par terre. Nous en avons combien en réserve, Mark ?

— Vous en avez remis deux au labo, j'en ai encore trois.

— Le flacon, dit-elle, est à l'abri, sous scellés. Monsieur Curaçao, déclara-t-elle, j'attends vos commentaires.

— Vous me faites rire, dit-il sans le moindre sourire. Vous tenez apparemment quelques bonnes cartes... Mais sur le plan proprement juridique, vous êtes à côté de la plaque. Vous avez fait là un travail d'amateur, du bricolage intelligent. Je peux m'adresser à l'un de vos confrères, un pénaliste réputé. Il vous écrasera !

— Peut-être, dit Clara, mais ensuite le scandale vous écrasera à votre tour ! Votre nom est très connu. Il s'agit de la garde d'un enfant, de votre petit-fils. Vous serez médiatisé à l'extrême. La rumeur fera de vous l'auteur d'un rapt, celui de votre gendre. On trouvera un témoin pour nous raconter la manière dont Robin a été « accueilli » à Roissy. Tous ceux qui vous entourent et qui ne sont pas liés par le secret professionnel vous trahiront. C'est une question de prix, monsieur Curaçao. Votre personnel ne doit pas vous aimer follement. Je ne sais pas comment vous le payez, mais la surenchère ne devrait pas coûter des fortunes...

— Supposons que je ne veuille pas m'amuser plus longtemps avec vous, dit Curaçao, et que je décide d'en terminer avec cette affaire. Vous proposez quoi ?

— La paix pour mon client. Vous le laisserez rencontrer son enfant autant qu'il le voudra. Nous ne demanderons pas la garde, mais un droit de visite élargi, plus souple. Vous êtes mieux équipé – si j'ose dire – pour la garde elle-même qui revient d'office à la mère. Évidemment, je ferai en sorte qu'aucun problème psychique ne soit évoqué concernant l'état de votre fille.

— Vous ne voulez pas admettre, dit Curaçao exaspéré, que cet homme – il désigna Mark – pourrait démolir mon petit-fils, partir avec lui et le faire disparaître dans un pays étranger, par exemple ?

— Ce sont des mots, monsieur Curaçao. Vous savez très bien que mon client n'a pas l'argent nécessaire pour se cacher quelque part.

— C'est un faible, dit Curaçao. Les faibles sont capables de tout quand ils deviennent mauvais.

— Je vous propose un accord à l'amiable, dans votre intérêt. Sinon, mon client dépose plainte. Si je devais énumérer tous nos griefs, nous serions encore là ce soir.

« Sacrée bonne femme ! » pensa Curaçao, qui prononça :

— Maître, je n'admets pas que vous puissiez avoir raison, mais votre insistance paie. Les circonstances sont telles que – peut-être – je préférerais un accord à un procès qui s'étalerait dans les journaux. Vous n'avez pas tort lorsque vous faites allusion à mon allergie au scandale.

— Parfait, dit-elle. Mettez-moi en contact avec vos avocats.

— À quoi bon ? dit-il.

— Nos accords doivent être officiels.

Curaçao soupira.

— Si je ne change pas d'avis, ce sera comme vous voudrez. Mais, si étonnant que cela puisse vous paraître, cher maître, je considère que j'ai gagné.

— Sur quel plan ?

— J'ai fait votre connaissance. Pour le reste, nous allons procéder, en tout état de cause, en douceur. En sourdine.

Il se tourna vers Mark.

— Dommage que vous ne conveniez plus à ma fille ! Le coup du comprimé me plaît. Le flacon, pas mal non plus ! Êtes-vous sûr de ne pas vouloir reprendre la vie commune avec Adrienne qui vous aime encore ?

Malgré sa profonde satisfaction, Mark éprouva à cette idée une violente répulsion physique et morale à l'égard du père et de la fille. Il répondit d'une voix claire, sûr de lui-même :

— Votre fille ? Non. Je préférerais devenir SDF et loger dans des cartons. Et, même dans ce cas, je suis persuadé que maître Martin vous obligerait à me confier mon fils pour le week-end, quitte à le passer, ce week-end, sur un trottoir.

Pensif, Curaçao regarda Mark, puis Clara.

Clara ? Cette femme, il la voulait.

CHAPITRE 26

Clara ne croyait pas une seconde que l'affaire soit « terminée ». Curaçao était connu pour ses coups tordus. Il allait sûrement inventer un moyen d'éloigner Mark du cercle dit « familial ». Mark avait appris par son fils que sa mère et son grand-père comptaient l'emmener dans le Midi pour lui montrer la grande maison où Papy lui offrirait le « petit cheval » promis, le cadeau d'anniversaire de ses six ans. Mark n'avait aucune certitude sur la date de retour de l'enfant. Clara constata que le cinéma recommençait, que la guérilla se déclenchait dès qu'il s'agissait des déplacements de Daniel. Elle appela Curaçao, qui était « en conférence ». La réponse lui parut, même si elle était justifiée, angoissante.

Thierry, apparemment moins pressé de toucher son argent, avait demandé que le rendez-vous soit remis au mercredi midi. Clara avait appelé le restaurant pour réserver une table. Le patron lui avait précisé que, si elle venait avant 12 h 30, elle aurait de la place.

Lorsqu'elle arriva, il n'y avait plus une seule table libre. Tous les employés de bureau – et ils étaient nombreux de ce côté de Neuilly – venaient déjeuner là. Thierry l'attendait. Il lui fit de grands signes. Il portait une chemise italienne ouverte jusqu'à mi-poitrine. N'importe quel coup d'œil, même le plus innocent, aurait remarqué son estomac plat et bronzé. Clara s'avança dans la salle déjà enfumée. « Oh ! ces Latins accrochés à leurs clopes ! » Depuis qu'elle ne fumait plus, elle ne supportait pas l'odeur du tabac. Elle s'approcha de la table et chercha du regard la sacoche de Thierry. L'argument de son chantage, le « matériel » volé, était-il là ? Elle l'espérait.

— Salut, maître, dit le jeune homme. Alors, ça va, les affaires ?

Assise en face de lui, elle l'observait. Thierry, tel qu'il se présentait ce midi-là, aurait pu poser pour une publicité : « L'homme, le vrai, utilise l'eau de toilette "Le Fauve". » Les pointes de ses cheveux courts étaient légèrement décolorées et durcies par un gel.

— Ça va.

Elle ne put se retenir de lui faire remarquer :

— Ta coupe n'est pas des plus heureuse ! Elle fait petite frappe.

— C'est tendance, déclara-t-il, en ajoutant avec une perfidie inhabituelle : du moins pour les gens de mon âge. Tu n'as pas bonne mine du tout, maître. Ton voyage à Vienne était donc si fatigant... ?

— Où est l'enveloppe ? demanda Clara.

— Il y a une bagnole de collection à deux pas d'ici, tu n'as pas vu ? Un petit cabriolet 1968. Tout est dans le coffre. Tu aurais pu te faire accompagner de gros bras et m'arracher le sac.

— La bagnole ?

— Je suis en train de la négocier. Les temps sont durs pour les amateurs de luxe. Alors le garagiste me fait les yeux doux. Je lui ai dit que j'attendais le versement d'une partie d'un héritage. L'enveloppe est dans la voiture, répéta-t-il. Tu as l'argent ?

— Je l'ai, dit Clara.

Le patron vint prendre la commande. Sa chemise était douteuse, sa veste mal boutonnée devant.

La carte était entre les mains de Thierry.

— Je vous en donne une autre ? demanda le restaurateur.

— Pas la peine, dit Clara. Vous avez toujours votre salade niçoise ?

— Bien sûr.

Clara connaissait le plat vite fait, vite servi, parfois presque glacé, sorti du frigo.

— Et toi ? Tu veux quoi ? demanda-t-elle à Thierry.

Il consulta la carte.

— Avez-vous des sardines grillées ?

— Pas de sardines grillées aujourd'hui, dit le patron avec une moue douloureuse. D'ailleurs, elles sont barrées.

— Pas sur cette carte.

Clara souffrait. Elle leva la tête et regarda le jeune homme qui réfléchissait longuement.

— Donnez-moi quelque chose de... Tiens, une idée : une tranche de foie gras.

— Du foie gras ? répéta le patron.

Clara intervint :

— Servez-lui deux tranches. Bien épaisses, les tranches. C'est moi qui invite.

— Je n'en espérais pas moins, dit Thierry.

— Et deux steaks frites, continua Clara.

— Steak frites, répéta Thierry, pensif. Moi, j'aurais eu envie d'un lapin chasseur...

Clara regarda le couteau posé à côté de son assiette. Il avait une lame très courte. Oh, l'envie de le saisir et de frapper à l'aveugle, comme dans un vulgaire film de terreur. Elle se tourna vers le patron :

— Deux steaks frites, répéta-t-elle.

— D'accord, mais je prendrai ensuite la crème brûlée, déclara Thierry.

— On verra ça plus tard, soupira Clara, le dessert...

Le patron parti, elle cessa de sourire :

— Tu te payes ma tête ? Un lapin chasseur en mai ?

— Congelé, bien sûr, dit Thierry.

Clara répondit avec une autorité qu'elle essaya d'estomper :

— Cesse de jouer avec moi. Où est l'enveloppe que tu m'as volée ?

Thierry prit une expression peinée.

— Empruntée ! Dans la bagnole, je t'ai dit.

Clara prit dans son sac fourre-tout une liasse de feuilles glissées dans une chemise en plastique.

— Tu vas m'écouter maintenant sans broncher. Aucune manifestation, c'est clair ?

— D'accord... Mais je crois que tu as plus besoin de sang-froid que moi... N'empêche, le type que tu installeras chez toi...

— Quel type ?

— Le prochain... Tu n'aimes pas vivre seule, tu prendras sûrement quelqu'un. Bref, ne lui révèle pas le code de tes archives, je veux dire, à ton prochain protégé. Tu fais trop facilement confiance Clara. C'est étonnant de la part d'une avocate.

Une fois de plus elle ressentit de l'humiliation. « Si une pensée pouvait tuer, songea-t-elle, il serait mort, ce salaud ! »

Le patron passait entre les tables.

— Ça vient ! cria-t-il. Vous buvez quoi ? J'ai oublié de vous le demander.

— De l'eau, dit Clara.

— Gazeuse ou pas gazeuse ?

— Gazeuse.

— Et moi ? demanda Thierry.

— Un Coca pour monsieur, intervint Clara.

Elle ajouta :

— Tu n'as pas changé tes habitudes en si peu de temps, j'imagine !

Il se mit à bouder.

— Je voulais une coupe de champagne...

Au milieu du ballet des garçons, un apprenti déposa sur la table une corbeille de pain coupé.

Clara prit son temps pour expliquer à l'amant viré qu'avant son installation chez elle, son associé Henri avait passé au peigne fin les fichiers qui le concernaient. Les sources de renseignements ne manquaient pas. Les bureaux de la police judiciaire, de la préfecture de police, des tribunaux, y compris leurs archives, les plus récents étant informatisés. Il suffisait d'avoir quelques relations.

— Ces investigations ont donné des résultats magnifiques, dit-elle. Un régal !

En les dosant soigneusement, elle énuméra les résultats d'une enquête approfondie. Ce qu'elle disait, ces mots pesants, affectait les traits du beau visage de Thierry. Une rougeur apparut sur sa joue droite, comme provoquée par une gifle invisible. Henri avait obtenu une copie du casier judiciaire de Thierry, condamné une première fois avec sursis pour le vol de dessins originaux, œuvres de créateurs de mode. Il avait subi une deuxième condamnation, cette fois pour un autre genre de vol, mais la plainte avait été retirée. La personne qui avait loué une chambre à Fanny – avant que celle-ci emménage dans un studio – s'était vue dépouiller de son argent en espèces et d'une bague de prix. La somme et le bijou avaient été restitués. Considérée comme victime, sous l'influence de ce beau jeune homme qui était son ami, Fanny avait échappé à toute accusation. Un juge compréhensif lui avait conseillé la rupture.

— Nous avons donc, continua Clara, une assez lourde condamnation avec sursis. Lorsque je déposerai plainte pour effraction, vol, chantage et menaces, une nouvelle condamnation transformera – au moins en partie – le sursis en peine de prison ferme. Les récidives indisposent les juges, et avec raison. J'ai appris aussi qu'à Milan, tu avais « emprunté » une voiture de sport. Heureusement, le propriétaire a pu la récupérer à temps. Tu as toujours été friand d'objets de luxe...

301

Thierry était livide.

— Mais pourquoi ? dit-il. Si tu savais tout cela, pourquoi m'avoir accueilli chez toi ?

Clara haussa les épaules.

— Franchement, je n'y ai pas pensé. Je n'avais pas ce dossier en main. Je te croyais de passage dans ma vie. Un interlude. Homme décor, homme épisode. J'ai souvent été attirée par des hommes pas très corrects, sur différents plans. En ce qui te concerne, j'aimais ta présence chez moi. Nous avons eu des moments agréables.

Elle prit distraitement un morceau de pain dans la corbeille et commença à le manger par petits bouts, en continuant, presque détendue :

— Pas la peine de le nier. J'étais attirée par un homme physiquement séduisant, capable de faire l'amour agréablement. Tu semblais vorace, mais pas salaud. Je me suis trompée. J'étais aussi victime d'un excès de travail et rien ne détend mieux qu'un bon orgasme. Comme je n'ai encore jamais rencontré un homme qui puisse me satisfaire à la fois sur le plan intellectuel et sur le plan physique, je me contente depuis longtemps de résultats partiels. Je t'ai laissé entrer chez moi, mais mon associé, avec l'aide d'un détective privé, faisait déjà son enquête. Je ne savais rien de tout cela avant de partir pour Vienne. Sauf que mon associé ne t'aimait pas, c'est le moins qu'on puisse dire.

Thierry but la coupe de champagne que le patron avait déposée devant lui en même temps qu'un verre de Coca. Sans doute Clara lui avait-elle fait un signe discret. Elle se versa un peu d'eau gazeuse dans un grand verre.

— Je sais aussi, continua-t-elle paisiblement, que tu avais une liaison avec la petite Fanny et que, quand tu m'annonçais un casting, tu allais la retrouver. Il faut l'épargner. Elle a sans doute moins de défenses que moi. À vrai dire, je prévoyais un bel avenir pour toi, malgré ta paresse. Dommage que tu aies voulu me faire chanter. Ce n'est ni une belle action ni une idée intelligente.

Thierry était blême sous son bronzage.

— Laisse Fanny en dehors de tout cela.

— Elle m'est indifférente. Son cas est classique. Elle est tombée dans ton piège, comme moi. Elle s'en remettra. Il faut la laisser tranquille. Aux dernières nouvelles, tu n'habites plus chez elle. Tant mieux, je veux dire, pour elle.

— Tu sais ça aussi ?

Clara sourit.

— Quand je m'y mets !

Le patron déposa devant eux la salade niçoise et le foie gras. Les tranches étaient légères, garnies d'asperges d'aspect douteux. Clara encouragea Thierry d'un ton délicieux :

— Prends une bouchée ! Tiens, regarde ! On t'a même ajouté deux toasts dans une serviette. Toi qui aimes le luxe ! Goûte ce foie gras et va chercher l'enveloppe. Reviens vite !

Elle piqua une olive noire, tout en s'interrogeant sur le passé des haricots verts collés contre le bord de l'assiette. Cette salade niçoise – le mélange classique – était composée d'éléments légèrement défraîchis. Sur des tranches de tomates égarées dans le tas, on pouvait repérer les traces d'une mayonnaise venue d'un autre plat.

— Vas-y ! répéta-t-elle. À ta place, je n'essaierais pas de me barrer, parce que, dans ce cas, je te servirais sur un plateau d'argent à la police. À ton retour, je t'expliquerai comment je procéderai. Va, mon chéri, va...

Thierry traversa la salle, bien droit, en regardant devant lui. Il revint tout aussitôt et tendit l'enveloppe à Clara. Elle l'ouvrit, commença à en vérifier le contenu, compta les documents, examina l'étiquette de la cassette et fit l'inventaire d'une pochette en contrôlant les photos qu'elle connaissait de mémoire.

— Il manque plusieurs photos à l'album recouvert de velours vert.

Thierry fit semblant de réfléchir.

— En effet, j'ai dû être distrait... Tu me crées des chocs. J'ai mis le paquet – précisément, ces photos – dans ma sacoche.

Il se pencha, fouilla dans les profondeurs de son sac et en extirpa une liasse de photos retenues par un élastique.

— Vous avez fini ? demanda le patron en jetant un regard sur l'assiette de Clara.

Il se méfiait quand une cliente observait longuement son plat avant de l'entamer.

— Nous ne sommes pas pressés, dit l'avocate.

De nouveau, elle encouragea Thierry :

— Mange ! Consomme ! Si tu préfères connaître les surprises que je te réserve, je continue.

Elle lui donna le nom de la rue, et évoqua le rez-de-chaussée où il partageait une chambre avec un de ses amis dans la dèche.

— Tu sais ça aussi ?

— Quand je m'y mets... Glisse la main dans la poche intérieure de ce beau blouson italien ! Quel cuir, quelle souplesse ! Allons ! N'hésite pas !

— Je n'ai rien dans ma poche intérieure.

— Regarde donc, tâte...

Il avait vraiment l'air innocent, la bouche à moitié ouverte. On lisait sur son visage une réelle surprise. Il sortit de la poche une superbe bague : un solitaire.

— Sept carats, dit Clara qui lui tendit la main. Tu me la rends, cette bague ?

— Je ne l'ai pas volée, dit-il, affolé.

— Évidemment pas, mais dans la nuit d'hier, alors que tu étais dehors, notre détective maison s'est introduit dans ton taudis et il a caché la bague dans ta poche. C'est ce qui t'aurait valu un flagrant délit si tu avais voulu tenter un coup tordu. Comme récidive, on ne fait pas mieux.

— Et si je n'avais pas mis ce blouson ?

— Nous serions allés le chercher, avec les fameux « gros bras ».

— Mais tu es pire qu'un truand ! constata Thierry qui en perdait presque la voix.

— J'apprends peu à peu à me défendre. Cette bague, je l'ai achetée lors d'une vente de bijoux à Los Angeles. C'est mon argent, c'est mon travail. J'avais le droit de la mettre en jeu : elle me porte bonheur, cette bague !

Elle la fit disparaître dans son sac.

— Je la porte rarement, il me suffit de savoir que je l'ai.

Elle rangea l'enveloppe, la pochette avec les photos, le paquet que Thierry voulait oublier. Elle se leva et regarda, pensive, sa salade niçoise. Le patron avait voulu la soigner, elle en avait sans doute une portion et demie. Elle prononça, calmement :

— Certains font ça avec des tartes. Je trouve que la salade, c'est mieux.

Elle saisit l'assiette et en envoya le contenu au visage de Thierry, paralysé, qui resta figé avec des morceaux de légumes accrochés à ses cheveux, collés à ses joues, sur sa poitrine à moitié nue, sur son jean.

Clara dit au patron qui suivait la scène, les yeux écarquillés : « Je vais payer à la caisse. Vous pouvez servir la crème brûlée à mon invité ! »

Sous le regard hilare des clients, elle s'approcha du comptoir, y déposa des billets et, en sortant du restaurant, passa à côté de la fameuse voiture de collection empruntée par Thierry. Elle héla un taxi et donna l'adresse de son bureau. Puis elle changea d'avis et indiqua au chauffeur une autre rue. Elle voulait s'arrêter devant l'immeuble où elle habitait. Comme ça, à l'improviste. Elle avait déjà informé le propriétaire qu'elle allait quitter l'appartement. Dans l'entrée, régnait une odeur inhabituelle. La concierge avait reçu l'interdiction, au moment de son engagement, de faire cuire des poireaux. Et voilà que dans cet immeuble de grand standing, ça sentait la soupe de poireaux ! Elle frappa à la vitre de la loge. La concierge vint lui ouvrir.

— Madame Alvarez, dit Clara, bonjour. Comment allez-vous ?

Un enfant sorti de la pièce voisine regardait fixement Clara. Il y a des enfants qui regardent comme ça. On croit qu'on les intéresse... Pas du tout. Il pensent généralement à tout autre chose.

— J'ai un cadeau pour vous, madame Alvarez, reprit Clara.

La concierge ne savait plus du tout ce qui s'était passé pendant les quarante-huit heures que Thierry avait vécues dans la chambre de service. Il avait rendu la clef et disparu. Mme Alvarez était persuadée que Clara n'avait rien su de cette présence, qu'elle aurait interdite.

— Voulez-vous que je reste dehors ? J'ai à vous parler.

— Entrez !

— Madame, reprit l'avocate, une fois la porte refermée, il y a des gens qui naissent sous une bonne étoile. C'est votre cas.

L'enfant était parti, laissant la porte ouverte vers la cuisine. L'odeur de poireaux s'accentua.

— Pourtant, vous avez commis une faute grave. Vous avez donné la clef de ma chambre de service à Thierry.

La femme fit deux pas en arrière et se cogna contre la table.

— Il était votre ami, je voulais l'aider.

— J'aurais pu vous dénoncer au syndic de l'immeuble, vous faire perdre votre travail, votre logement. Mais non. Je suis venue vous offrir cent euros.

La concierge était de plus en plus inquiète.

— Je ne vois pas bien ce que vous voulez de moi.

— Montrer ma reconnaissance. Si vous n'aviez pas été aussi malhonnête, aussi malveillante, j'aurais mis peut-être un an de plus pour savoir que je vivais avec une ordure.

Mme Alvarez accusa le choc. Elle ne pensait pas au deuxième degré, et le mot lui évoqua l'image des poubelles du matin.

— Vous avez dit : une ordure ?

Clara sourit et tendit le billet de cent euros à l'Espagnole.

— Je vous suis reconnaissante, mais ne recommencez pas ce genre d'opération. On ne peut pas compter avec certitude sur les étoiles.

À la porte, elle se retourna une seconde.

— Elle sera bonne, votre soupe, mais l'odeur est un peu forte, non ?

Elle partit. Dans le taxi, elle regretta amèrement de ne pas fumer. C'est dans ces situations-là, après un affrontement de ce genre, qu'un fumeur prend sa cigarette et trouve que la vie est belle.

CHAPITRE 27

Curaçao était profondément contrarié. Pour la première fois de sa vie, il s'était fait doubler par un adversaire. Lorsqu'il avait entrepris de monter l'« opération suicide » de sa fille, il s'était expliqué à lui-même – avec une mauvaise foi qu'il ne niait pas une seconde – ses raisons d'agir : il fallait piéger le gendre et se débarrasser de lui pour de bon. Adrienne considérait que son ex-mari représentait un danger pour l'enfant, devenu l'enjeu d'une bataille juridique en même temps que l'emblème d'une immense fortune à transmettre. « Je ne supporte plus la peur que je ressens lorsqu'il part avec Daniel. Chaque fois, il glisse des sous-entendus : "Si je ne revenais pas avec lui..." Je le déteste, papa. Je le déteste. » Il devait aider Adrienne. Pour sa fille et son petit-fils, Curaçao était prêt à tout.

Cette fois-ci, son pire ennemi, le hasard, était contre lui. Il haïssait la notion même de hasard, élément incontrôlable dans le déroulement d'une action. Grand stratège des affaires, il était persuadé que, sauf malchance extrême, les affaires – quelle que soit leur nature – pouvaient se maîtriser. Les arguments de l'avocate, l'analyse des comprimés, le flacon mis de côté, il allait balayer tout cela. Elle était astucieuse, sûre de son fait, mais aucun de ses arguments n'aurait pu tenir devant un juge ni un jury. Amusé et intrigué par Clara, il avait décidé de faire semblant de céder

– d'abord pour éviter le scandale –, puis, d'un seul coup, de resserrer son filet sur l'ex-gendre et son représentant. Il ne pouvait plus priver complètement Mark Robin de la garde de son enfant, mais il n'accepterait pas d'assouplir le droit de visite, comme l'avocate le souhaitait. En éloignant l'enfant d'abord de Paris et ensuite de France, il libérerait sa fille de ses angoisses. Feintes ou vraies, qu'importe ! Elle en souffrait avec la même intensité.

Il prenait son petit-fils dans ses bras pour lui promettre à mi-voix des tas de surprises : un poney, une petite voiture, la copie d'une Ferrari à la taille d'un gosse de cinq ans et demi, aussi perfectionnée qu'était, par exemple, le téléphone spécial fabriqué pour lui. Pour le moment, il fallait se contenter de déplacements fréquents en Haute-Provence. Il avait déjà convoqué deux architectes pour étudier la restauration de la vieille maison de maître, entourée de dix hectares de bois clairsemés. Il fallait éloigner son petit-fils de Paris pour que le gendre soit obligé de faire le voyage chaque semaine s'il voulait l'apercevoir ou passer le week-end avec lui. C'est de l'argent et du temps. Il s'en lasserait, espérait-il.

*

Clara qui, habituellement, ne s'occupait pas de courses – on lui livrait tout, sauf l'essence – s'était presque heurtée devant un garage à une petite dame qui faisait le « plein » de sa vieille 4L. Au moment où l'avocate allait payer, elle s'entendit interpeller d'une manière assez vive : « Quelle surprise ! La petite Clara ! » Elle paya avec sa carte bancaire et revint sur ses pas en réfléchissant : comment se dégager de ce fantôme d'autrefois ? La femme avait passé plusieurs années auprès de Clara lorsque celle-ci vivait avec sa mère, déjà malade, à Paris. La mère, la fille et la Bretonne habitaient ensemble dans l'appartement que le père leur avait laissé.

L'avocate, dans l'impossibilité de s'échapper, se laissa embrasser à contrecœur. Cette accolade forcée la désorientait. Il arrive des rencontres étranges : quelqu'un surgit du passé, semble content, et aussitôt vous flanque un chapelet de reproches. C'était le cas de Jeanne.

— Hé ! Clara ! Tu ne m'aurais pas reconnue ? Moi, si. Je te vois dans les journaux, tu es bien sur ces photos. J'attendais que tu m'appelles. Jamais de nouvelles de toi. Qu'importe, je t'aime bien. J'ai un plus grand cœur que toi. Je viens d'emménager dans le quartier. Si tu es par là, on se verra à l'avenir...

Clara avait récupéré ses esprits. Elle sourit. Elle affirma à Jeanne qu'évidemment elle l'avait reconnue, mais que, perdue dans ses pensées, elle ne voyait pas les gens qui passaient. Elle était vraiment désolée que Jeanne soit blessée par cette indifférence involontaire. D'abord, elle chercha des excuses pour abréger la rencontre, puis elle adopta, sans savoir pourquoi, un comportement plus prudent, quitte à perdre une demi-heure. Elle s'attarda donc avec la Bretonne.

— Ton regard n'a pas changé, dit la femme en la prenant par le bras. J'ai toujours demandé des nouvelles de toi ; ton père me répondait par des petits mots. J'ai su que tu avais fait de bonnes études et que ça marche pour toi.

Il fallait se débarrasser d'elle doucement, surtout ne pas la froisser. Clara désigna sa voiture qu'elle avait laissée mal garée devant la station d'essence :

— Juste vingt minutes, dit-elle au gérant. Si vous pouviez me la garder ici...

— On l'enlèvera si vous ne revenez pas à temps, répondit-il. Dépêchez-vous !

L'avocate lui avait déjà rendu quelques services, donné des conseils par téléphone. Il lui devait bien cette aide. Jeanne et Clara se dirigèrent pour prendre un café vers le bistrot d'à côté qui sentait l'eau de Javel – le sol venait d'être lavé. Clara s'embrouilla dans des excuses inutiles destinées à justifier son silence. Pour animer la conversation, elle raconta que lors d'une affaire récente elle avait fait la connaissance d'une autre gouvernante bretonne : Nanny.

Jeanne s'exclama :

— On nous appelle toujours Nanny ! Quel est son vrai nom ?

Le garçon venait de déposer les cafés devant les deux femmes.

— Je ne sais pas, dit Clara, ennuyée.

Elle n'avait pas prévu que sa remarque pourrait déclencher une série de réactions étonnantes.

— La Nanny dont je parle travaille chez la fille d'un certain M. Curaçao.

— La Nanny des Curaçao ! s'exclama Jeanne. Une amie à moi ! Joséphine ! Ma copine de toujours ! Dès qu'elle a un moment de libre, nous nous voyons. J'ai pris ma retraite, alors j'ai tout mon temps. Elle en a moins. Elle me raconte plein de choses sur les Curaçao. Un vrai cirque. Elle voudrait les quitter et rentrer en Bretagne. Je suis de Plougastel, elle est de Beg-Meil. Mais elle ne peut pas lâcher le petit. La mère est imprévisible, tout peut arriver avec elle. Le père est un numéro, lui aussi. Le cirque, je te dis, le cirque ! Tu fais quoi avec eux ?

— Rien, dit Clara. Je les connais, c'est tout.

— Si tu savais, dit Jeanne, ce qu'il y a à dire sur ces gens-là !

— Ils sont comme tout le monde...

— Comme tout le monde ? Tu plaisantes... C'est à ne pas croire, ce qu'ils fabriquent, l'ex-mari et la fille folle ! Chacun fait de son mieux pour embêter l'autre. La fille Curaçao a un problème dans la tête.

Clara, émoustillée, tenait une source d'informations

qui pouvaient la servir. Elle alimenta donc habilement la conversation. Ses questions d'apparence innocente entraînaient Jeanne à multiplier les confidences. Des incidents dont Clara n'aurait même pas osé rêver lui étaient révélés.

— Les deux « suicides » de Madame ? Joséphine m'en a parlé. Vrai ou faux ? Peut-être un vrai... On lui a fait un lavage d'estomac. Mais elle prenait facilement des risques pour ennuyer son ex-mari. Monsieur est si aimable avec le personnel, si compréhensif. C'est un ancien pauvre. Comment il a pu tenir toutes ces années... Ce n'était pas pour l'argent, mais pour l'enfant. Le petit Daniel doit avoir cinq ou six ans, non ? Parfois, Nanny devait se boucher les oreilles tellement Madame criait. Ça l'énervait.

— Quoi ?

— Quand ce n'était pas le beau-père qui organisait les vacances, Monsieur ne disait pas où il emmenait le petit. Madame piquait des crises... Elle avait peur, c'est ce qu'elle disait. Chacun veut cet enfant pour faire souffrir l'autre.

— Pourquoi mener une guerre pareille quand on a tant d'argent ?

— Tous des malades, déclara Jeanne simplement. Le personnel est parti. La cuisinière et le valet. Il ne reste que Nanny, le jardinier et une femme de ménage, mais on ne sait jamais quand elle vient. Madame l'aime bien. Elle lui a même donné une clef, mais pas le code. Parfois elle déclenche l'alarme.

Clara avait chaud, tellement elle était fascinée en écoutant la Bretonne. L'ombre sur le mur était peut-être celle de la femme de ménage. Il fallait vérifier si ce fameux jour-là, elle était venue ou non. Elle s'efforça de cacher son excitation.

— Souvent Madame circule au premier, toute nue. Une belle femme, mais elle vomit tout ce qu'elle mange. On dit qu'elle est boulimique. Elle avale et elle vomit. Elle veut se faire mourir de faim. Elle menace souvent l'ex-mari : « Quand tu viendras la prochaine fois chercher Daniel, tu ne trouveras plus que deux corps : le sien et le mien. »

Clara, passionnée par ce qu'elle entendait, avançait prudemment sur ce terrain fragile. Il ne fallait pas effaroucher Jeanne ni l'arrêter dans son récit. Pourtant la femme, à un moment donné, lui jeta un coup d'œil perçant.

— Ça t'intéresse, tout ça, hein ? Soudain tu n'es plus pressée !

— Tu racontes si bien, Jeanne ! C'est si amusant ! Je passe ma vie avec ce genre de clients, tu sais. Mais tu crois que tout ce que Nanny raconte est vrai ? Elle en rajoute, non ?

— Non. Dans notre métier, on travaille souvent chez des cinglés. C'est souvent ceux-là qui ont assez de fric pour nous payer. Avec eux, il faut prendre des précautions. Si jamais il y a une sale affaire et qu'on nous appelle comme témoins...

— Ce n'est quand même pas si dangereux ! s'exclama Clara. Quand tu as travaillé chez nous, il n'y avait pas de problèmes !

— Vous ? Vous aviez des histoires de religion. Mais, pour en revenir à Nanny, elle a des carnets où elle inscrit tout. Madame nue dans le couloir, tel jour ! Elle marque la date. Lavage d'estomac de Madame ? Elle note ! Il paraît que le père a demandé la garde de l'enfant pour que le gosse n'assiste pas aux crises de sa mère. Mais, tu penses, se battre avec les Curaçao ? Impossible. J'ai dit à Nanny qu'elle ne devait jamais parler de ces carnets, on risquait de lui faire du mal pour se les procurer. Si le mari mettait la main dessus, il pourrait obtenir la garde définitive sans le moindre problème. Il y a deux jours, tard dans la soirée, Nanny a dû aller à l'hôtel particulier...

Elle vida sa tasse et continua :

— Ce M. Robin l'avait appelée de l'étranger où il passait des vacances avec le petit. Il était inquiet : quand il appelait Madame, il tombait sur le répondeur. Il a demandé à Nanny d'aller voir ce qui se passait.

— Mais s'il avait l'enfant auprès de lui, pour quelle raison s'inquiétait-il de son ex-femme ?

Elle fit signe au garçon de leur apporter deux autres cafés.

— Ça t'intéresse, remarqua Jeanne, ça t'intéresse, hein ? Je peux savoir pourquoi ?

— Ça me distrait.

— Je crois plutôt que tu veux me tirer les vers du nez, observa Jeanne. Dis-le tout de suite avant que je me fâche.

— Pas du tout ! répondit Clara. J'ai rencontré le père par hasard, et ensuite ce M. Curaçao. Ce que tu racontes m'aide à les imaginer un peu mieux. Ce Curaçao est un homme bien, je crois. C'est difficile d'imaginer qu'il couvre les bêtises de sa fille.

— Ce ne sont pas des bêtises, répliqua Jeanne, elle est hystérique.

Clara fit signe au garçon et demanda des croissants – « au moins trois », précisa-t-elle. Un client fit marcher un juke-box dont la musique agressive envahit le café. Clara supportait difficilement la musique le matin, surtout un fado tragique. Elle éleva la voix :

— Eh bien, Nanny l'a dépanné. Je veux dire qu'elle l'a calmé en y allant ! Mais elle ne voulait pas être mêlée à leur histoire. Elle a juste jeté un coup d'œil. Monsieur lui a promis de payer le taxi : à Neuilly, le soir, il fait pas clair.

Jeanne prit un croissant et réclama un petit carré de beurre. Elle sectionna le croissant en deux et, en retournant le papier d'emballage, elle colla le carré de beurre sur la moitié ouverte dont elle ne fit qu'une bouchée.

— Qu'est-ce qu'elle a vu ? interrogea Clara.

— Elle a vu Madame quitter la maison avec son père qui venait la chercher.

— Quitter la maison ! s'exclama Clara, qui se mit aussitôt en sourdine. C'est plutôt drôle. Vers quelle heure ?

— En pleine nuit. Ils se sont précipités dans l'allée. La voiture les attendait devant le portail. Nanny est sortie en faisant bien attention à ne pas être vue. Elle a appelé le mari et lui a dit qu'elle n'avait pas pu entrer dans la maison, n'ayant pas le nouveau code.

Clara contourna le sujet et demanda, en prenant toutes les précautions de langage :

— Si tu pouvais me permettre d'entrer en contact avec cette Nanny, si j'avais son numéro de téléphone personnel, ça me rendrait service.

— Service ?

Jeanne se ferma.

— Tu ne dois pas parler de tout ça. C'est des secrets.

— Évidemment, acquiesça Clara. Mais le destin est imprévisible. Un jour, peut-être, je pourrai être utile à un enfant en difficulté qu'on traite comme un objet. Un objet à posséder. Ensuite, si tu permets, je t'offrirai un beau cadeau. Comme je ne connais pas tes goûts, tu achèteras ce que tu voudras.

— Tu es une personne intéressée, dit Jeanne, tu l'as toujours été. Ma pauvre fille, si tu ne m'avais pas rencontrée ce matin, tu achèterais qui ?

Clara cherchait à tâtons un billet dans son sac. Elle posa un billet de cinquante euros sur la table.

— Tu es déjà habituée à la nouvelle monnaie ?

— Cinquante euros, fit Jeanne comme à l'école, ça fait environ trois cents francs français d'une autre vie.

— Si tu aimes encore les plantes vertes, dit Clara, je t'en offre une avec ça...

Jeanne prit le billet.

— Peut-être !

Elle déposa l'argent à côté de sa tasse.

— J'ai eu tort de te parler de Curaçao. Oublie. Tu t'es toujours servie de tout le monde. Ton oncle, il va comment ? C'était un homme si bon, si aimable. Mais toi ? Quand tu n'as plus besoin de quelqu'un, tu le laisses tomber. Si je n'avais pas vu ta photo dans un ancien numéro de *La Vie du Palais*, je ne t'aurais même pas repérée tout de suite. Tu es une ingrate de naissance, c'est pas payant.

Clara, essayant de rester calme, se défendit.

— Tu es injuste. J'ai fait ce que j'ai pu pour survivre. L'atmosphère générale était mauvaise à la maison.

— Je m'en souviens, dit Jeanne. Comme si c'était hier. Pourtant, ta mère ne parlait jamais de sa religion ! Elle ne voulait pas agacer ton père. La vérité, ma petite ? Ta mère était polonaise et juive. C'était pas très commode, avec un mari français et catholique. Tu avais un père...

— Je l'ai toujours, rectifia Clara.

— Il ne s'occupe pas de toi.

— Qu'en sais-tu ? Il m'arrive de le rencontrer. Il m'a aidée à louer mon premier bureau.

— N'empêche, ma petite, dit la Bretonne, il faut reconnaître que tu en as bavé. Je vais te dire autre chose, ajouta-t-elle en se penchant par-dessus de la table, quelque chose que tu ne sais pas.

Elle ramassa machinalement les miettes du croissant : elle avait l'habitude de nettoyer.

— Un jour – ta mère était déjà très malade – j'étais avec elle, seule dans l'appartement. Tu devais assister à un de ces cours qui t'ont rendue si savante ! Bref, elle était en robe de chambre, elle avait allumé des bougies, les bougies de ce qu'elle appelait...

Elle chercha et dit :

— Je ne sais plus, un mot étranger pas commode ! Pour s'en souvenir...

Clara avait le cœur serré. Que savait Jeanne de ces bougies surgies d'un rituel ?

Jeanne chercha un mouchoir et s'essuya la commissure des lèvres.

— Ta mère m'a dit que c'était les bougies de Sha... quelque chose... Et elle pleurait.

— Le shabbat, prononça Clara.

Cette scène la fit souffrir. Sa mère malade, toute mince, toute blanche, lui apparut soudain, et disparut. À peine plus qu'un halo de fumée.

— Si j'étais, comme tu dis, « dure », je n'aurais pas envie de pleurer comme maintenant. J'ai eu une enfance et une adolescence difficiles. Qui le saurait mieux que toi ? Tu en étais témoin. J'ai appris à me défendre, c'est tout ! J'ai dû énormément travailler pour arriver où je suis.

— Tu soignes la tombe de ta mère ?

— Bien sûr, fit Clara, bien sûr.

Elle pensa à son abonnement chez une fleuriste du grand cimetière de Vienne.

— Je te le dis, ma fille : tu ne pourras jamais garder personne longtemps, ni avoir des amis, des vrais. Tu t'es mariée ?

— Non.

— Ça ne m'étonne pas.

Jeanne prit un mouchoir et s'essuya le nez.

— J'ai été brusque. Je n'avais pas le droit, je regrette. Ton père était dur, lui aussi.

— Il nous a rejetées, dit Clara. À Paris, après la mort de ma mère, il voulait que tu remplaces maman. Ça n'a pas marché. Pas la peine de m'en vouloir... J'aimerais rencontrer ton amie Joséphine.

— Que veux-tu savoir de plus ? demanda Jeanne, radoucie.

Elle aimait bien, en son temps, cette étrange petite fille si volontaire. Pour racheter ses mots cruels, elle finit par céder et lui confier le nom de famille,

318

l'adresse et le numéro de téléphone de Joséphine. Clara nota tous ces renseignements.

— Appelle-la de ma part, sinon elle ne te dira rien.

Elle eut l'impression d'avoir trop parlé. « J'ai été eue, pensa-t-elle. Elle m'a encore coincée, la petite Clara. »

— Si je ne veux pas qu'on enlève ma voiture, je dois m'en aller, dit l'avocate.

L'argent était encore sur la table.

— Ne laisse pas ta plante verte, s'il te plaît !

Jeanne l'accompagna et la menaça de l'index, comme on fait avec les enfants. Clara reprit sa voiture et donna un généreux pourboire à l'employé qui avait nettoyé le pare-brise.

— Je vais t'appeler, dit Clara à Jeanne.

— On verra. Quand tu as eu ce que tu voulais, tu n'embrasses même plus.

— Bien sûr que si, dit Clara, gênée, en effleurant de sa joue celle de Jeanne.

« La chance est avec moi », pensa Clara, mais elle se garda bien d'une précipitation inutile.

*

Deux jours plus tard, elle rencontra Nanny. Elle obtint ses carnets contre une importante somme d'argent. Ensuite, ayant pris son temps, elle appela Curaçao et fixa un rendez-vous avec l'homme d'affaires. Celui-ci reçut Clara dans son bureau de la place Vendôme, où ils s'assirent tous deux dans les fauteuils des visiteurs.

La jeune femme procéda avec délicatesse. Elle commença par l'informer de ses rencontres fortuites, qui s'étaient révélées si utiles.

— Je peux nier les bavardages d'une employée, dit Curaçao. Ou même déposer plainte pour diffamation. Elle peut avoir inventé les faits qu'elle énumère.

— Vous imaginez le scandale : *L'homme d'affaires Arnold Curaçao attaque une nurse bretonne.* Une fois de plus, vous serez le méchant ogre, monsieur Curaçao ! Mais nous pouvons passer sous silence ces carnets si vous acceptez un accord. Ce que j'ai en ma possession n'est pas négligeable. Le flacon avec les empreintes digitales et quelques-uns des comprimés placebo. Les pages du carnet de la nurse où étaient consignés les événements de la maison, les activités du père et de la fille. Tout cela pour faire apparaître Mark Robin comme un mauvais type. Voyez-vous, monsieur Curaçao, il y a une justice. Je crois d'ailleurs que j'ai appris à mes dépens qu'il ne faut jamais sous-estimer un adversaire, dit Clara.

— Surtout pas le hasard, répondit Curaçao. Vous avez fait connaissance de l'ex-mari de ma fille – ce n'était pas prévu. Ni le journal de la nurse, ni que vous puissiez entrer en contact avec elle.

— Ma chance est à la mesure de votre projet, que je ne désire pas qualifier, dit Clara. Vous auriez pu anéantir Robin. Vous avez oublié qu'il était chimiste et, à la vue des comprimés, qu'il obéirait à son réflexe...

— Je n'avais pas pensé non plus à la nurse, admit Curaçao. On n'a jamais assez d'imagination. Que proposez-vous, maître ?

— Un contrat irrévocable qui assurera les droits de mon client.

— On peut toujours tout révoquer..., dit Curaçao.

— Dans ce cas, je ressors mes arguments, dit-elle. Même si je me prépare à changer de secteur d'activités.

— Vous allez faire quoi ?

— Je m'occuperai de sociétés. Les couples, c'est fini pour moi !

— Vous savez déjà vers quelle entreprise, sans doute internationale, vous allez vous diriger ?

— Non.

Curaçao la regarda avec attention. Il savait depuis quelque temps qu'il voulait cette femme, mais il décida de l'avoir d'abord en tant qu'avocate.

— Les conditions, maître ? Les conditions de votre contrat ?

Elle en avait défini les points principaux.

Le père verrait son enfant tant qu'il le voudrait. Adrienne et Mark devaient garantir qu'ils n'exerceraient aucun chantage moral et renonceraient aux habituels menaces et sous-entendus. Mark pourrait quitter le territoire français avec l'enfant qui figurerait sur son passeport en tant que mineur voyageant avec son père. Jusqu'ici, Mark ne possédait qu'un laissez-passer, renouvelable tous les six mois, chaque fois avec une nouvelle photo de l'enfant. Curaçao n'exercerait plus aucune pression sur Robin, il n'entraverait pas la vie professionnelle de son ex-gendre, et ainsi de suite, commenta-t-elle en souriant.

Après la signature, Adrienne dut se soumettre aux réprimandes de son père. À la prochaine crise, elle partirait quelques semaines dans une maison de santé pour personnes riches, atteintes de diverses phobies. Pendant ces périodes critiques, l'enfant resterait avec Mark. L'argument était suffisant pour qu'Adrienne déclare se sentir mieux depuis que Clara était entrée dans leur vie pour y rétablir la paix, et promette qu'elle n'aurait plus de crises d'aucune sorte.

Les accords signés, Adrienne partit en vacances en compagnie de Daniel. Une jeune Anglaise avait remplacé Nanny, et Mark avait repris son travail.

*

La vie professionnelle de Clara connut une accalmie. Elle surveillait de loin les divorces qu'elle confiait à Henri, tandis qu'elle-même s'orientait vers d'autres horizons.

Elle avait envoyé une corbeille de friandises et de fruits rares à Jeanne en lui promettant une proche invitation à déjeuner. Elle avait reçu deux lettres de menaces de Thierry, non signées, dont l'écriture était facile à reconnaître : « Un jour tu seras frappée par le destin. Tu aurais pu faire n'importe quoi, mais pas m'humilier au restaurant. N'ouvre plus jamais un paquet sans avoir les tripes serrées. Je vais te faire péter le monde à la figure. » « Il s'apaisera », pensat-elle, mais elle ne prit plus jamais de salade niçoise. Elle se souvenait du visage maculé de Thierry : c'était un tueur qui la regardait.

*

En septembre, le temps était sec et chaud. Après un long silence, Arnold avait invité Clara à dîner dans un élégant restaurant du Bois. La table était agréable, le service harmonieux. Curaçao raconta le résumé de sa vie à Clara. Il voulait cette femme près de lui, pour lui. Elle l'écouta, resta floue sur sa vie à elle. Lorsque Arnold lui proposa de l'introduire dans son empire et de lui confier la direction du service juridique d'une de ses sociétés, elle répondit qu'elle examinerait volontiers sa proposition. Elle devait être sûre de ses propres compétences pour faire face à de nouvelles responsabilités.

— Je crois, avança Curaçao prudemment, que nous sommes faits pour nous entendre... même en dehors des affaires.

— Si vous me proposez votre amitié, dit-elle, abandonnez-en l'idée. Je ne crois guère à l'amitié entre homme et femme.

— J'aimerais vous voir plus souvent.

— D'où votre proposition de travail ?

— En partie, oui. Mais j'ai aussi deviné vos capacités d'avocat lors de notre affaire et de plusieurs autres dont j'ai pu prendre connaissance.

Elle répéta :

— Je serai heureuse de travailler pour vous. Avec la satisfaction aussi de quitter quelque temps la France. J'ai besoin d'autres horizons.

— Si cela vous intéresse, je pourrais vous nommer directrice juridique d'une de mes sociétés à Los Angeles.

— J'en serais comblée. J'ai quelques années de droit américain. Je ne demande qu'à me spécialiser dans le droit commercial, que ce soit en Californie ou ailleurs aux USA. Je suis trilingue : français, anglais, allemand.

— Parfait, dit Curaçao en levant son verre. Je bois déjà à cette première étape.

Il la regarda attentivement.

— Avez-vous un point faible, cher maître ?

— Sans aucun doute, dit-elle en humectant ses lèvres de vin. Oui, j'ai un point faible. Je me laisse embarquer dans des histoires ridicules, parfois puériles. Plus je gagne de procès, moins je crois en moi en tant que femme. Ma vie privée est une série d'échecs. Je suis susceptible, et mon travail passe avant tout. J'ai trente-cinq ans et je ne veux pas d'enfants. La première fille ravissante qui passerait à proximité de l'homme avec qui je vivrais me rendrait jalouse. Je suis possessive, exclusive, et, sur le plan personnel, à fuir.

— Ce n'est pas la franchise qui vous manque, Clara. J'avais deviné – vous seriez étonnée si vous en connaissiez les raisons – que j'allais me heurter à une pareille attitude. Vous avez une manière radicale de décourager même un homme aussi téméraire que moi.

Il gagna un peu de temps en faisant semblant de savourer le vin, mais ce n'était qu'un jeu. Il ne voulait pas perdre la face ; en quelques phrases, Clara l'avait renvoyé dans ses tranchées. Il n'avait pas l'habitude d'être traité de cette manière. Il enchaîna :

— J'abandonne mes ambitions de conquête – je n'y ai jamais vraiment cru –, mais je maintiens ma proposition pour le poste à Los Angeles. Je vous ai surveillée lors des litiges internationaux. Vous adorez gagner. Dans ce que vous désignez comme « mon empire », vous aurez des échelons à gravir. Vous pouvez faire une importante carrière chez moi et gagner beaucoup d'argent. Nous en resterons là. Vous n'aurez à repousser aucune tentative d'approche.

Elle acquiesça, soulagée. Pour la première fois de son existence, elle croyait avoir agi avec prudence. Prévoyante, elle ajouta, voulant alléger l'atmosphère :

— Je vous serai dévouée. Et j'espère voir parfois votre petit-fils. Si vous m'en donnez l'occasion. Il suscite chez moi des tendresses inattendues.

Curaçao l'observait, pensif. Il avait en face de lui une femme blessée. C'était l'évidence. Il fit un signe et demanda l'addition. « Raté, se dit-elle. Une fois de plus. » En fait, elle attendait quelque chose d'autre, une insistance. Elle aimait résister, dans l'espoir qu'elle serait vaincue. Elle aurait aimé le repousser encore et encore. Elle passait peut-être – pensait-elle – à côté de sa chance.

Ils quittèrent le restaurant en échangeant des phrases conventionnelles.

*

Respectée et crainte, Clara passa trois ans au service des sociétés de Curaçao. Elle gagnait des procès, gravissait des échelons, puis fut nommée directrice générale d'un des secteurs les plus importants de l'empire.

Curaçao avait besoin de cette femme élégante et sophistiquée. Des joailliers lui prêtaient des colliers et des boucles d'oreilles pour les grandes soirées, elle était souvent photographiée. Les journaux *people* se désespéraient de ne pouvoir prendre des photos d'elle et de Curaçao ensemble. Des rumeurs discrètes et non confirmées circulaient. Ce « couple », vrai ou faux, intéressait tout le monde.

Lors d'une soirée à New York, ils arrivèrent ensemble à l'hôtel Plaza, elle vêtue d'une robe du soir en taffetas noir, légère, élégante, lui en smoking. « Ils sont impressionnants », constata la présidente de la fête de bienfaisance. Un slow créa une atmosphère surannée.

Curaçao invita Clara à faire ce qu'il appelait « un tour de piste ».

— Nous n'avons que peu d'intérêt dans un monde susceptible de s'écrouler à n'importe quel moment. Pourtant, nous sommes observés, dit-il, presque flatté.

Il comptait, une ultime fois, s'attaquer à la forteresse nommée Clara.

— Je voudrais vous épouser, prononça-t-il. Ne répondez pas tout de suite et surtout n'enlevez pas votre main de mon épaule : on nous photographie.

Le rythme était suffisamment lent pour qu'il puisse parler en dansant. Pourtant, il préféra s'arrêter. « Je dois m'asseoir, dit-il, je ne me sens pas bien. Trouvez un prétexte ! » Clara se pencha légèrement et jeta un coup d'œil discret sur le talon de sa chaussure droite.

— Voilà ! dit Curaçao. Bravo ! Les « spectateurs » vont penser que vous avez eu un problème de talon. Nous allons pouvoir nous asseoir là-bas ! Venez !

Il lui donna le bras et la conduisit vers leur table. Le maître d'hôtel se précipita vers eux.

— Du champagne, dit Curaçao, du champagne rosé.

Clara l'observait attentivement.

— Vous n'êtes pas bien ?

— Ce n'est qu'un petit inconfort physique.

— Vous voulez un verre d'eau ?

— Non, merci.

— Vous aviez quelque chose d'important à me dire ?

Elle espérait et craignait la phrase qu'elle allait entendre.

— Oui, dit Curaçao. J'espère que vous n'allez pas me fuir une fois de plus. Je répète : j'aimerais vous épouser. Je vous aime. Discrètement. Sans insistance.

Clara regarda le maître d'hôtel qui s'évertuait à ôter le bouchon d'une bouteille de champagne entourée d'une serviette pour éviter le bruit. Il fallait attendre qu'il ait fini sa tâche. La mousse monta dans les coupes, aussi légère, aussi fine que la vague d'émotion qui envahissait Clara. Devait-elle faire une concession pour ne pas freiner sa propre ascension ? Pourrait-elle vivre dans l'intimité de ce pouvoir que représentait Curaçao ? « Le temps passe deux fois plus vite pour une femme que pour un homme, pensa-t-elle. Sur le plan de ma vie privée, j'ai accumulé les échecs. Si je m'engageais dans une relation sans passion, peut-être que je pourrais réussir ? »

Curaçao leva son verre :

— Permettez-moi d'évoquer un événement qui a sans doute été pour vous profondément difficile à vivre. Mais c'est important pour notre avenir éventuel.

Saisie d'angoisse, elle se demanda s'il cherchait à la blesser pour la rendre enfin vulnérable.

Clara, dans sa somptueuse robe de soirée et, en face d'elle, l'homme en smoking, tous deux figés derrière un sourire tout prêt pour les photographes et les revues où ils apparaîtraient sur papier glacé : elle avait conscience de l'image qu'ils donnaient.

— J'ai appris votre histoire avec Raoul, dit Curaçao.

La coupe près des lèvres, elle s'immobilisa. Elle ne savait plus si elle devait prendre une gorgée de champagne ou poser son verre.

— Quelle histoire, avec quel Raoul ?

Curaçao se pencha, écarta d'un geste le maître d'hôtel qui leur proposait ce qu'il appelait des « mignardises » – il était français.

— Non, merci, répondit Curaçao.

— Quelle histoire ? répéta Clara.

— Vous avez eu avec lui une histoire d'amour.

— En effet, dit-elle. Mais je ne désire pas en parler. Et tout cela, si délicat que vous soyez, ne vous regarde pas !

— Raoul est mon ami, dit Curaçao. Notre amitié est née d'une sympathie inattendue, que nous éprouvions l'un pour l'autre. On se rend compte, au cours d'une affaire, qu'on se trouve bien avec l'autre et, par la suite, chacun cherche les occasions de rencontres. Il m'a raconté ses passions.

Curaçao s'arrêta, puis reprit avec précaution :

— Il déteste les chevaux, maintenant.

— Pourquoi les déteste-t-il ? demanda Clara.

Elle fit un effort considérable pour garder le même rythme de respiration.

Son intérêt pour Raoul l'envahissait comme de la fièvre. « Ce n'est donc toujours pas fini ! pensa-t-elle. Moi, que l'on considère comme une femme dure, insensible, qui jette hommes et événements, j'ai pu m'attacher à ce point ! »

— Il a toujours aimé les chevaux, ajouta-t-elle. Peut-être même plus que les êtres humains. Pourquoi soudain les détester ?

Curaçao continua doucement :

— Je croyais que vous étiez au courant.

— Non, dit-elle. Il m'a appris à monter, et je me souviens de mes angoisses, livrée aux caprices d'un pur-sang. Pourtant, il savait comment le calmer. Les chevaux étaient comme des frères pour lui.

— Oui, dit Curaçao.

La musique était pénible. Une chanson rétro coulait sur eux.

— Les chevaux, répéta Clara, ce sont les chevaux qui m'intéressent. Il me reste les chevaux comme souvenir de ma liaison... Pourquoi ne les aime-t-il plus ? On ne remplace pas les pur-sang par des Ferrari.

Curaçao pesait chaque mot.

— Vous lui aviez obtenu la garde définitive d'un enfant né d'une mère française.

— Bien sûr, dit Clara. Il y avait des raisons à cela. La mère était psychiquement...

Curaçao acheva la phrase :

— ... Atteinte ? Hélas, c'était faux. Vous avez failli utiliser cet argument lors du suicide mis en scène par moi, je le reconnais, et par ma fille Adrienne. C'était votre arme. Pour l'affaire argentine ça s'est mal terminé. Pourtant, vous agissiez en toute légalité, mais vous avez utilisé ce que j'appellerai des armes sales pour gagner. La mère n'était pas de taille à lutter contre Raoul et son argent. Elle s'est suicidée.

— Vous cherchez à me blesser ? demanda Clara.

Curaçao ne cherchait plus à la ménager.

— Vous, vous étiez assez forte, à l'époque, pour supporter ce drame affirma-t-il. Il faut pouvoir en parler. Ça aide. On fait ça après les accidents. On les raconte sans cesse.

— Allez-y, dit Clara.

Elle vida son verre.

L'homme en face d'elle avait décidé d'en finir.

— Ce drame en a sans doute suscité un autre, dit-il. L'enfant que vous avez enlevé à sa mère française a eu un accident de cheval, en Argentine.

Clara eut l'impression que l'immense lustre, suspendu au milieu de la somptueuse salle de bal, allait lentement se détacher et tomber comme au ralenti, les recouvrir de ses éclats de cristal.

— Comment ? dit-elle d'une voix éteinte. Le fils de Raoul ? Qu'est-ce qu'il a eu ?

— Je vous l'ai dit : un accident.

— Il s'est rétabli ?

— Il est mort.

Curaçao toucha la main de Clara.

— Vous êtes bouleversée. Je savais que c'était risqué d'en parler, mais il vaut mieux connaître les faits de la bouche de quelqu'un qui vous aime.

— Pourquoi ce soir ?

— Ce soir ou un autre ? Si jamais vous rencontrez Raoul sachez que dans son esprit, cet accident est lié au fait...

— Quel fait ? demanda Clara.

Elle vit passer le maître d'hôtel.

— Quel fait ?

— Vous étiez enceinte de lui et il ne voulait pas de cet enfant. Il vous a dit : « Votre état ne me regarde pas. Vous êtes assez adulte pour vous protéger quand on fait l'amour et, si vous ne vous protégez pas, c'est que vous voulez un enfant, peut-être même me coincer dans un rôle de père. Je refuse d'être piégé. Je suis un homme libre, j'ai un fils à moi, il est de mon sang. Je n'en veux pas d'autre. Je souhaite la garde d'un enfant, pas de deux. »

— Oui, dit Clara. Il m'a dit ça exactement, mais il a ajouté une phrase.

— Je sais, dit Curaçao. Je sais. Il souffre encore de cette phrase. Cette phrase, c'est son martyre quotidien, et il n'y a que vous qui puissiez lui ôter le sentiment que cette phrase lui a porté malheur.

— D'abord, je veux savoir ce qui s'est passé avec son fils, dit Clara.

— C'est l'impatience de Raoul qui l'a perdu. Les gens qui ont des héritiers, comme moi, voudraient qu'ils grandissent vite. On veut un héritier déjà adolescent et adulte. Je le sais. Je suis le grand-père d'un héritier, le mien. Ce sont des liens malsains. On voudrait que l'enfant cesse d'être un enfant, tout en ayant le temps de le modeler. Raoul voulait que son fils connaisse leurs immenses propriétés, qu'il soit déjà le jeune maître chez lui. Il avait créé un système de domesticité presque moyenâgeux. Deux palefreniers s'occupaient du cheval de l'enfant, l'un de jour, l'autre de nuit. On le croyait très doux, ce cheval, très patient. À un moment donné, malgré les interdictions, le petit garçon en selle a poussé un grand cri et tenté de donner deux coups de talon pour faire partir le cheval. Il avait déjà le sentiment du pouvoir, à dix ans, il donnait des ordres. Le cheval énervé s'est cabré, est parti au galop et, au premier obstacle, a jeté l'enfant par terre. La chute a été mortelle.

— Ça s'est passé quand ? demanda Clara.

Elle avait froid, elle ne sentait plus ses mains, comme engourdie d'une terreur intérieure.

— Je ne sais pas exactement. Je vois Raoul de temps à autre. Il ne sourit plus jamais. Il m'a avoué : « Ce que j'ai dit à Clara Martin m'a porté malheur. J'ai été ignoble. » Vous vous souvenez de ce qu'il vous a dit, quand il a souhaité un avortement ?

— Non, dit Clara. Il ne le souhaitait pas. Pas du tout. Justement, tout le problème est là. Il m'a dit : « Vous faites ce que vous voulez. Je n'interviens pas, sauf sur le plan matériel, si vous en avez besoin. » Notre passion, ce délire, est devenue en quelques phrases une histoire de sexe et d'inefficacité de pilule à cause d'un décalage horaire. J'ai fait un avortement de confort, oui, ce que j'appelle « de confort ». Je ne voulais pas casser ma carrière.

Son verre était vide. Le maître d'hôtel prit la bouteille dans le seau à champagne et leur versa encore du liquide pétillant et rose.

Elle réfléchit.

— Mes pensées, au sujet de cette affaire, m'arrivent par vagues. Chaque fois, je me demande ce que j'aurais dû faire. Lui n'y est pour rien. Du moins pour peu de chose.

— C'est curieux, dit Curaçao. Vous le disculpez et, en même temps, vous vous enfoncez. Pour vous, la promesse de cet enfant était – en quelque sorte – la conclusion d'un très grand amour, n'est-ce pas ?

— Oui, dit Clara. Mais je me suis trompée. J'ai tout confondu : homme, carrière, amour et dépendance.

Curaçao savait qu'il lui fallait nettoyer l'abcès s'il voulait avoir un avenir commun avec Clara.

— Raoul ne se pardonnera jamais la phrase qu'il a prononcée et que vous tentez d'oublier, celle qui vous a peut-être poussée à commettre cet acte – acte totalement légitime, d'ailleurs. Mais, selon les circonstances, peut-être insupportable pour une femme.

— Je ne cherche pas de faux-fuyants, dit Clara. Ç'aurait été tellement facile de prétendre que j'avais rencontré un méchant raciste qui m'aurait dit : « Même si tu le mets au monde, quel intérêt ? Ça ne fera qu'un petit Juif de plus qui sera, un jour, un grand Juif de plus. Il se débrouillera toujours avec une mère comme toi. »

Curaçao baissa la tête.

— Il vous a dit ça, je le sais. Il en souffre parce qu'il a l'impression que c'est cette remarque – qui lui brûle encore les lèvres – qui vous a poussée à l'avortement.

— Pas du tout, dit Clara. J'aurais pu balayer cette remarque. J'en ai entendu d'autres dans ma vie. Sur ce plan précis, j'étais blindée. Le problème est ailleurs. Après quelques nuits de cauchemar, j'ai perdu mon contrôle, mon esprit de synthèse. J'étais dans une sorte de brouillard. Mon enfance a été marquée par le problème d'un père qui regardait toujours d'un œil critique un enfant non désiré, mais pas refusé. Ma mère ne l'avait pas coincé avec la maternité, pas du tout. Mon père a découvert après ma naissance qu'il n'avait aucune affinité avec les enfants ni avec ce qu'il appelle

331

une « vie de famille ». Ma mère et moi sommes devenues encombrantes. Ça me fait mal d'en parler.

— Il le faut, pourtant !

— Mon père, magistrat français catholique, a épousé une Juive polonaise élevée en France. Le prix de ce mariage était le renoncement tacite de ma mère aux coutumes juives, aux fêtes, aux signes extérieurs de croyance, au respect des traditions. Elle l'a fait de son plein gré. Elle aimait ce mari qui appartenait à un autre monde, une autre planète. Il était évident que l'un d'eux devait faire une concession et ce fut ma mère, parce qu'elle s'était toujours sentie socialement – et même sur le plan religieux – inférieure. Ce sentiment-là est héréditaire. Depuis la nuit des temps, dans les ghettos, on disait aux enfants : N'attirez pas l'attention sur vous ! Acceptez les injures, et peut-être échapperez-vous à la mort. Ma mère avait hérité de cette attitude que mon oncle, légèrement plus âgé qu'elle, n'exprime pas du tout. Mais lui est philosophe, il était professeur à l'Université. Il pense différemment. Personne n'est vraiment fautif dans cette affaire. Sauf moi. J'ai sans doute été lâche. Je refusais d'être une femme dont un homme ne veut pas. Ni d'elle, ni de son enfant. J'ai été jetée. Je ne l'ai pas supporté. Question d'amour-propre.

— Clara, dit Curaçao, écoutez-moi sans m'interrompre. Je ne veux pas parler de remplacement ; je ne veux pas parler d'un enfant placebo ; je ne veux évoquer aucun argument malsain. Si jamais vous vouliez m'épouser, vous pourriez peut-être aimer Daniel comme vous auriez aimé l'enfant que vous n'avez pas eu. Je ne parle pas ici de substitution, je ne m'évertue pas à panser une plaie. Rien de cela. J'essaie de remettre les morceaux d'un puzzle en place, à recréer une image. Vous êtes devenue une spécialiste connue du droit international qui concerne les sociétés. Vous êtes une femme admirée, vous gagnez beaucoup d'argent. Vous avez à portée de main votre Curaçao, dit-il en souriant. Je ne demande pas que vous m'aimiez. Je ne ferai aucune démarche pour coucher avec vous si vous ne m'appelez pas, et pourtant c'est mon grand désir. J'ai besoin de quelqu'un qui pourrait prendre soin de Daniel. Ma fille Adrienne est trop faible ; le premier nigaud qui l'épousera régnera sur l'héritage de Daniel, si vous ne m'aidez pas. Voilà, je dois aussi vous dire ce qui s'est passé il y a quelques semaines.

Il hésita et se lança :

— J'ai eu un problème cardiaque et j'aimerais assurer l'avenir de mes entreprises.

— Quand ? demanda-t-elle, tendue. Quand, ce malaise ?

— Encore ici, il y a quelques minutes, juste un avertissement. Et puis il y a trois semaines, vous vous souvenez ? J'étais absent.

— Bien sûr, je me souviens.

— J'étais à Los Angeles, dans une clinique, avec quelques tuyaux qui me tenaient en vie et un moniteur à côté du lit, où se dessinaient les pauvres contractions du muscle qu'on appelle un cœur. Je n'ai pensé qu'à ma mort. Revenu à une existence normale, ayant un peu de temps devant moi, j'aimerais assurer l'avenir de mes entreprises. En portant mon nom et en possédant une partie de mes biens, dès le mariage conclu, vous pourriez protéger les intérêts de mon petit-fils. Le temps passe lentement quand on attend que son unique héritier grandisse. Adrienne ne s'intéresse pas aux questions pratiques. J'aimerais vous introduire dans les secrets de cette machine mondiale que j'ai créée.

Clara se sentait grisée, c'était comme une ivresse légère. Cette fois-ci, quelqu'un tenait à elle. Quelle victoire ! En quelques secondes, elle comprit qu'elle arrivait au sommet d'une situation sociale, et elle pensa à sa mère qui ne prenait qu'une seule pâtisserie, à Vienne, pour la lui donner entièrement, alors qu'elle était si gourmande, en prétendant : « Je n'aime pas ça. » Elle n'avait pas assez d'argent pour en acheter deux.

— Arnold, dit-elle, vous êtes d'une grande franchise. Je le serai aussi, si vous voulez bien. Votre proposition m'intéresse. Il y a sans doute une chance que je sois capable de ne pas vous faire de mal.

Il se leva, se pencha sur elle et l'embrassa. De loin, les photographes les encerclaient. Curaçao prononça :

— Je ne m'approcherai jamais plus, sauf si vous m'appelez.

— Merci, dit-elle, de parler franchement.

Elle était grisée de trop d'aveux et de trop d'émotions. Pour la première fois de son existence, elle avait vidé trois coupes de champagne l'une après l'autre.

— Une chose, dit Curaçao quand les photographes, calmés, se furent éloignés, chassés aussi par le directeur qui voulait préserver la paix de ses célèbres clients. Une question encore. Voulez-vous rencontrer Raoul ? Il ne demande que ça, mais il faut l'appeler. Il n'ose pas vous le demander.

— Il voudrait quoi ?

— Juste constater – sans doute – que vous ne lui en voulez plus.

Clara sourit. Enfin, ce n'était qu'une esquisse de sourire. Elle faisait semblant de rester impassible.

— Le rencontrer ou non m'est complètement égal. Je suis cicatrisée. J'ai payé.

Elle laissa passer un silence et ajouta :

— J'ai beaucoup d'affection pour vous, Arnold. Je vous promets que je vais aimer votre petit-fils de toutes mes forces. Je protégerai Adrienne, mais, croyez-moi, notre mariage ne peut pas être une sorte d'assurance. On peut mourir à n'importe quel moment, n'importe où. Mais, grâce à vous, parce que vous m'avez parlé de Raoul, soudain tout est devenu clair.

Elle se tut, hésita. Fallait-il continuer ?

Oui, cet homme, en face d'elle, était peut-être son salut. Elle reprit alors :

— Grâce à vous, grâce au fait que vous m'avez confrontée à mon passé, que vous m'avez obligée à l'affronter, j'ai compris.

— Oui.

Elle avait les yeux en larmes. Des larmes retenues.

— J'ai enfin compris la raison de cet avortement. Ce n'est pas un enfant que je voulais arracher de moi, mais un amour. Mon amour pour Raoul. Cet amour dans l'infini. Infini ou non, nous avons été lâches. Je paye, il paye. Nous sommes quittes. Le dire me soulage. Merci, Arnold.

CHAPITRE 28

Après son mariage avec Curaçao, Clara avait été nommée vice-présidente de l'empire. Durant les nuits passées auprès de l'homme d'affaires, à son grand étonnement elle ne s'ennuyait pas. Elle trouvait même un certain plaisir. L'intelligence d'Arnold et sa puissance physique étaient aphrodisiaques.

— Vous êtes sûr que vous n'avez pas inventé votre crise cardiaque pour m'épouser ?

— Jamais je ne plaisanterai avec la vie, dit-il.

Daniel admit sans surprise la présence de Clara. Il l'aimait bien, mais sa vie d'enfant n'était pas plus réelle qu'un jeu vidéo : les voyages, les cadeaux, les automates qui marchaient et parlaient tout seuls, le poney qui grandissait un peu trop et toutes ces dames, celles de l'hôtel de Vienne, l'Anglaise qui l'obligeait à parler en anglais et sa mère lui répétant la phrase classique : « Je t'assure, Daniel, si tu me fais ça, je meurs. » Elle disait ça si souvent, maman, qu'il s'était habitué au mot mourir. Maman était comme le personnage d'un jeu sur l'écran. Pour Daniel, la vie et la mort n'étaient que des mots, un jeu.

*

Quelques mois après leur mariage, Arnold et Clara se rendirent chez Simon à Kleeblattgasse. L'oncle les reçut avec une certaine condescendance à l'égard d'Arnold.

— Vous êtes ce qu'on appelle un financier redoutable, n'est-ce pas ? demanda-t-il.

Il était mince, élégant dans sa chemise blanche, sans aucune trace d'une méchante vieillesse. Il continua :

— Je fais donc aujourd'hui la connaissance de l'homme de toutes les réussites.

Curaçao avait été prévenu par Clara du comportement légèrement ironique que l'oncle allait sans doute adopter.

— Ma vraie réussite, lui répondit Arnold, la seule victoire que je revendique, c'est d'avoir pu épouser votre nièce.

Simon s'habitua vite à Curaçao. Il lui avait trouvé suffisamment de « culture générale », comme il l'avait remarqué, pour ne pas s'ennuyer durant leurs conversations, qui pourtant, souvent, tournaient court. L'année suivante, Simon fut convié à une croisière sur le bateau d'Arnold, pour naviguer près de l'île dont il portait aussi le nom, le long des côtes vénézuéliennes. Simon déclina l'invitation : il n'aimait ni la chaleur ni le luxe. Il avait expliqué à Clara qu'on ne guérit jamais de la misère vécue, qu'on n'efface jamais les souffrances, même surmontées. « Je ne peux pas admettre un gaspillage pareil, avait-il dit. Il ne faut pas avoir trop de biens. Clara, qu'est-ce qu'il est devenu, ce gentil petit garçon que tu m'avais amené en visite ? »

— Je le vois souvent, dit Clara sans l'ombre de passion. On s'aime bien. Mais nos relations sont assez anodines. Je ne veux pas m'imposer. Il a une vraie mère. Je ne suis qu'une pièce rapportée.

La tribu Curaçao se retrouvait régulièrement dans la grande maison d'Arnold en Haute-Provence. Clara y avait institué une existence communautaire. Dans l'une des ailes, côté nord, habitait Robin quand il venait, amenant une gentille fille découverte dans un bureau devant un ordinateur. Une jeune femme simple, éblouie par le paradis terrestre où elle côtoyait le grand financier et sa célèbre femme. Leurs images lui étaient familières à cause d'un salon de coiffure où traînaient des revues qui consacraient des pages entières aux gens connus. L'enfant regardait son père et la jeune femme qui l'accompagnait sans le moindre étonnement. Chaque nouvelle femme voulait être appelée par son prénom, elles n'étaient ni tantes, ni sœurs, ni nièces. Le petit les appelait donc Claudine, Judy, l'Anglaise... Un jour, au lieu de dire maman, il prononça : « Adrienne. » Comme sa mère n'était pas d'une intelligence extrême, qu'elle n'aimait pas lire non plus, qu'elle n'avait jamais absorbé les conseils ni de Melanie Klein ni de Françoise Dolto, elle déclara sans aucun complexe : « Ça m'est égal, si mon fils m'appelle par mon prénom. Ça fait copain-copine. »

Mark, de son côté, était enfin heureux, car, pour la première fois, il se sentait supérieur à une femme. Le manque de culture de Claudine le rassurait. Il avait quelqu'un à éduquer. Clara n'aimait pas le prénom de cette jeune conquête. « Elle s'appelle Claudine et ça lui va très bien, affirma Mark. Vous ne pouvez pas me demander d'amener des femmes qui s'appellent Electre, Médée ou Tosca ? Non. Je suis fait pour ce genre de jeunes femmes sans prétention, qui portent des prénoms simples. C'est comme ça. » Mais dès qu'il voyait passer dans un couloir une frêle femme brune aux longs cheveux, il était empli de nostalgie. Il dut renoncer à ses cours d'aérobic, à Paris, parce que, dès qu'il sentait le sol en mousse épaisse sous ses pieds, il entrait dans une violente érection mentale et physique. Ainsi, le premier chagrin d'amour de Mark resta-t-il lié pour toujours à une grande salle où il s'était trouvé dans un extrême bonheur entre deux pots de peinture et une échelle, avec la fille qu'on avait fait disparaître de sa vie. Même une odeur de peinture le bouleversait.

Arnold mit Clara en garde : « Laisse-le tranquille. Chaque être humain a son vivier. Il se sent bien avec les poissons rouges, pourquoi veux-tu le mettre avec des piranhas ? Notre problème, avait-il ajouté, c'est Adrienne. Adrienne est comme une blessée de guerre qui ne sort pas de ses cauchemars. Elle a aimé Mark... »

Clara refusait ces arguments qu'elle considérait comme des prétextes pour justifier des dépressions successives. Adrienne devait s'intégrer dans une vie quotidienne plus normale.

— Il faudrait qu'elle travaille, dit Clara. Invente-lui une fonction, donne-lui un faux salaire pour un faux effort, un faux titre ! Et une vraie secrétaire. Il faut qu'elle ait des horaires et un minimum de discipline.

Adrienne, considérée comme un être pas très intelligent, était pourtant attentive à l'emprise de Clara sur toute la famille. Le mariage de Curaçao les avait mis pratiquement tous sous sa tutelle à peine symbolique. L'organisation « familiale » avait semblé au début agréable, mais ensuite faisait craindre une prise de position exclusive de l'avocate française qui dépensait une énergie apparemment inépuisable pour réussir dans les affaires et recomposer la famille. Un jour, exaspérée par un incident : Daniel avait marché sans la moindre précaution sur une installation luxueuse de train électrique – pour lui, il n'y avait pas de valeurs, tout ce qu'il abîmait était aussitôt remplacé –, Clara décida de dire tout ce qu'elle pensait vraiment à Arnold de leur tribu.

— Nous faisons fausse route. Tout ce que je bâtis ne sert à rien. Nous abîmons l'avenir de Daniel. Il y a trop d'amour autour de lui, et trop d'argent. Tu ne le laisses même pas aller à l'école de peur qu'on l'enlève ! Il ne connaît le monde que par des précepteurs à domicile. Et plus tard... Que saura-t-il de la vie, enfermé dans un collège en Suisse ? Dans un bastion de l'argent à l'écart du monde ? Daniel est une victime de la fortune. Il ne trouvera sa place nulle part. Au moindre choc, il viendra se réfugier avenue Foch ou ici, en Haute-Provence. Il cherchera un abri auprès de moi ou de toi. Et le jour où nous n'existerons plus ? Adrienne n'est pas une force de la nature. L'enfant est littéralement écrasé par ton amour et ton argent, Arnold.

— Tu as une solution ? demanda Arnold.

— Non, dit-elle, ni pour lui, ni pour moi. Je suis dans le lot... Je cherche aussi ma place...

Comme d'habitude, en cas de crise ou de difficulté, elle appela Simon et lui demanda si elle pouvait lui rendre visite : « Quand tu veux, dit-il. J'ai des sachets de poudre de chocolat pour toi. » « Deux heures de vol et peut-être le salut », pensa Clara.

*

Arrivée à la Kleeblattgasse, elle trouva l'appartement vraiment modeste. Elle se fit peur à elle-même quand elle voulut proposer le remplacement du linoléum couvrant le sol de la cuisine.

— Je suis pourrie par l'argent, oncle, avoua-t-elle. L'argent ! J'en donne, mais il en reste toujours. Mes connaissances servent à enrichir des sociétés et nos actionnaires. Je suis devenue la manivelle d'une immense machine à sous.

— On peut aider quelqu'un qui est pauvre, mais pas quelqu'un qui est riche, constata l'oncle, amusé. C'est le piège le plus vicieux de notre époque. Drôle, non ? Quand vous avez été renvoyées de Paris par ton père, il t'arrivait de pleurer. Tu regardais les vitrines des magasins de jouets. Le jour où j'ai pu t'acheter un lapin en peluche, tu as été heureuse. Quelle chance colossale d'être comblée par un lapin en peluche ! Arnold m'a expliqué ce que tu faisais pour telle et telle institution. Je suis même informé du don important que tu as fait à une synagogue qui tombait pratiquement en ruine quelque part à l'Est...

— Il te l'a dit ?

— Oui. Quant à moi, je suppose que tu essaies de t'acheter un peu de bonheur, ou, du moins, de justifier l'intérêt même de ton existence.

— C'est ça, dit-elle. Et ça ne marche pas. Ça ne marche pas ! Que faire de ma vie ?

L'oncle avait déjà dû réfléchir au problème, car il répondit sans hésitation :

— Clara, depuis toujours, tu raisonnes. Je crois que tu es le seul bébé à avoir soupesé son biberon pour t'assurer de la quantité qu'on te donnait. Tu as toujours aimé en ayant peur de ne pas être aimée en retour. Et quand on t'a aimée, tu t'en allais, enfin sûre de toi. C'est ce que j'appellerai une sale nature. Si, une seule fois, tu pouvais obéir à un élan profond, un instinct, quel qu'il soit, sans en disséquer l'origine ni les résultats probables... Si, une seule fois, tu pouvais obéir à la chaleur humaine qui se réveillerait par miracle en toi ! Mais tu peux faire rebâtir vingt-cinq synagogues et vingt-cinq églises catholiques, tu en voudras toujours à ta mère et à ton père.

Elle regarda fixement l'oncle, qui l'avait vidée de sa substance. « Ce doit être comme ça, se dit-elle, quand on veut changer le cerveau de quelqu'un. »

— Tu m'accables, dit-elle. Mais je dois te dire, monsieur le professeur, que tu n'es pas clair. Essaie d'exprimer en une seule phrase ce que je dois faire.

— Te rendre responsable d'un être humain inconnu. Le ramasser, le panser, le nourrir, le consoler et ensuite le laisser en liberté. N'attendre rien en retour. C'est le plus important, je le répète : n'attendre rien de personne.

Elle prenait son petit déjeuner dans la salle à manger de l'avenue Foch. Elle avait demandé au maître d'hôtel de déposer la cafetière sur la table. Elle avait retrouvé l'habitude d'écouter la radio le matin, les émissions politiques. Elle ne prenait son café en compagnie de la radio que les jours où Arnold n'était pas à Paris ou s'il était parti tôt à son bureau de la place Vendôme.

Elle venait d'entendre relater un fait divers. Un homme courait dans la forêt de Rambouillet, sur le chemin habituel des joggeurs. Pour le plaisir de prolonger son parcours, il fit un petit détour. Il entendit un bruit et aperçut près d'un buisson un sac-poubelle qui bougeait. Un faible gémissement en sortait. Il se jeta sur le sac, le déchira d'un côté. Un bébé était à l'intérieur. Ce bébé serait sans doute mort étouffé quelques minutes plus tard car le sac était hermétiquement fermé. Le joggeur prit l'enfant dans ses bras et courut jusqu'à la première maison, où une femme appela le Samu, arrivé miraculeusement dans les huit minutes. L'enfant, une petite fille, fut placé sous masque à oxygène.

Clara avait écouté la nouvelle, pliée en deux, les mains croisées sur la poitrine. Elle n'entendit d'abord que sa propre respiration. Ensuite, elle chercha un téléphone pour appeler Henri.

— J'ai quelque chose à vous dire. Je ne supporterai aucune plaisanterie, Henri. Écoutez-moi, c'est important !

Elle lui raconta le fait divers.

— Vous devez intervenir, Henri.

— Intervenir ? En quoi ? demanda l'associé.

— Je veux adopter cet enfant. Prenez une option.

— Une option ? demanda Henri. Une option ?

Elle se mit à parler très fort.

— N'essayez pas de vous moquer de moi ni de mon

vocabulaire. Ce n'est pas l'avocate qui s'adresse à vous, mais une simple femme qui veut être entendue. Je veux être la première sur la liste de ceux qui souhaitent adopter cet enfant. Est-ce que c'est clair ? Aidez-moi avec nos mots usés, avec nos paragraphes, avec nos coups tordus. Qu'importe ! Je veux cet enfant.

Quelques heures plus tard, grâce à l'intervention d'Henri, Clara fut reçue par l'une des personnalités influentes de la DASS. Elle exposa sa demande à l'homme qui la recevait. Était-il le directeur, le chef d'un bureau ou le responsable de journée ? Qu'importe. Il dit :

— Vous vous attaquez à une montagne, madame. L'affaire est difficile. Pourquoi croyez-vous que les gens courent dans d'autres pays pour adopter ?

— On l'a jetée dans un sac-poubelle, dit-elle. Je suis là pour la sauver...

— Elle est maintenant dans un bon petit berceau, fit l'homme. On va trouver sa mère qui a des mois de réflexion pour renoncer ou non à ses droits maternels. Si elle n'y renonce pas, elle pourra – dans certaines conditions – reprendre l'enfant.

Il chercha un dossier et le lui tendit.

— Voilà, étudiez ce dossier. Remplissez-le ou faites-le remplir. Je crois que sur le plan de l'âge, vous, ça va encore ! M. Curaçao veut-il être le père, je veux dire, de cet enfant ?

— Bien sûr.

— Il n'a pas d'enfants, M. Curaçao ?

— Si. Une fille.

— Alors, il faut l'accord de la fille de M. Curaçao. Des délais, madame, des délais... Vous savez ce que c'est, les délais ? Je crois, si je ne me trompe pas, que vous êtes vous-même avocate ?

*

344

Quelque temps plus tard, elle fut informée que la mère biologique, une fille de vingt ans, avait définitivement abandonné le bébé. Si le dossier de Clara était inattaquable et si personne ne réclamait l'enfant dans la famille de la mère, elle avait un espoir de réussir. Elle ne voulait pas connaître l'origine ethnique de la petite fille.

— Qu'importe, dit-elle, je l'aime.

Ils luttèrent pendant deux ans avec l'administration et décidèrent que l'enfant serait à égalité avec Adrienne sur le plan de l'héritage. La première rencontre de Clara et de la petite fille se déroula dans un silence pesant. Clara ne trouvait aucun mot utile. La petite avait des cheveux noirs, les yeux noirs, le teint mat. Et le visage triste de tous les enfants qui n'ont personne.

Lorsque, au bout de deux ans, l'adoption fut accordée, Clara la prit dans ses bras et la serra contre elle comme si elle ne voulait plus jamais la lâcher.

Arnold demanda :

— Quel prénom veux-tu lui donner ?

— Sarah.

Arnold reprit :

— Elle sera une bien jolie jeune fille, Sarah Curaçao.

Clara intervint délicatement :

— Et si, en souvenir de ma mère, elle s'appelait Sarah Curaçao-Lévy ?

— Crois-tu, prononça Arnold après une courte hésitation, crois-tu qu'il faille la charger, cette petite fille, de cinq mille ans d'histoire ? Nous devons lui donner la possibilité de choisir son existence. Mon nom, Curaçao, lui fera connaître des dangers, on la croira riche. Lévy ? Par ces temps où les menaces se multiplient, ce nom risque de l'anéantir. Elle n'est pour rien dans ces tourments, ces bouleversements mondiaux. On l'a projetée d'une existence inconnue dans un milieu trop connu. Elle n'y est pour rien, ni dans l'amour ni dans la haine qui l'entoure. Sa chance, c'est de passer inaperçue jusqu'au moment où elle s'affirmera, elle, toute seule. Elle aura à gagner son propre territoire. Parfois, il vaut mieux être un enfant trouvé que l'héritier des amours et des haines... Sarah sera une cavalière seule, mais sur un cheval ailé.

— Ce sont des mots, juste des mots, mais je les ai bien entendus. Je ne te croyais pas poète, dit Clara, désorientée.

— Je veux défendre cette petite fille, répondit Curaçao, presque gêné par son propre élan lyrique, mais persuadé d'avoir raison. Clara, laisse-la respirer ! Je te le demande.

*

À côté de leur somptueuse chambre à coucher, une pièce était installée pour Sarah. Chaque fois que Clara entendait : « Maman », l'émotion la submergeait. Comme pour se décharger d'un poids toujours présent, elle reprenait les mêmes arguments, ceux qui la tourmentaient. Selon les jours, elle se justifiait ou s'incriminait.

— Je ne supportais plus l'injustice, dit-elle à Curaçao. Je me suis lancée tête baissée dans cette adoption. J'avais tellement d'amour à donner. J'avais besoin d'aimer quelqu'un. Aimer dans le vide, c'est désastreux, j'ai maintenant Sarah. Le bonheur !

Elle ajouta perplexe.

— Je trouve le comportement de Daniel étonnant. Aucun rejet, aucune jalousie, pas de remarques agréables ou désagréables. Rien. Cette indifférence m'inquiète. On lui dit : tu as une petite sœur, il trouve ça naturel. Pourquoi ne s'étonne-t-il de rien ? Est-ce qu'ils s'aimeront un jour ?

— Ce sera leur affaire, dit Curaçao. Sarah aura le

même héritage que Daniel, les mêmes droits. Mais je suis préoccupé par toi. Essaie de ne pas aimer Sarah avec une telle passion, tu risques d'avoir mal un jour.

Clara s'exclama :

— Je crois entendre oncle Simon. Il m'a mise en garde, lui aussi. Vous deux, vous ne me laissez même pas l'espoir qu'on pourrait m'aimer, qu'un enfant, le mien, pourrait m'aimer. M'aimer très fort.

— Nous voulons peut-être te défendre contre toi-même... Imagine qu'un jour Sarah adolescente te tourne le dos ? Elle peut avoir mille raisons, justes ou injustes. Qu'elle veuille s'en aller. Chercher ceux qui lui ont donné la vie...

Clara l'interrompit.

— Ne continue pas, je te le demande. Je ne m'occupe pas de l'avenir. Je vis dans le présent et ce présent me comble. Sarah m'appelle, elle me tend les bras et me dit : « maman ». Je ne demande rien de plus, juste ce mot : « maman » !

Du même auteur :

Autobiographies :

J'ai quinze ans et je ne veux pas mourir (Grand Prix Vérité, 1954), Fayard.
Jeux de mémoire, Fayard.
Embrasser la vie, Fayard.

Romans :

Dieu est en retard, Gallimard.
Le cardinal prisonnier, Julliard.
La Saison des Américains, Julliard.
Le Jardin noir (Prix des Quatre-Jurys), Julliard.
Jouer à l'été, Julliard.
Aviva, Flammarion.
Chiche !, Flammarion.
Un type merveilleux, Flammarion.
J'aime la vie, Grasset.
Le Bonheur d'une manière ou d'une autre, Grasset.
Toutes les chances plus une (Prix Interallié), Grasset.
Un paradis sur mesure, Grasset.
L'Ami de la famille, Grasset.
Les Trouble-Fête, Grasset.
Vent africain (Prix des Maisons de la Presse), Grasset.
Une affaire d'héritage, Grasset.
Désert brûlant, Grasset.
Voyage de noces, Plon.
Une question de chance, Plon.
La Piste africaine, Plon.
La Dernière Nuit avant l'an 2000, Plon.

MALINS PLAISIRS, Plon.
COMPLOT DE FEMMES, Fayard.

Recueil de nouvelles :

LE CAVALIER MONGOL (Grand Prix de la Nouvelle de l'Académie française), Flammarion.

Lettre ouverte :

LETTRE OUVERTE AUX ROIS NUS, Albin Michel.

On peut consulter le site de Madame Christine Arnothy
sur www.arnothy.com

Composition réalisée par NORD COMPO

IMPRIMÉ EN ESPAGNE PAR LIBERDUPLEX Barcelone
LIBRAIRIE GÉNÉRALE FRANÇAISE - 43, quai de Grenelle - 75015 Paris
Dépôt légal Édit. : 30173-03/2003

ISBN : 2 - 253 - 15478 - 4 ◈ 31/5478/8